Soudain, un inconnu...

Lael St. James

Soudain, un inconnu...

Traduit de l'américain
par Nicole Ménage

Titre original :

MY LADY WAYWARD
A Sonnet Book published by Pocket books,
a division of Simon & Schuster, Inc. New York

Prologue

Grelottant de fièvre, le jeune garçon ouvrit les yeux. Son maître, Sedgewick, était allongé à plat ventre, un peu plus loin près du ruisseau, immobile, les cheveux collés de sang séché. L'adolescent cligna des paupières. Ce n'était pas possible, il était victime d'une hallucination! Un inconnu était accroupi près de Sedgewick. Et il lui ressemblait trait pour trait! Comme si le blessé était sorti de lui-même. Comme s'il s'était dédoublé.

Blodwen frissonna sous les couvertures et les peaux de bêtes qu'il avait enroulées autour de lui à la demande impérative de dame Johanna qui s'était depuis évanouie dans la nature. Ce léger mouvement suffit à rompre le charme. Le… *spectre*? se leva et se tourna vers lui. Il était beau comme un archange. Quelque chose dans son regard ébranla l'âme simple de Blodwen. Le revenant s'approcha de lui, sa main racée posée sur le manche de la dague qu'il portait à la ceinture.

Instinctivement, Blodwen se recroquevilla contre le tronc de l'arbre qui lui avait servi d'abri pour une ou plusieurs nuits, il ne savait pas trop. Pas moyen de s'enfuir. Il était trop faible pour seulement se redresser.

— Qu… qui… parvint-il à bredouiller.

Le fantôme sourit et Blodwen se rendit compte que s'il ressemblait physiquement à Sedgewick, des différences notables les séparaient. L'apparition avait un regard malicieux, le visage légèrement grêlé. Son nez d'une finesse aristocratique avait été cassé au moins une fois. Sedgewick portait les vêtements déchirés, mais de belle confection, d'un aristocrate, soldat de surcroît, alors que son double était vêtu de loques de velours noir et vert dont on imaginait avec peine qu'elles aient pu être luxueuses un jour.

— Que s'est-il passé ici, mon garçon ? Avez-vous été détroussés ?

Blodwen déglutit avec difficulté tout en essayant de rassembler ses souvenirs. Il se sentait oppressé, la gorge douloureuse, et la tête lui tournait. Brusquement, la mémoire lui revint – ou était-ce un rêve ? Il vit dame Johanna dressée derrière Sedgewick, le frappant avec une pierre avant de se signer puis de se précipiter vers Mithras, l'étalon de sa victime. Il ne se rappelait rien d'autre.

Mithras avait disparu. Et où était donc son cheval à lui, le hongre Chestnut ?

— Je ne… sais pas, finit-il par articuler.

Et il ne mentait pas. La bonne dame, une religieuse au service de la sainte Église, ne pouvait s'être comportée d'une manière aussi indigne.

— Qui… qui êtes-vous ?

Un sourire fendit le visage à la fois semblable et différent de celui de Sedgewick.

— Mon nom n'a pas d'importance. Je ne suis qu'un pauvre mime qui tente de faire son chemin. C'est ton maître, petit ? ajouta-t-il en désignant le corps inerte près du cours d'eau.

— Oui. Sedgewick est… ou *était*… un soldat. Un chevalier.

L'artiste s'accroupit près du gamin, sortit une flasque de son manteau, l'ouvrit et la lui tendit. Le garçon la prit sans hésiter et avala une longue gorgée de vin. Un violent frisson secoua son corps frêle de la tête aux pieds.

— Gresham Sedgewick, répéta le mime en se frottant le menton avant de récupérer sa flasque. J'avais entendu dire que j'étais son portrait craché mais m'en rendre compte de visu, ça m'a fichu un coup.

— Est-ce qu'il est… mort ?

Revigoré par le vin, Blodwen parvint à s'asseoir. Il eut un haut-le-cœur et refoula une remontée de bile.

Le saltimbanque considéra longuement Sedgewick avant de répondre :

— Non, mais cela ne saurait tarder.

Sur ce, il regagna le bord du ruisseau et fouilla les poches du mourant. Il en ressortit une petite bourse en cuir assez lourde qu'il soupesa en souriant avant de retirer la chevalière du doigt de son sosie et de l'enfiler au sien.

« Il va me tuer, à présent, pensa Blodwen, les yeux rivés sur l'étranger qui revenait vers lui. Il va me trancher la gorge et me laisser en pâture aux asticots. »

D'ailleurs, comme s'il réfléchissait à la question, l'homme l'observa un long moment. Il émit soudain un sifflement bas et modulé. Aussitôt, un cheval efflanqué émergea de la forêt au petit trot, les rênes pendantes, et se posta à ses côtés en hennissant doucement.

— Où alliez-vous, petit ?

Blodwen interrompit un *Ave Maria* silencieux pour répondre :

— À l'abbaye de Saint-Swithin.

— Je connais, fit l'homme en hochant la tête, l'air pensif.

Alors même que le garçon croyait sa dernière heure arrivée, l'autre lui tendit de nouveau la flasque.

— Tiens, cela te maintiendra en vie le temps que j'aille déposer ce pauvre Sedgewick aux abords du couvent qui se trouve à une journée d'ici, tout au plus. Il lui faut des soins sans attendre. Je reviendrai te chercher ensuite.

Pourquoi cet homme qui venait de voler son maître songeait-il maintenant à le secourir, se demanda Blodwen, perplexe. Cela n'avait aucun sens.

— J'ai besoin d'un grand gaillard comme toi, bien résistant, reprit le saltimbanque.

Sur ces mots, il chargea sans effort le robuste Sedgewick en travers de sa monture, se hissa d'un bond souple derrière lui et se mit en route après avoir adressé un signe d'adieu au jeune garçon.

Blodwen passa les minutes qui suivirent à remercier tous les saints de sa connaissance tout en s'interrogeant sur les projets de l'inconnu. Quand il eut la force d'ouvrir la flasque, il en but une longue gorgée, puis se recroquevilla sous les couvertures tandis que l'alcool diffusait en lui une chaleur bienfaisante.

Le saltimbanque était un voleur, peut-être même un meurtrier, mais il le soupçonnait d'être un homme de parole. Il reviendrait le chercher comme il l'avait promis.

Mais, à ce moment-là, l'écuyer de Gresham Sedgewick serait loin.

1

Elles le découvrirent dans le potager de Saint-Swithin, allongé face contre terre dans une rigole d'eau gelée, inconscient, les cheveux maculés de sang.

Elizabeth Redclift, la plus jeune des deux sœurs, se signa rapidement en murmurant une prière tandis que Meg, la plus hardie, s'agenouillait auprès du malheureux et le retournait sur le dos afin de chercher son pouls, à la base du cou.

À la vue de son visage, Meg éprouva un trouble inattendu. Il était blond. Ses traits finement ciselés auraient pu servir de modèle à un sculpteur italien désireux de représenter quelque divinité insouciante des choses de ce bas monde. La jeune fille ressentit une étrange sensation, une sorte de tension au creux de son être même, un peu comme si elle se trouvait au bord d'un précipice, tel Icare, prête à s'élancer dans le vide sans savoir si elle allait tomber ou s'envoler.

Même Elizabeth, qui songeait à prendre le voile plutôt que de se marier, retint son souffle. Lorsqu'elle prit la parole, ce fut d'une voix altérée.

— Ayez pitié de lui, Seigneur. Il ressemble à un ange ou à un saint. Est-il encore en vie ?

Meg ôta son manteau et en couvrit le voyageur qui ne portait qu'une chemise souillée et déchirée ainsi qu'une culotte en daim qui avait sans doute connu des jours meilleurs.

— Oui, il est en vie. C'est incroyable, d'ailleurs, car il est visiblement en errance depuis un certain temps et sa blessure ne date pas d'hier.

— Je vais chercher mère Mary Benedict.

Les vénérables murs de l'abbaye comportaient plusieurs poternes. Elizabeth allait s'élancer vers la plus proche pour quérir l'abbesse, l'autorité suprême du couvent, quand Meg l'arrêta en empoignant sa jupe.

— Attends… Ne nous précipitons pas. Il s'agit peut-être d'un hors-la-loi ou d'un hérétique promis au bûcher.

Elizabeth retint un cri et se signa de nouveau avec empressement.

— Les règles que mère Benedict a établies sont certainement fondées, Meg… La peste n'est pas loin et les coquins ne manquent pas sur les routes, par ces temps difficiles… Nous ferions bien de demeurer prudentes.

Meg adorait sa sœur cadette, elle aurait donné sa vie pour elle, mais en cet instant, elle regretta l'absence de sa jumelle, Gabriella, qui était partie en Cornouailles pour épouser lord Avendall. Gabriella était audacieuse et volontaire. La savoir si loin, ignorer si elle allait bien constituait pour Meg une terrible épreuve. Elle avait l'impression d'être amputée d'une partie d'elle-même. Depuis son départ, qui remontait à plusieurs mois, elles étaient sans nouvelles d'elle et de dame Johanna qui l'accompagnait. La religieuse n'était pas rentrée à l'abbaye, comme prévu, une fois sa mission accomplie.

Malgré l'inquiétude qui la rongeait, Meg affichait un visage rassurant devant Elizabeth.

— Oublions la prudence, contra-t-elle avec une pointe d'impatience. Va chercher la charrette à bras, la grande, celle qu'on utilise pour la cueillette des potirons. Il nous faut emmener cet homme à l'abri. Et agis discrètement si tu ne veux pas avoir à te justifier.

Elizabeth jeta un regard de pitié au malheureux, souleva ses jupes et se dirigea vers la poterne à travers le jardin recouvert d'une fine pellicule de givre.

L'homme au visage d'ange murmura quelque chose dans son inconscience. Meg s'assit près de lui.

— Tout va bien, vous êtes chez des amis, lui dit-elle en le prenant contre elle pour le bercer. Nous ne vous enverrons pas au bûcher, à moins que vous ne l'ayez mérité.

Elle crut distinguer l'ombre d'un sourire sur les lèvres de l'inconnu. Non… elle avait dû rêver. Il était trop faible pour être sensible à l'humour.

— Non, pas au bûcher, rectifia-t-elle. C'est trop cruel. Il y a des châtiments plus rapides et plus efficaces telles que la décapitation ou une flèche en plein cœur…

La nervosité avait un effet fâcheux sur Meg : elle l'inclinait à bavarder à l'excès.

La tête de l'homme était appuyée au creux du bras de la jeune fille, révélant un long cou musclé mais sale. Nombre de femmes auraient donné cher pour posséder des cils aussi longs et fournis, des traits d'une telle régularité, et cependant, malgré sa beauté, il n'y avait rien de féminin chez cet homme. Avec son corps robuste et puissant, les contours de son visage taillés à la serpe, il était profondément viril, sans l'ombre d'un doute.

« Dommage qu'il soit en aussi piètre état, songea Meg, car nous aurions pu nous marier et partir retrouver Gabriella en Cornouailles. » À en juger par ses mains, que le maniement de l'épée avait rendues calleuses, la largeur de ses épaules et les muscles de ses avant-bras, elle se trouvait sûrement en présence d'un aventurier…

— Margaret Redclift, tes pensées prennent un tour susceptible de compromettre le salut de ton âme, se gourmanda-t-elle à voix haute. Si ce n'est déjà fait.

Ce penchant à nourrir des réflexions inconvenantes constituait l'un de ses plus grands péchés. Et sa propension à les mettre en application ne faisait qu'aggraver son cas.

La poterne claqua et Elizabeth apparut. Elle tirait la charrette, les joues rosies par l'effort. Quelques mèches de ses cheveux de jais s'étaient échappées de sa guimpe et bouclaient en longs rubans soyeux sur ses épaules. Quelle ironie! songea Meg avec une pointe de tristesse. Pourquoi fallait-il que ce soit la plus belle des trois sœurs Redclift qui ait choisi de ne pas se marier? Elle préférait passer sa vie entre les murs de l'abbaye de Saint-Swithin, quitte à ne jamais connaître la douceur des caresses d'un homme, les plaisirs de l'allaitement, l'éclat et le lustre d'un monde inconnu et riche de promesses.

Pour sa part, Meg comptait sur la dot que le futur époux de Gabriella ne manquerait pas de lui fournir, car un homme d'honneur ne pouvait laisser les sœurs de sa femme dans le besoin. Elle avait déjà une idée très précise de celui qu'elle-même épouserait, et ce n'était pas sans amertume qu'elle envisageait les saints projets de sa cadette.

Mais tout n'était pas perdu, heureusement. Mère Mary Benedict – bénie soit-elle! – avait refusé de prendre l'offre d'Elizabeth en considération, exigeant qu'elle passe un an hors de l'abbaye, chez Gabriella ou même auprès d'une grande dame de la cour, avant d'arrêter sa décision et de prononcer ses vœux.

— Nous ne savons même pas son nom, observat-elle en aidant Meg à le hisser dans la charrette.

— Cela n'a pas grande importance pour le moment, rétorqua cette dernière, inexplicablement irritée par cette remarque. Emmenons-le dans la resserre. Personne n'y va plus maintenant que la récolte est achevée.

Ce ne fut pas aisé de traîner la charrette dans les sillons gelés, et elles regrettèrent l'absence des deux mulets de l'abbaye. Zacheus, le plus vieux, avait accompagné dame Johanna et Gabriella en Cornouailles. Quant à Enoch, il avait mystérieusement disparu de son pâturage.

— C'est plus important que tu ne le crois, insista Elizabeth, d'un caractère obstiné en dépit de ses saintes dispositions. On ne peut pas l'appeler « l'étranger » indéfiniment, tout de même.

— Nous ne devrions pas avoir à l'appeler longtemps, si tu veux mon avis, répliqua Meg en retenant de justesse la charrette qui faillit verser à cause d'une ornière.

Elle éprouvait une certaine tristesse à l'idée de le voir partir, que ce soit de son propre chef ou par ordre du shérif.

— Il paraît vigoureux, malgré ses blessures. Il ne s'attardera pas parmi nous, affirma-t-elle.

— Il n'empêche. Il lui faut un nom, s'entêta Elizabeth.

Devant sa ténacité, Meg eut un sursaut d'espoir. Après tout, sa jeune sœur n'était peut-être pas aussi docile et aussi sage qu'elle le pensait.

— Que penses-tu de Zacheus ? plaisanta-t-elle. En référence à ce maudit mulet qui serait vraiment le bienvenu en ce moment !

— Non, cela pourrait prêter à confusion quand dame Johanna sera de retour avec lui. Et avec des nouvelles de Gabriella.

Meg secoua la tête. Elle craignait fort que leur aînée n'ait été attaquée par des bandits de grands chemins malgré les hommes d'armes envoyés par son futur mari pour l'escorter. Et l'abbesse partageait son inquiétude, elle le savait, même si elle en parlait rarement. Il n'était pas normal que Gabriella n'ait pas donné signe de vie depuis son départ. Elle aurait déjà dû envoyer au moins une lettre. Et pourquoi dame Johanna, son chaperon, n'était-elle pas rentrée, une fois sa protégée mariée ?

Arrivées à la resserre, Meg et Elizabeth confectionnèrent un lit de fortune en rassemblant trois bancs sur lesquels elles empilèrent des sacs à grain vides, formant un matelas un peu dur mais bien meilleur que bon nombre de ceux qui garnissaient les sommiers de l'abbaye. Elles y étendirent ensuite le blessé et le couvrirent avec d'autres sacs.

— Mère Benedict l'aurait emmené à l'infirmerie, remarqua Elizabeth.

— Nous le ferons, mais pas avant d'être certaines qu'il ne risque ni la corde ni le bûcher.

— Sous prétexte de le sauver de châtiments qui n'existent peut-être que dans ton imagination, tu risques de tuer ce malheureux, Meg Redclift !

— Je ne veux courir aucun risque, murmura Meg en attirant sa sœur à l'écart. Écoute, j'ai l'intention de lui demander de m'escorter jusque chez Gabriella, quand il sera rétabli. Il est de taille à le faire, non ? Il a la stature d'un soldat.

Horrifiée, Elizabeth se signa une première fois, puis une seconde, avec une véhémence redoublée.

— Ou d'un hors-la-loi ! Il est capable de nous trancher la gorge dès qu'il aura repris ses esprits. Ma pauvre sœur, soit tu es inconsciente, soit tu as perdu la tête ! Comment peux-tu seulement songer à te lancer dans une pareille entreprise ?

Meg posa les yeux sur l'inconnu et crut voir ses cils frémir.

— Il doit avoir soif, déclara-t-elle brusquement. Et il a besoin de soins. Va tirer de l'eau au puits, moi, je vais chercher la trousse de médecine à l'infirmerie.

— La voler, tu veux dire, corrigea Elizabeth. Honnêtement, Meg, le salut de ton âme me semble de plus en plus incertain.

14

— Je m'en remets à Dieu, pour ce qui est de mon salut, répliqua Meg en battant des cils.

Elle espérait secrètement que le Seigneur avait davantage le sens de l'humour que sa petite sœur.

— Bon, fais ce que je te demande, Elizabeth. Et ne le force pas à boire, surtout. Commence par lui humecter les lèvres, puis laisse couler quelques gouttes sur sa langue. Tu risquerais de l'étouffer en allant trop vite.

Elizabeth pâlit à l'idée d'une telle éventualité, mais c'était surtout le réveil de l'inconnu qu'elle redoutait.

— Qu'as-tu donc à craindre d'un homme aussi affaibli, nom d'un chien ? s'impatienta Meg.

— C'est mal de jurer ! riposta Elizabeth avant de tourner les talons pour exécuter l'ordre de sa sœur qui dardait sur elle un regard inflexible.

Meg revint peu après avec la trousse de médecine et trouva Elizabeth occupée à donner de l'eau à l'étranger avec d'infinies précautions. Elle y mettait la même tendresse que s'il s'était agi de l'un des jeunes agneaux de printemps. Elle avait toujours été portée vers les créatures fragiles.

— Il ne s'est pas encore réveillé ?

Elizabeth secoua la tête en rougissant. La coupable tâche de le désaltérer la mettait quelque peu mal à l'aise.

— Il a parlé, une fois. J'ai cru comprendre qu'il maudissait un certain Blodwen qui avait volé sa bourse. Il l'a voué à l'enfer et à la damnation, bien que ce soit la même chose pour moi. L'enfer et la damnation, je veux dire.

Meg ouvrit la trousse de soins et en étudia le contenu avec perplexité. Sa sœur leva les yeux au ciel. Les cataplasmes et les potions, c'était son domaine. Elle était chargée des jardins, des potagers et de la culture des herbes médicinales, à Saint-Swithin. Grâce à elle, les religieuses bénéficiaient d'une nourriture saine et variée ainsi que de soins éclairés quand elles tombaient malades.

— Prends ma place, Meg, je m'occupe du reste, ordonna-t-elle avec cette autorité naturelle qui lui venait dès qu'il s'agissait des plantes.

Sa sœur ne se fit pas prier pour la relayer auprès de l'inconnu. Un trouble fort agréable l'envahit dès qu'elle fut près de lui. Le bel étranger ouvrit soudain les yeux et les posa sur elle. Jamais elle n'en avait vu d'aussi bleus. Son cœur manqua un battement et elle cessa un instant de respirer.

— Qui… où… ? bredouilla-t-il.

— Vous êtes à l'abbaye de Saint-Swithin, parvint à articuler Meg quand elle se fut ressaisie. Dans le Devonshire.

L'homme fronça les sourcils comme si ces noms ne lui disaient rien.

Elizabeth s'approcha.

— Comment vous appelez-vous, mon bon monsieur ? s'enquit-elle avec douceur, semblant avoir oublié qu'il puisse être un malfaiteur ou un hérétique. Ne craignez rien, vous êtes en sécurité avec nous.

Meg lui jeta un regard déconcerté avant de reporter son attention sur le bel étranger.

— Nous ne vous trahirons pas, crut-elle bon d'ajouter.

— Je ne sais pas… comment je m'appelle.

— Bon sang de bonsoir ! s'exclama Meg, désappointée.

— Nous devons vous donner un nom, monsieur. Raphaël vous irait bien. Vous ressemblez à…

— Non, refusa catégoriquement l'inconnu qui ne se sentait rien de commun avec un archange.

— Apollon, alors ? proposa Meg pour ne pas être en reste.

Il sourit, et elle se mordit la lèvre, mortifiée. Ce qui ne l'empêcha pas de noter au passage que les dents de

16

l'inconnu étaient à l'image du reste de sa personne : la perfection même.

— Merci, milady, fit-il tranquillement, ce qui laissait supposer qu'il était conscient de son physique hors du commun, mais je me contenterai d'un nom plus commun en attendant de retrouver la mémoire du mien.

— George ? suggéra Meg, en référence au saint tueur de dragons.

Elle s'étonnait de trouver encore le courage d'ouvrir la bouche après s'être ridiculisée comme elle venait de le faire.

— Oh, non ! Adam vous irait beaucoup mieux, s'écria Elizabeth avec enthousiasme. Comme le premier homme de la création, vous n'avez pas de passé. Et puis, vous êtes le premier à vivre ici, à Saint-Swithin.

— Va pour Adam, s'inclina-t-il.

Meg était secrètement vexée que sa sœur ait su trouver un nom à celui qu'elle soupçonnait des pires méfaits. En outre, elle estimait qu'Apollon lui allait mieux.

— Si tu préparais tes onguents ? lança-t-elle sèchement.

Adam ferma les yeux de nouveau et se rendormit.

— Mets-le à plat ventre, commanda Elizabeth sans se formaliser. C'est sa blessure à la tête qui nécessite des soins, continua-t-elle en sortant un petit mortier et un pilon de la trousse. Ensuite, tu pourras laver ton Apollon, puisque tu es toquée au point de le comparer à un dieu païen. On lui donnera aussi un peu de bouillon.

Malgré sa hardiesse, Meg se voyait mal lavant un homme, même si, s'agissant de cet homme-là, cette idée la séduisait plus qu'elle ne l'aurait dû. Elle se promit de confesser ses pensées coupables dès que possible.

— Et que feras-tu, sainte Elizabeth, pendant que je savonnerai le corps nu de cet homme et que je le nourrirai ?

Sa jeune sœur eut la bonne grâce de rougir.

— Tu ne voudrais tout de même pas que je m'en charge, n'est-ce pas ?

— Bien sûr que non, rétorqua Meg en contemplant le blessé.

Même dans l'état où il se trouvait, il se dégageait de lui cette assurance innée que seules confèrent l'estime et la confiance en soi.

— Qu'a-t-il bien pu lui arriver ?

— Il a sûrement été attaqué par des brigands, murmura Elizabeth. Tu crois qu'il pourrait nous apporter la peste ?

Ce fut au tour de Meg de se signer. Elles étaient protégées dans l'enceinte de l'abbaye, mais la terrible maladie faisait des ravages dans toute la région, c'est pourquoi mère Mary Benedict n'admettait pas n'importe qui à Saint-Swithin.

— Mis à part ses blessures, il semble trop vigoureux pour être malade, estima-t-elle. Tu penses vraiment que nous devrions le laver ?

— C'est ce que les sœurs font toujours quand un malade arrive à l'infirmerie, expliqua Elizabeth. Il a peut-être des poux ou des puces.

Meg écarta ses cheveux collés par le sang et les étudia avec attention.

— Aucune trace de poux, et il fait trop froid pour les puces.

Il se mit soudain à trembler en claquant des dents. Les deux jeunes filles s'empressèrent d'ajouter de nouveaux sacs sur son corps transi.

— Écoute, Meg, cet homme a la fièvre. Nous avons besoin d'aide pour le remettre sur pied. Toutes seules, nous n'y arriverons pas. Il faut aller le dire.

— Non, trancha sa sœur après réflexion. Les religieuses alerteront le shérif sur-le-champ, simplement parce que c'est un homme, et un étranger. Viens m'aider à le retourner, et pendant que tu examines sa blessure, j'irai chercher de l'eau et des vêtements propres.

— Meg...

— Elizabeth, fais ce que je te demande, s'il te plaît. Il est en danger, je le sais, et nous sommes ses seules amies pour l'instant.

À sa grande confusion, Meg s'aperçut qu'elle avait spontanément saisi la main d'Adam.

— Sottises! maugréa sa sœur en lui obéissant néanmoins.

Peu après, Meg nettoyait le sang séché qui lui collait les cheveux avant de manier prudemment les ciseaux pour dégager sa blessure. Elizabeth prépara un onguent à base d'herbes diverses et l'appliqua sur la plaie avant de la fixer à l'aide d'un bandage.

Elles le débarrassèrent ensuite de ses vêtements en piteux état, à l'exception de son caleçon, et le lavèrent avec de l'eau de pluie et du savon. Dès que ce fut fait, Meg s'empressa de le couvrir de nouveau.

Ayant déjà pris un grand risque en subtilisant de l'eau claire et la trousse de soins, elles hésitèrent à aller chercher du bouillon.

— Tu n'auras qu'à prétendre que c'est pour moi, suggéra Meg. Que je me sens faible et que je n'assisterai pas aux vêpres.

— Il est hors de question que je profère pareil mensonge! s'indigna Elizabeth avant de s'éclipser.

Une fois seule avec Adam, Meg constata qu'il semblait plus calme; sans doute les effets apaisants de l'onguent et de la toilette.

Sa sœur revint peu après avec un bol de bouillon fumant et une cuillère. Elle arborait une expression de défi, lui signifiant ainsi qu'elle avait accompli sa mission sans commettre de péché.

Hormis, peut-être, celui de vol…

Meg réveilla son patient et, lui soutenant la tête, entreprit de lui faire ingurgiter sa soupe, cuillerée par cuillerée. Il devait jeûner depuis un certain temps, car il mangea de bon appétit sans en laisser une goutte, avant de replonger aussitôt dans un sommeil réparateur.

Elle le veilla jusqu'à l'heure des vêpres. Elle se serait volontiers dispensée d'y assister si Elizabeth ne s'était montrée intraitable, arguant que, dans l'intérêt de leur protégé, ce n'était pas le moment d'économiser le nombre de prières. Du coup, Meg s'adressa au Seigneur avec une ferveur sans pareil.

Ce soir-là, dans leur cellule, près du lit vide de Gabriella dont elles ressentaient plus que jamais l'absence, les deux sœurs tombèrent d'accord pour sauver Adam. Elles ne faisaient qu'accomplir leur devoir, et tant pis si cela devait s'accompagner de quelques entorses à la morale. À ce sujet, d'ailleurs, Meg s'embarrassait beaucoup moins de scrupules qu'Elizabeth.

Durant trois jours, elles parvinrent à garder la présence de l'intrus secrète, s'éclipsant dès que leurs diverses occupations leur en laissaient l'occasion. Elles le nourrirent, renouvelèrent son pansement, lui trouvèrent des couvertures, et même des chausses et des bottes de jardinier ainsi qu'un pourpoint qu'elles dénichèrent dans le surplus de vêtements que les religieuses conservaient pour les pauvres. Il reprenait lentement des forces, mais pas suffisamment pour être capable de se débrouiller seul.

Le matin du quatrième jour, Meg s'éclipsa du réfectoire, après le petit-déjeuner, pour aller voir son patient. À sa grande surprise, elle le trouva debout, bien qu'en équilibre instable. Il faisait de sérieux efforts pour se tenir sur ses jambes et elle fut impressionnée par sa stature imposante. C'était un soldat, à n'en pas douter.

20

— Vous voilà donc rétabli.

— Vous avez l'air déçue, remarqua-t-il en s'appuyant à une table où des graines étaient entassées en attendant le printemps.

Meg déglutit avec peine et rassembla son courage.

— Je vous offre ma dot si vous acceptez de me conduire jusqu'à ma sœur, débita-t-elle d'une traite, consciente qu'il s'agissait d'un marché hasardeux dans la mesure où elle n'était pas encore en possession de ladite dot. Elle s'appelle Gabriella. Elle est partie en Cornouailles pour se marier, mais nous sommes sans nouvelles d'elle, et dame Johanna, son chaperon, n'est pas rentrée au couvent. Nous sommes très inquiètes.

Adam s'assit lourdement.

— Gabriella? répéta-t-il en fronçant les sourcils. C'est un nom qui me dit quelque chose...

Meg fit un pas vers lui, pleine d'espoir. Puis elle s'arrêta. Cet homme était peut-être un ami de Gabriella, mais il pouvait tout aussi bien être celui qui l'avait attaquée.

— Le prénom d'une sœur peut-être, ou d'une amie? suggéra-t-elle.

— Une amie, oui. Je n'ai ni sœurs ni frères. De cela, au moins, je suis sûr.

— Que vous rappelez-vous d'autre?

Les yeux bleus de l'homme s'assombrirent. S'étant débarrassé de son bandage, il se passa la main dans les cheveux.

— Des scènes de bataille me reviennent. D'horribles visions de carnages...

— Alors vous êtes bien un soldat.

— Oui, répondit-il en tendant les mains devant lui.

Des mains longues et racées, que l'on imaginait davantage pinçant les cordes d'un luth que maniant l'épée.

Il les examina comme si elles appartenaient à un autre.

— Ces callosités sont dues à une épée, déclara-t-il. Ce ne sont pas des mains de paysan ou de commerçant.

— En effet. Vous portiez des vêtements beaucoup trop fins et coûteux pour être l'un ou l'autre.

Il se leva d'un bond, vacilla dangereusement et se rassit aussitôt.

— Où sont-ils ? Est-ce que je portais des bottes ? Un bagage quelconque ?

— Non, répondit Meg en sortant des lambeaux de chemise et de hauts-de-chausses de l'endroit où elle les avait dissimulés. Quelqu'un a dû s'emparer de vos bottes et de vos autres possessions. C'est un miracle que vous ne soyez pas mort de froid et que vous n'ayez pas attrapé de graves engelures.

— Où m'avez-vous découvert ? Montrez-moi.

— Je ne peux pas, se défendit Meg, que sa véhémence soudaine effrayait.

Elle vivait au couvent depuis quelques années et elle n'était pas habituée aux hommes et à leurs façons. Ils l'intriguaient certes énormément, mais ils prenaient beaucoup de place et étaient bien trop bruyants à son goût.

— Votre présence ici est toujours secrète. Quelqu'un pourrait nous voir si nous sortons.

Il se mit debout tant bien que mal.

— Je crains que votre secret ne doive prendre fin. Si vous ne me montrez pas immédiatement où vous m'avez trouvé, j'y vais seul. Et je peux vous assurer que je me ferai remarquer, milady.

Meg s'empourpra.

— Je vous trouve bien ingrat, monsieur.

— Détrompez-vous. Je vous dois probablement la vie, rétorqua-t-il.

Il chancelait, mais parvint à rester debout sans prendre appui nulle part. Une détermination farouche animait son regard.

— Vous n'espériez tout de même pas me garder ici indéfiniment, tel un jouet ? Je suis un homme, et pas des plus sages, pour le peu que j'en devine. Vous n'êtes pas très avisée de vous attarder ici seule avec moi !

Meg se mordit la lèvre mais ne put s'empêcher de revenir sur ce qui la préoccupait.

— Vous ne me conduirez donc pas à Gabriella ?

— Non.

Il se dirigea vers la fenêtre et se courba légèrement pour regarder dehors, car il était vraiment très grand.

— Quel est cet endroit ?

— L'abbaye de Saint-Swithin, dans le Devonshire, répondit Meg, qui le lui avait déjà dit.

— Vous n'êtes sûrement pas une nonne.

— Et qu'est-ce qui vous permet de l'affirmer ? riposta-t-elle.

Il sourit et le cœur de Meg flancha.

— Du calme, milady. Je n'ai pas d'opinion particulière à votre sujet. J'estime simplement que vous êtes trop belle et trop pleine d'allant pour vous complaire dans une vie de recluse.

Meg le dévisagea, essayant de déterminer s'il s'agissait d'un compliment ou d'une insulte. Elle détestait l'idée qu'il n'ait pas d'opinion sur elle. Elle voulait l'occuper tout entier, emplir ses pensées telle une armée d'invasion.

Mais personne avant lui ne lui avait dit qu'elle était belle…

— Vous avez été bonne pour moi, reprit-il au bout d'un moment en s'inclinant avec courtoisie. Je vous en suis redevable.

— Mais pas suffisamment pour me conduire jusqu'à Gabriella.

— Je vous dois bien davantage, répondit-il d'un ton suave qui laissait percer le courtisan sous le soldat. Je ne serais pas un gentilhomme mais une fripouille de la pire espèce si j'acceptais ce que vous me demandez.

Vous n'ignorez pas qu'une femme qui voyage en compagnie d'un homme qui n'appartient pas à sa famille se déshonore à jamais ?

Meg hésita.

— Vous n'avez qu'à m'épouser, lança-t-elle soudain.

Il l'observa longuement sans mot dire, si longuement qu'elle se prit à espérer.

— Non, milady, bien que vous soyez tout à fait charmante, n'en doutez pas, déclara-t-il enfin. Ne vous est-il pas venu à l'esprit que j'étais peut-être déjà marié ?

2

Meg n'avait pas envisagé cette éventualité. Il n'était pas rare que des hommes mariés partent à la découverte du monde, ou bien à la guerre en France ou au pays du Levant juste après avoir convolé, et n'hésitent cependant pas à faire des promesses à des femmes de rencontre peu méfiantes. Certains disparaissaient parfois pour de bon avec la dot de la malheureuse, comme cela était arrivé à certaines dames recueillies à Saint-Swithin.

— C'est possible, en effet, admit-elle à regret.

L'idée qu'une autre puisse se prévaloir de l'affection de son chevalier la plongeait dans un désespoir aussi profond que celui qu'elle avait éprouvé lorsque Gabriella était partie, ou ce jour funeste où elle et ses sœurs étaient arrivées à Saint-Swithin.

— Mais si vous avez une femme, et des enfants peut-être, vous devez bien vous rappeler quelque chose…

Il secoua la tête, l'air un peu égaré, et Meg sut qu'il disait vrai. Elle brûlait de quitter l'univers confiné de Saint-Swithin pour aller explorer d'autres cieux. Ce désir était puissant, et profondément ancré en elle. Il lui semblait parfois que l'impatience la rongeait à petit feu, telles des milliers de bêtes affamées qui finiraient par avoir raison d'elle si elle ne faisait rien.

Quoi qu'il en soit, quitter l'abbaye n'irait pas sans larmes, car laisser Elizabeth derrière elle, peut-être pour toujours, lui briserait le cœur. Mais si grand que fût son amour pour sa petite sœur, il ne suffirait pas à la retenir dans ce couvent où elle s'étiolait jour après jour comme une fleur privée de soleil. Entre ces murs, elle avait l'impression d'étouffer. Un soupir lui échappa. L'étranger s'approcha d'elle et prit entre ses doigts une mèche brune qui s'échappait de la guimpe.

— Vous vous ennuyez à ce point que vous soyez disposée à suivre un inconnu ? demanda-t-il avec une douceur telle qu'elle se sentit soudain toute faible, prête à toutes les folies.

Ses parents n'étant pas démonstratifs, elle n'avait jamais connu de tendresse, en dehors de celle de ses sœurs. Émanant de cet homme, elle la touchait au-delà de toute raison. Il lui semblait qu'un courant magique la traversait, éveillant sur son passage des sensations dont elle ne soupçonnait pas l'existence.

Elle trouvait en effet la vie à Saint-Swithin terriblement ennuyeuse. Non pas qu'on l'y traite mal ou qu'elle manque de quoi que ce soit. Grâce à la chaude présence de Gabriella et d'Elizabeth, il lui était même arrivé de s'y sentir chez elle. Parfois pourtant, au crépuscule, elle se prenait à rêver d'ailleurs inconnus, et la mélancolie la submergeait quand elle mesurait combien ses désirs avaient peu de chance de se réaliser un jour.

Si seulement Elizabeth acceptait de partir avec elle ! Hélas, la plus jeune des sœurs Redclift était aussi têtue que Zacheus, le mulet de l'abbaye…

— Je n'ai jamais été désœuvrée ici, murmura-t-elle autant pour elle-même que pour son compagnon. C'est seulement que…

Les mots lui manquaient pour décrire avec justesse l'ampleur de son désespoir.

— Que quoi ? insista-t-il avec un petit sourire.

Que lui trouvait-il donc de si amusant ? s'interrogea-t-elle, regrettant de ne pas susciter son intérêt d'une tout autre manière.

— Vous n'imaginez pas ce que c'est que de vivre dans un endroit où *rien n'arrive jamais*. Les jours se suivent et se ressemblent. Prières, petit-déjeuner, prières. Tâches matinales, cours, prières. Déjeuner, travaux ménagers et cours de nouveau. Latin et couture. Des choses dont je n'ai vraiment que faire. Enfin, dîner et…

— Prières ? la taquina-t-il.

Elle croisa les bras et le considéra d'un air sombre.

— Comment avez-vous deviné ? ironisa-t-elle. Dieu lui-même doit en avoir assez de toutes ces courbettes, de tous ces gens qui ne cessent de s'extasier sur sa miséricorde infinie, sa bonté sans limites… Comme s'il ignorait que la plupart de ses fidèles ne l'invoquent que pour lui demander une faveur, genre retrouver leur cochon perdu ou que sais-je encore !

Il rit tout en reculant d'un pas afin de ménager une distance convenable entre eux. Contre toute raison, la jeune fille se sentit abandonnée… comme si cet homme avait eu la moindre obligation de rester près d'elle !

— Peut-être que Dieu se sent seul lui aussi, parfois, observa-t-il. Tout comme nous, pauvres mortels. Peut-être trouve-t-il ces « courbettes » divertissantes ?

— Certes. Si encore il répondait, de temps à autre, pour que l'on sache au moins qu'il écoute.

Cette fois, le chevalier éclata de rire.

— Ah, Meg, je devine en vous une âme intrépide, glissa-t-il en l'observant attentivement. Dites-moi, lady Redclift, que demandez-vous, dans vos prières ?

Meg hésitait à lui confier ses secrets intimes de peur qu'il ne se moque d'elle. Mais elle aimait le son de son rire, un rire franc, sans arrière-pensées, alors elle se lança :

— Eh bien, après avoir fait pénitence, je demande par exemple à la Sainte Vierge de nous envoyer des nouvelles de Gabriella, de la protéger, de veiller sur elle.

Elle poussa un profond soupir en pensant à sa jumelle, détourna les yeux puis ajouta :

— Je demande aussi un mari… Un homme courageux et droit.

Il lui effleura le nez du bout du doigt, et cette caresse impalpable déclencha en elle un torrent de sensations, comme si du vif-argent se mettait à courir dans ses veines.

— Douce Meg, je crains de ne pas être celui que vous cherchez, murmura-t-il d'une voix un peu rauque. Je manque de noblesse d'esprit, du moins si j'en juge par les pensées inavouables qui me viennent en ce moment même.

Il scruta son visage et s'inclina vers elle jusqu'à ce qu'elle sente son souffle sur sa peau. Il ferma les yeux et elle ne douta plus qu'il allait l'embrasser quand une voix s'éleva derrière eux :

— Margaret Redclift, qui est cet homme ?

Meg fit volte-face. Mère Mary Benedict se tenait sur le seuil. Derrière elle, Elizabeth hésitait, arborant une expression à la fois malheureuse, résignée et teintée de défi.

— Je n'ai rien dit, je te le jure, se défendit-elle comme sa sœur lui lançait un regard accusateur.

— Il me semble vous avoir posé une question, Margaret. J'attends une réponse.

— Nous l'avons trouvé dans le potager, avoua Meg.

L'abbesse n'était dépourvue ni de bonté ni de sagesse, mais Saint-Swithin était son domaine, et elle le gouvernait avec autorité et prenait ses responsabilités à cœur, tel l'archange saint Michel traitant avec les armées du paradis lors de la terrible révolte.

L'étranger écarta doucement Meg, qui se tenait devant lui, et s'inclina respectueusement devant la mère supérieure. Il se mouvait avec cette aisance innée propre aux aristocrates, nota-t-elle. Son chevalier était issu d'une bonne famille. Soldat ou pas, il avait reçu une excellente éducation.

— Vous avez là deux petits Samaritains exemplaires, bonne dame. Je leur dois beaucoup.

Meg crut discerner une lueur amusée dans les yeux de l'abbesse. Non, elle avait dû rêver…

— Je crois bien qu'elles m'ont sauvé la vie, ajouta-t-il.

— Peut-être, mais en la mettant inutilement en péril. Vous auriez dû être immédiatement transporté à l'infirmerie, monsieur. C'est en tout cas ce que j'aurais exigé si l'on m'avait informée de votre présence.

Mère Mary Benedict fixa tour à tour Meg et Elizabeth qui semblèrent se recroqueviller sous son regard.

— Mesdemoiselles, rendez-vous immédiatement à la chapelle afin de procéder à votre examen de conscience pendant que je m'occupe d'installer notre hôte dans une chambre digne de ce nom. Quand je serai prête à vous voir, je vous le ferai savoir.

Meg n'avait que dix-neuf ans mais elle redoutait par-dessus tout de ne pas trouver de mari et de vieillir à Saint-Swithin, aussi s'empressa-t-elle d'obéir, de même que sa sœur Elizabeth, quoique pour des raisons fort différentes. L'ambition de cette dernière était de devenir abbesse un jour.

— Tu lui as dit ! siffla Meg sur le chemin qui menait à la petite chapelle.

L'intérieur du lieu de culte était des plus dépouillés. Un sol de pierre, un autel dépourvu d'ornements. Pas de statues ni de crucifix ouvragés. Le sacré n'avait nul besoin de luxe et de dorures, selon mère Mary Benedict.

— Par tous les saints, je n'ai rien dit ! rétorqua Elizabeth. C'est dame Alice. Elle m'a vue prendre du porridge au réfectoire, ce matin, et elle m'a suivie…

Meg soupira, regrettant déjà son éclat. Après tout, c'était sa faute si elles en étaient là, car Elizabeth aurait informé l'abbesse de la présence de l'étranger sur-le-champ, si elle ne s'y était opposée.

— Cela ne m'étonne pas de dame Alice, répondit-elle en se radoucissant. Il faut toujours qu'elle fourre son nez partout !

— En tout cas, elle ne néglige ni sa besogne ni ses observances, tenta de la défendre sa sœur sans grande conviction.

Elles se signèrent en exécutant une génuflexion et s'approchèrent de l'autel. Il n'y avait personne hormis dame Claudia, qui passait le plus clair de son temps à communiquer avec Dieu qu'elle avait servi toute sa longue vie avec dévotion. Aujourd'hui âgée de soixante-dix ans, elle priait assise, l'abbesse lui ayant défendu de s'agenouiller pour ménager ses articulations douloureuses. Elle se trouvait au premier rang, tête baissée, mains jointes.

Elle ne leva pas les yeux quand les sœurs Redclift se prosternèrent devant l'autel pour faire pénitence. Bien qu'Elizabeth ne soit pas indisciplinée, les écarts de ses sœurs l'avaient souvent compromise.

Tandis qu'elle redressait sa guimpe avant de joindre les mains pour réclamer le pardon de ses péchés au Tout-Puissant, Meg songea à Gabriella, qui lui manquait plus que jamais.

Quelques minutes après son entretien avec son hôte secret, cet homme nommé « Adam », faute de mieux, l'abbesse pénétra dans la chapelle et demeura près de la porte, contemplant les jeunes Redclift avec un petit sourire. Elle les laissa se débattre encore un moment avec les facettes les plus discutables de leur personnalité. Bien qu'elle eût depuis longtemps trouvé dans sa communion avec le Seigneur des satisfactions que ce monde était bien incapable de lui offrir, elle n'était pas vieille et loin des réalités au point d'ignorer les désirs qui agitaient le cœur d'une femme. Elle avait notamment remarqué que leur visiteur était plus que séduisant.

Un soupir lui échappa. Aucune de ces deux jeunes filles n'était faite pour la vie de couvent, pas plus que leur sœur Gabriella. Les filles Redclift étaient destinées à se marier, à élever des enfants, à gouverner leur domaine auprès d'un époux qu'elles rendraient sans peine totalement esclaves de leur personnalité et de leur corps. Hélas, leur famille avait déchu dans la misère et elles avaient été envoyées à Saint-Swithin alors qu'elles sortaient à peine de l'enfance. Un protecteur, dont mère Benedict respectait les vœux en gardant son identité secrète, veillait sur elles. Leur mère, veuve d'un chevalier brave mais dénué de principes, s'était remariée par amour plutôt que par intérêt. Sans doute sur les conseils de son nouvel époux, elle avait renoncé à ses droits sur ses enfants. Croyant bien faire, leur protecteur avait nommé un certain baron pour prendre l'une des jeunes filles pour femme, le laissant libre de choisir entre les trois. Il avait immédiatement jeté son dévolu sur Gabriella.

L'abbesse se déplaça en silence dans l'étroite allée latérale, posa la main sur l'épaule de dame Claudia qu'elle trouva plus frêle que jamais. D'un bref hochement de tête, elle signifia à la vieille religieuse de se retirer.

Elizabeth n'interrompit pas ses prières mais Meg risqua un regard par-dessus son épaule et rougit en reconnaissant l'abbesse.

— Dites votre amen, mesdemoiselles. Je vous attends dans mon bureau.

Peu après, mère Mary Benedict entretenait ses jeunes protégées sur les dangers auxquels on s'exposait lorsque l'on recueillait un étranger en secret. En plus de la peste, qui se répandait comme une traînée de poudre, on risquait de tomber sur un hors-la-loi, un saltimbanque ou une fripouille. La guerre contre la France s'éternisait et les taxes pesaient lourd sur le peuple, sans parler de la morosité qu'engendraient ces temps troublés.

Elizabeth écoutait l'abbesse avec angoisse, alors que sa sœur semblait sur le point de rassembler ses affaires avant d'escalader le mur de l'abbaye pour s'enfuir. Endurer un sermon après des heures passées à prier constituait une épreuve au-dessus de ses forces.

Elle-même lassée de cette leçon de morale, devoir auquel elle n'aurait toutefois pu déroger, la mère supérieure en vint enfin à prononcer sa sentence.

— Vous n'irez pas à la foire d'automne, déclara-t-elle fermement.

Meg s'apprêtait à protester, à supplier s'il le fallait, mais Elizabeth lui serra le bras avec une vigueur qui ne lui était pas coutumière.

— Nous obéirons, décréta-t-elle en dissuadant du regard son aînée de la contredire.

Celle-ci hésita, luttant contre l'élan de révolte qui montait en elle, puis elle demanda avec une modération inattendue :

— Et l'étranger ?

— Ce n'est pas à vous de vous en occuper, répliqua l'abbesse en se levant pesamment.

Sa journée était loin d'être terminée, et ses devoirs, publics comme privés, l'occuperaient jusque tard dans la soirée.

— Dame Helena a besoin d'aide à la cuisine, ce matin. Elle vous attend. Et je vous prie de ne pas me causer davantage de tracas.

Meg ouvrit la bouche mais, à nouveau, Elizabeth intervint en lui prenant la main pour l'entraîner à sa suite.

Une fois la porte refermée, l'abbesse se laissa aller à sourire.

Un souvenir d'importance lui revint alors qu'il nourrissait les poules de l'abbaye par un petit matin glacial.

Il s'appelait Gresham.

Il s'immobilisa et les grains filèrent entre ses doigts tandis que la volaille caquetait de plus belle. Était-ce son nom ou son prénom ? À moins qu'il ne s'agisse d'un titre attaché à une terre, s'il était noble… Il se procurerait une carte et tenterait d'élucider ce mystère.

Il jeta une giclée de grains aux volailles en soupirant. Au moins disposait-il à présent d'un point de départ pour ses recherches. D'autres détails lui reviendraient sans doute, au fur et à mesure.

Une fois la tâche que lui avait assignée l'abbesse terminée – il la soupçonnait d'ailleurs de la lui avoir attribuée plus par pitié que pour qu'il gagne sa pitance –, Gresham retourna à l'infirmerie où mère Benedict l'avait installé en attendant qu'il soit suffisamment remis pour partir ou qu'elle ait décidé quoi faire de lui.

En pensant à la mère supérieure, Gresham sourit. Il l'aimait bien. C'était une femme de caractère, volontaire et juste. Ceux qui dépendaient d'elle pouvaient compter sur son équité.

Son visage s'assombrit lorsqu'il songea à Meg. Le seul fait d'évoquer la jeune fille provoquait en lui un trouble intense et profond. Il aimait, plus exactement il *adorait* l'écouter parler, même quand elle jacassait comme une pie, et quelque chose en elle avait le don de mettre son cœur en émoi. Meg Redclift n'était pas comme les autres femmes. En plus du spectacle magnifique qu'elle offrait avec ses yeux verts, son opulente chevelure brune, son corps svelte mais non dépourvu de rondeurs féminines, elle possédait un caractère fougueux et indomptable. Elle lui apparaissait comme une contrée inconnue et il mourait d'envie de l'explorer. Tout entière. Corps et âme. Même si, en dépit de son amnésie, il avait la certitude qu'on ne traitait pas à la légère les femmes comme lady Redclift.

Il se passa fébrilement la main dans les cheveux, frustré de ne rien savoir de la vie qu'il menait avant d'échouer à Saint-Swithin.

Le mystère de son passé l'obsédait. Il avait la vague impression d'être engagé avec quelqu'un d'autre, peut-être même marié et père de famille. L'idée de prendre une maîtresse ne l'aurait pas rebuté – il s'agissait d'une pratique communément admise après tout –, mais Meg méritait mieux. En dépit de ses vêtements modestes, il ne doutait pas qu'elle fût de noble lignée. Sa façon de se tenir, son regard ne trompaient pas. Il n'était pas particulièrement attiré par les vierges, mais même si cela avait été le cas, il n'était pas assez fou pour tirer avantage de l'une d'elles. Il risquait fort de se retrouver avec une armée d'oncles, de cousins et de frères prêts à tailler en pièces l'inconscient qui l'aurait mise dans son lit avant de la conduire à l'autel.

Il n'y avait personne à l'infirmerie, ce qui lui permit de réfléchir à loisir. Même s'il refusait de le reconnaître, le cours qu'avaient pris ses pensées le déconcertait. Il s'allongea sur son lit, autrement plus confortable que les trois bancs rassemblés dans la resserre, et sombra dans le sommeil.

Des rêves peuplés de visions d'épées s'entrechoquant avec fracas dans des gerbes d'étincelles, de hurlements d'hommes mortellement transpercés par les lames hantèrent son sommeil. Visions d'horreur courant dans les tréfonds de sa conscience telle une sombre rivière souterraine.

Quelques jours plus tard, le shérif ayant eu vent de la présence d'un étranger à l'abbaye se présenta à Saint-Swithin avec quelques hommes. Ayant terminé sa tâche aux cuisines, Meg rejoignit mère Mary Benedict dans la cour, comme celle-ci accueillait le représentant de la loi.

Le shérif était un homme d'une trentaine d'années, à la mine patibulaire, dont la main demeurait en permanence posée sur le pommeau de son épée. Quatre cavaliers silencieux se tenaient derrière lui.

— Bonjour, shérif, lança l'abbesse sans ouvrir la grille pour autant, ce qu'elle aurait fait pour tout autre voyageur.

Prigg, le shérif, inclina la tête à contrecœur.

— On dit au village que vous abritez un voyageur, bonne dame. Et comme il n'y a pas de fumée sans feu, je viens jeter un petit coup d'œil.

L'abbesse se raidit en redressant la tête. Prigg était un rustre. Elle ne l'aimait pas et elle n'était pas la seule, mais sa sainte vocation lui recommandant de traiter son prochain avec respect et indulgence, elle s'y appliqua :

— Nous ne cachons rien ni personne ici.

— Bien sûr que non, riposta Prigg d'un ton moqueur.

Dame Alice, songea Meg. Cette incorrigible bavarde ! Elle aura parlé d'Adam à un passant, un colporteur ou un forestier. Peut-être même avait-elle donné son signalement précis. C'était incroyable que la nouvelle ait déjà franchi les deux miles de champs couverts de chaume qui séparaient le village de l'abbaye.

— Absolument, soutint mère Benedict sans se démonter. Nous avons recueilli un homme. Il était blessé, incapable de se rappeler son nom. Nous l'avons soigné et il se remet lentement. Mais nous ne le *cachons* pas.

— Et, bien entendu, vous voulez vous débarrasser de ce fardeau. Rien de plus facile : nous allons l'emmener.

Le shérif s'exprimait d'un ton glacial et sa main s'était crispée sur la poignée de l'épée. Près de l'abbesse, Meg s'agita.

— Pourquoi ? Il est recherché ?

Prigg prit son temps pour répondre. En homme habitué à ce qu'on lui obéisse, il était contrarié par la résistance polie de l'abbesse.

— Nous cherchons un brigand en fuite et je me suis laissé dire que celle-ci avait un penchant pour lui, jeta-t-il en désignant Meg.

— Notre patient est un pauvre voyageur, certainement pas un hors-la-loi, affirma l'abbesse.

Prigg serra les dents.

— Quoi qu'il en soit, je vous invite à nous le livrer sans discuter, bonne dame. Il constitue une charge pour vous et un danger potentiel pour celles qui sont venues chercher auprès de vous protection et conseils spirituels. Il s'agit peut-être d'un criminel, d'un homme qui a commis le pire, et qui pourrait bien recommencer.

— Dois-je vous rappeler que la loi autorise quiconque à trouver refuge dans une abbaye, un monastère ou une église pour une quarantaine de jours ? rétorqua tranquillement mère Mary Benedict.

Le shérif devint écarlate. Il plissa les yeux, mais ne trouva aucun argument à opposer à l'abbesse.

— Notre hôte est blessé et ne présente aucune menace pour nous, reprit-elle. Revenez dans quarante jours, quand vous serez légalement autorisé à l'emmener. En attendant, vous n'avez aucune raison de le soupçonner de quoi que ce soit. À vrai dire, il me semble être la victime d'un larcin plutôt que le coupable.

— Je ne comprends pas que vous preniez de tels risques alors que vous hébergez des femmes vulnérables, sans la moindre protection, insista le shérif qui luttait pour garder son calme.

— Ne vous inquiétez pas pour nous. Et si vous voulez mon avis, vous feriez mieux de retourner là où l'on a besoin de vous avant la tombée de la nuit, ajouta-t-elle avec un empressement qui aurait pu passer pour ironique. Il ne faudrait pas que vous serviez de cible à des fripouilles. Oui, par les temps qui courent, vous avez certainement mieux à faire que de poursuivre un pauvre voyageur inoffensif.

— Il me semble que vous accordez votre confiance un peu trop facilement, bonne dame, répondit le shérif dont le teint avait viré à l'aubergine.

Un sourire suave joua sur les lèvres de la mère supérieure et Meg se prit à se féliciter de ne pas être la cible de son amabilité présente.

— Je suis une vieille femme au service de Dieu et je dois avouer que ce genre de conversation m'assomme. Laissez-nous à nos dévotions et passez votre chemin, shérif, je vous en prie.

Un muscle tressauta sur la joue de Prigg quand il reprit les rênes de son cheval pour lui faire faire brutalement volte-face avant de disparaître dans la pénombre du crépuscule avec ses hommes.

La mère les suivit du regard jusqu'à ce qu'ils disparaissent à la vue. Meg se tenait à ses côtés, anormalement silencieuse.

— Il reviendra, murmura celle-ci.

— Sans doute, mon enfant. Hélas… Venez, allons rejoindre les autres pour le souper.

Elles regagnèrent le réfectoire éclairé par de nombreuses lanternes. La salle était accueillante avec ses longues tables de bois ciré sur lesquelles se trouvait une nourriture simple mais abondante. Religieuses et postulantes y côtoyaient ces femmes, jeunes ou vieilles, qui, comme Meg et sa sœur, étaient indésirables dans leur propre foyer. Si toutefois elles en avaient un.

Parmi elles, des personnes âgées, des malades, des filles mères, des tantes restées célibataires, des sœurs et des filles devenues des fardeaux et que l'on éloignait dans l'attente d'un parti acceptable. Toutes, sans exception, étaient issues de bonne famille, même si certaines étaient très pauvres, comme celle de Meg, et vivaient dans un vieux manoir en ruine ou une forteresse glaciale et dépourvue de confort.

Même si Meg était impatiente de quitter Saint-Swithin pour vivre sa vie, elle était consciente de la chance qu'elle et ses sœurs avaient eue d'être acceptées à l'abbaye. Elles n'y avaient pas seulement reçu une instruction religieuse, elles avaient aussi appris le français et le latin, elles savaient lire, écrire et compter, chose rare même chez les nobles. Elles portaient peut-être des vêtements usés et maintes fois rapiécés, mais elles n'avaient jamais souffert du froid et de la faim comme cela aurait été le cas chez elles.

— Merci, dit timidement Meg à l'abbesse sur le seuil du réfectoire où régnaient une joyeuse animation et une douce chaleur.

— De quoi, mon enfant ? s'enquit la vieille dame avec une pointe d'humour. D'avoir défendu votre chevalier ?

— Entre autres, répondit la jeune fille en pressant la main de la religieuse. Et, surtout, de nous avoir accueillies, Gabriella, Elizabeth et moi, sans que jamais nous ne nous soyons senties orphelines.

L'abbesse sourit tout en prenant place près de la fenêtre.

— Ce fut une joie pour nous, quoique parfois source de tourment. Croyez-vous être les seules, Gabriella et vous, à être attirées par l'aventure ? Allons, mangeons. Vous êtes de corvée de vaisselle, ce soir, il vous faut prendre des forces.

Étant toutes au courant de la visite du shérif et de son objet, les autres religieuses s'étaient tues à l'arrivée de leur supérieure. Dame Alice gardait les yeux baissés, preuve de sa culpabilité, mais ses joues étaient roses d'indignation.

L'ignorant, Meg prit place aux côtés d'Elizabeth et joignit les mains pour une courte prière avant de se mettre à manger de bon appétit.

— Il n'est pas là, lui dit impatiemment Elizabeth comme Meg scrutait la pièce à la recherche de l'étranger.

La jeune fille était incroyablement perspicace à ses heures, un peu trop au goût de son aînée.

— Il doit se cacher du shérif, répliqua celle-ci.

Autour d'elle un silence chargé de tension s'était installé.

— Tu es insupportable, murmura Elizabeth. Tu aimes donc tant que cela susciter les bavardages ?

— Oui, répondit Meg qui trouvait alléchant tout ce qui avait un parfum d'aventure. J'adore ça, et je crains que tu ne sois obligée de faire avec, ma pauvre sœur !

Elizabeth réprima un sourire.

— Hélas ! Bon, tu laves ou tu essuies ?

— Pardon ?

— La vaisselle. Au cas où tu l'aurais oublié, l'abbesse t'a infligé une punition. Tu dois débarrasser, laver les tables puis la vaisselle avant de dresser le couvert du petit-déjeuner de demain.

Meg soupira. Elle détestait ce genre d'occupations, auxquelles s'ajoutaient le balayage et le lavage du sol ainsi que le chargement du poêle. De plus, l'idée de retrouver du porridge aux petits pois pour le petit déjeuner la rendait morose. Car il en restait beaucoup dans la marmite et dame Helena, la sœur cuisinière, ne gâcherait pour rien au monde la nourriture du Seigneur.

— Je n'aurai jamais le temps de passer voir Adam, remarqua-t-elle.

— C'est sans doute pour t'en empêcher que l'abbesse t'a chargée de toutes ces tâches. Elle est lucide et, te connaissant, elle n'espérait pas le moindre repentir de ta part.

Meg lui flanqua un petit coup de coude.

— Dis-moi, nous étions complices si je ne m'abuse, alors arrête de me faire porter l'entière responsabilité de l'affaire.

— Si tu n'avais pas tant insisté pour tenir sa présence secrète, j'aurais prévenu mère Mary Benedict dès le début ! rétorqua Elizabeth en se levant avec humeur.

Elle récupéra son bol vide et commença à empiler ceux des autres tables. Toute cette vaisselle emboîtée rappela à Meg les jongleurs de foire.

La foire. Elles en étaient privées. Depuis la dernière, qui avait eu lieu au village au milieu de l'été, elle avait gagné quelques pièces en faisant la lecture à des dames confinées à l'abbaye, et comptait s'en servir pour s'acheter une feuille de joli papier ou un ruban pour les cheveux.

Elle termina son repas, l'air sombre, et s'aperçut que le réfectoire était déjà presque désert. À son tour, elle entreprit de débarrasser et retrouva Elizabeth à la cuisine pour commencer la vaisselle.

Meg n'était pas rancunière. Elle fut la première à renouer la conversation.

— Le shérif voulait emmener Adam. Mère Mary Benedict a refusé.

— Je sais, répondit Elisabeth en frottant consciencieusement une bouilloire.

Contrairement à Meg qui se débarrassait hâtivement des tâches désagréables, elle prenait son temps.

— Tu crois que c'est vraiment un criminel ?

— Et toi ? demanda Meg, observant gravement sa sœur.

Cette dernière considéra la question un bon moment. D'abord tentée de plonger la tête de son aînée dans le baquet, elle finit par avouer :

— Non. Il y a de la bonté en lui.

— On dit aussi du Prince Noir qu'il peut se montrer gentil. Cela ne l'empêche pas d'égorger et d'éventrer nombre de Français.

— C'est différent, Meg. Il s'agit de la guerre.

— L'étranger l'a peut-être faite, lui aussi. Des visions de batailles sanglantes lui sont revenues en mémoire.

Elizabeth se signa d'une main savonneuse.

— Mon Dieu... Qu'en penses-tu ? Tu le crois bon ou pas ?

— Je ne me suis pas vraiment penchée sur la question. Penses-tu qu'il a assez à manger ? Un homme de sa corpulence a besoin de se nourrir en conséquence.

— Ne t'approche pas de lui, Meg Redclift ! Nous avons déjà assez de problèmes par ta faute !

Meg poussa un profond soupir, histoire de lui montrer que les saintes n'étaient pas les seules à souffrir.

— J'ai l'intention de me rendre à la foire, s'entendit-elle annoncer, se surprenant elle-même.

Son audace l'horrifia tout autant qu'Elizabeth, mais elle s'appliqua à dissimuler sa réaction derrière un air de défi.

— Tu n'en feras rien !

— Oh que si ! Je veux envoyer une lettre à Gabriella. Ce sera l'occasion ou jamais. Il y aura des saltimbanques qui parcourent le pays. J'en trouverai bien un qui se rend en Cornouailles.

— Tu es folle ! Imagine que tu attrapes la peste ou que tu te fasses enlever par des hommes sans scrupules ? Imagine...

— Hé, du calme ! Rien de tout cela n'arrivera et tu le sais. Je remettrai ma lettre à l'un de ces artistes et je serai revenue à l'abbaye avant que quiconque se soit aperçu de mon absence.

Elizabeth en resta sans voix.

— Et je te rapporterai un présent, continua sa sœur dans l'espoir de la distraire de son angoisse.

Hélas, Elizabeth n'était plus une enfant susceptible de se laisser tenter par une telle perspective.

3

— Ainsi vous vous appelez Gresham, dit Meg. Cela vous va mieux qu'Adam.

Debout devant la fenêtre de l'infirmerie, il contemplait la nuit glacée. Sans les murs de l'abbaye, il aurait pu apercevoir les lumières de Upper Gorse, et peut-être même celles du village, au-delà, songea tristement la jeune femme.

Il eut un petit rire et se retourna.

— Vous risquez le fouet, la corde ou le bûcher en venant ici. Allez-vous-en. Je ne tiens pas à porter la responsabilité de votre disgrâce et du châtiment qui s'ensuivra.

— Mère Mary Benedict n'emploie pas les méthodes fortes, répondit-elle en souriant. Si c'était le cas, je serais partie depuis longtemps avec ma jumelle, Gabriella.

Il fronça les sourcils d'un air sombre en entendant ce prénom et, l'espace d'un instant, Meg craignit d'avoir affaire à l'une de ces âmes superstitieuses qui s'imaginaient que les jumeaux portaient la marque d'une certaine perfidie, surtout les filles. Elle-même, durant son enfance à Redclift Hall, avait souffert des croyances qui couraient sur les naissances multiples. On soupçonnait en effet les jumeaux d'être issus de deux pères différents. En ce qui la concernait, les ignorants n'en avaient pas douté, car avec ses cheveux bruns et ses yeux verts, elle ne ressemblait ni à

43

son géniteur, sir Michael Redclift, ni à sa mère, ni à Gabriella qui étaient tous blonds.

Les villageois et les domestiques adhéraient à ces croyances et Redclift aussi, selon sa mère. Il ne lui avait jamais pardonné cette faute dont il la croyait coupable et dont elle était bien sûr innocente. Il avait quitté la maison, et n'était revenu que le temps de concevoir Elizabeth, probablement dans un moment d'égarement.

— Qu'est-ce qui vous trouble, milady ? s'enquit Gresham en s'adossant à la fenêtre, les bras croisés sur son modeste pourpoint. Vous paraissez accablée.

Meg secoua la tête en essayant de chasser le souvenir poignant d'un homme de haute taille, séduisant, jurant sous l'effet de la colère et de l'alcool. Son père.

— Rien, fit-elle en espérant qu'il ne la prenait pas lui aussi pour une enfant illégitime. Ma sœur est née la première.

— Comment est-elle ? Physiquement, je veux dire.

En songeant à sa chère Gabriella, Meg sentit sa gorge se serrer. Si seulement elle pouvait être certaine qu'elle avait bien rejoint son mari, saine et sauve.

— Elle est très belle. Blonde, les yeux noisette, plutôt grande pour une femme.

Cette description le rendit perplexe plus que soupçonneux, au grand soulagement de la jeune femme.

— C'est curieux, observa-t-il. Une image se forme dans mon esprit, celle d'une femme sur un cheval au galop, les cheveux au vent.

Meg fit un pas vers lui sans même s'en apercevoir.

— Gabriella a toujours refusé de porter une guimpe ou un voile.

— Beaucoup de femmes subissent ces contraintes à contrecœur, je pense.

— Certes, mais peu osent braver les règles comme Gabriella. Mon Dieu ! Si je ne la retrouve pas très vite ou si je n'ai pas bientôt de ses nouvelles, je vais devenir folle !

— Vous l'aimez tant que cela ?

Meg fut sidérée par la question.

— Évidemment ! Je l'aime de tout mon cœur, tout comme Elizabeth. Le même sang coule dans nos veines. Nous n'étions plus que toutes les trois, ces dernières années, et le lien qui nous unit n'a fait que se renforcer. Je ne trouverai pas le repos tant que je n'aurai pas l'assurance que ma jumelle va bien.

— Supposez… supposez qu'elle soit morte ?

Cette idée choqua tellement Meg que ses yeux s'embuèrent et sa bouche s'assécha.

— Eh bien, Elizabeth et moi la pleurerons, mais au moins nous saurons ce qui lui est arrivé. Nous pourrons faire notre deuil.

Son chevalier sans passé, et peut-être sans avenir, à en croire le shérif, l'étudia en silence durant un long moment, un moment magique au cours duquel elle se demanda s'il n'avait pas été envoyé par la Providence pour lui venir en aide.

— À quel prix mènerez-vous ces recherches, lady Redclift ? Celui de votre vertu ? Parce que si vous quittez l'abbaye, comme vous semblez en avoir l'intention, cela risque de vous coûter fort cher. Croyez-moi, il se passe des choses horribles au-delà de ces murs, des choses que, dans votre innocence, vous ne pouvez pas même concevoir.

Il affichait une expression grave, presque sévère, mais elle crut déceler en lui un début d'hésitation. Elle se raccrocha à ce timide espoir.

— Je suis prête à prendre tous les risques qu'il faudra pour retrouver ma sœur, my lord.

Malgré la semi-pénombre, elle vit son regard bleu s'assombrir. Des sensations qui n'avaient plus rien à voir avec la disparition de Gabriella l'assaillirent. Son cœur s'emballa et des lieux secrets en elle, assoupis jusqu'à ce jour, se mirent soudain à palpiter. Une sorte d'impatience, à la fois douloureuse et délicieuse, la saisit.

— Pourquoi m'appelez-vous « my lord » ?

— Vous êtes issu d'une noble lignée, Gresham, ou tout au moins de bonne famille. Cela se voit dans vos yeux, dans votre façon de vous mouvoir.

Elle s'aperçut tout à coup qu'il se tenait devant elle. Il s'était approché sans qu'elle s'en rendît compte. Sa main, puissante et calleuse à force d'avoir manié les armes, se posa sur sa joue et se fit douce comme la soie.

— Je ferais mieux de partir, milady, et vite ! Je suis trop heureux ici.

Au lieu de s'écarter, elle soutint son regard, consciente du trouble inconnu que provoquait en elle le contact de sa main sur sa peau.

Lentement, il baissa la tête et frôla ses lèvres des siennes. Un long frisson la parcourut mais elle ne bougea pas. Comme hypnotisée, elle le laissa transformer peu à peu ce qui n'était qu'une caresse légère en un vrai baiser. Mue par un instinct inconnu mais souverain, elle enroula les bras autour de son cou, s'accrochant à lui car ses jambes ne la portaient plus.

Glissant les mains autour de sa taille, il lova sa langue contre la sienne. Un gémissement de pure volupté échappa à la jeune femme. Galvanisé par sa réaction, il la plaqua contre lui en grognant.

À la violence passionnée et impudique de sa réponse, Meg comprit qu'elle se conduisait comme une dévergondée, mais cette prise de conscience n'entama en rien son plaisir.

Ce fut Gresham qui mit un terme à leur étreinte en se détournant brusquement, l'air égaré.

— Gresham Sedgewick, tu perds la tête ! marmonna-t-il en se passant la main dans les cheveux.

Tous deux se figèrent.

— Gresham *Sedgewick*, répéta-t-elle, comme s'il s'agissait d'une incantation magique susceptible de leur apporter beaucoup de bonheur, licite ou... illicite.

Il se tourna vers elle, les yeux brillants.

— J'ai un nom... C'est déjà ça. Laissez-moi, milady, pendant qu'il me reste encore un semblant d'honneur.

— Mais...

— Allez-vous-en. Tout de suite, si vous ne voulez pas que je vous embrasse de nouveau.

Traversée par une foule d'émotions jubilatoires, Meg obéit sans discuter. Elle était à la fois heureuse et triste qu'il retrouve la mémoire, car dès qu'il serait remis, il partirait. Sans elle.

Cette nuit-là, elle demeura longtemps éveillée, à tourner et à retourner dans sa tête le contenu de sa lettre à Gabriella avant de le coucher par écrit sur son unique et précieux parchemin, cadeau d'Elizabeth pour Noël. L'encre et la plume appartenaient à sa jumelle.

Elle se souvint avec amusement de ce jour où Gabriella avait pourchassé à ses risques et périls l'oie d'un fermier pour lui arracher une plume de la queue. Offensé, l'énorme volatile s'était rebiffé et sa sœur avait dû prendre ses jambes à son cou.

Le sourire aux lèvres, elle écrivit : *Ma très chère sœur bien-aimée...*

Deux jours plus tard, par un matin de novembre glacial, Meg et Elizabeth grimpèrent dans le vieux clocher de l'abbaye pour assister aux préparatifs de la foire. Comme elles auraient aimé être là-bas, elles aussi ! Meg, surtout. Des larmes de frustration lui brouillaient la vue.

L'enceinte de Saint-Swithin était à la fois un havre de paix et une prison étouffante. Si Elizabeth s'en accommodait et y trouvait même un certain épanouissement, Meg s'y sentait à l'étroit, coupée du monde et de la vie. Même si Gabriella était restée, elle aurait fini par céder à ce besoin qui la taraudait d'aller à la rencontre de son propre destin.

— Meg, je t'en prie, ne désobéis pas à l'abbesse, plaida Elizabeth, comme si elle suivait le cours de ses pensées. Il y aura d'autres foires.

— Vraiment ?

Meg s'essuya les joues et sa sœur eut un sourire triste.

— Je te connais mieux que tu ne le penses, tu sais. Ce n'est pas seulement cette foire qui t'attire. Tu songes à partir pour de bon, n'est-ce pas ?

Meg se tourna vers elle et l'observa intensément.

— Tu ne crois tout de même pas que je pourrais m'en aller en te laissant là, sachant que je ne te reverrais jamais ? Toi, ma sage, ma douce petite sœur que j'aime tant ?

— Tu partiras, comme Gabriella. Oh, Meg !

— Nous ne serons pas séparées longtemps, ne t'inquiète pas, répondit Meg en lui caressant les cheveux.

— Je suis prête à… t'accompagner. Je sais, j'ai refusé jusqu'ici mais…

Ces mots que son aînée rêvait d'entendre ne lui procurèrent pas le soulagement escompté. Elizabeth n'était encore qu'une enfant et le monde extérieur recelait de nombreux dangers. Elle était plus en sécurité à l'abbaye pour le moment.

— Non, ma chérie. Je ne supporterais pas qu'il t'arrive quelque chose, que tu attrapes la peste ou que tu tombes entre les mains de brigands. Il me paraît plus prudent que tu restes ici. Mais dès que j'aurai retrouvé Gabriella, je t'enverrai chercher, s'empressa-t-elle d'ajouter avec enthousiasme. Avec une légion de soldats armés et des chaperons en quantité !

Des larmes tremblèrent dans les yeux d'Elizabeth.

— Tu me trouves faible et timide, n'est-ce pas ? J'ai tout de même seize ans et…

Meg la prit dans ses bras et l'étreignit avec force. La perspective de se séparer d'elle la déchirait. Des trois sœurs, elle était certes la plus jeune et la plus fragile d'apparence, mais pour ce qui était du courage et de la sagesse, elle les surpassait.

— Faible et timide ? répéta Meg en s'écartant un peu pour la contempler. Non, Elizabeth Redclift. Certainement pas. Pas toi.

— Pourtant, tu refuses de m'emmener.

— Gabriella me haïrait si je t'exposais au moindre danger, et je ne me le pardonnerais jamais. Tu es trop précieuse à notre cœur, ma chérie.

— Je préviendrai mère Mary Benedict de tes projets, Margaret Redclift ! menaça Elisabeth.

— Je partirai, avec ou sans son approbation.

Obéissant à une impulsion déraisonnable, elle s'empara de la main de sa cadette et ajouta :

— Viens à la foire avec moi !

— Non.

— Pourquoi ?

— Parce que je dois obéissance à notre supérieure, qu'il me faut d'ailleurs informer de ce que tu mijotes.

Avec un petit rire, Meg replaça une boucle de cheveux noirs sous la guimpe grise qui, comme la sienne, était un peu de guingois.

— Tu es bien trop loyale pour me trahir.

— Et si tu te trompais ? Si je n'avais aucun scrupule ?

Amusée, Meg l'étreignit de nouveau sans mot dire.

Cet après-midi-là, tandis que mère Mary Benedict faisait sa sieste quotidienne et qu'Elizabeth soignait dame Claudia qui s'était sentie mal après le déjeuner,

49

Meg sortit de l'abbaye par une porte dérobée donnant sur le jardin où elles avaient découvert Gresham Sedgewick. Sa lettre pour Gabriella était soigneusement pliée dans la poche de sa jupe.

Une fois dehors, elle ôta sa guimpe et l'accrocha à la lanterne pour être certaine de la retrouver à son retour. Le jour du départ définitif n'était pas encore venu mais il ne saurait tarder. Pour l'heure, elle se contenterait de dénicher un messager susceptible d'acheminer sa missive, puis de profiter un peu de la fête. Ainsi garderait-elle en mémoire des images colorées afin d'égayer un peu les longues soirées d'un hiver qui s'annonçait précoce et rude.

Elle serait de retour à Saint-Swithin pour le dîner et prendrait place à la table du réfectoire avec les autres. Elle prierait avec dévotion durant les vêpres et, tout en aidant Elizabeth dans ses tâches, elle lui raconterait son escapade en détail.

Cheveux au vent, elle traversa les champs couverts de givre d'un bon pas tout en songeant aux joyeux spectacles qui l'attendaient.

Penché sur l'une des cartes qu'il avait dénichées dans la bibliothèque de l'abbaye avec l'espoir qu'un nom de lieu lui évoquerait un souvenir familier, Gresham soupira. Rien. Pas la moindre petite lueur n'avait vacillé dans les ténèbres de sa mémoire. Seul le nom de Londres et des images fragmentées de batailles lui revenaient vaguement. Des fantômes gris et nébuleux peuplaient son esprit. S'il en reconnaissait confusément certains, il était incapable de mettre un nom sur leurs visages indistincts.

Il s'apprêtait à ranger les cartes quand Elizabeth Redclift se glissa timidement dans la pièce, la guimpe de travers. Elle semblait d'une pâleur inhabituelle et ses grands yeux bruns étaient emplis d'effroi.

— Je n'aurais pas dû la laisser partir! s'écria-t-elle.

Gresham sentit son sang se glacer dans ses veines.

— De qui parlez-vous? demanda-t-il, bien inutilement, car il le savait intuitivement.

Elizabeth se laissa tomber sur un banc en se tordant les mains.

— Meg. Elle est allée à la foire alors que l'abbesse le lui avait formellement défendu...

Il la prit aux épaules et l'obligea à se lever.

— Elle a quitté l'abbaye? *Seule?*

Elizabeth se mordit la lèvre inférieure et hocha la tête en essayant vainement de retenir ses larmes.

— Dieu du ciel! Avec tous les criminels qui traînent dans les parages!

Elle était à présent d'une blancheur de craie si bien qu'il l'obligea à se rasseoir de crainte qu'elle ne s'évanouisse.

— Si quoi que ce soit lui arrive, je serai la seule responsable. La seule... murmura-t-elle.

Il ne prit pas le temps de la réconforter. Selon lui, la seule responsable de cette folie, c'était Meg elle-même. Personne ne l'avait forcée à sortir, après tout.

— Elizabeth, y a-t-il un cheval ici, et une épée?

— Non. Nous avions Zacheus, le vieux mulet blanc, mais il est parti en Cornouailles avec dame Johanna et Gabriella. Et mère Mary Benedict estimant que la vérité et la vertu sont les deux seules armes dont nous ayons besoin, nous n'en avons pas d'autres.

Une grosse larme roula sur sa joue tandis qu'elle ajoutait:

— J'échangerais volontiers ma place au paradis contre un couteau tranchant et un cheval!

Gresham sourit malgré lui et déposa un baiser fraternel sur le front de la jeune fille. S'il devait se rendre au village à pied et sans arme, il irait. Il se défendrait avec tout ce qui lui tomberait sous la main en priant pour ne pas rencontrer le shérif et ses hommes avant d'avoir retrouvé Meg.

— Je la ramènerai, affirma-t-il. Avez-vous parlé de sa disparition à quelqu'un ?

— Non, my lord. Que voulez-vous que je fasse ?

— Restez ici, à l'abbaye. Promettez-le-moi, Elizabeth. Je ne voudrais pas avoir à chercher les deux sœurs.

— Je vous le promets, répondit Elizabeth. Je vous en prie, dépêchez-vous !

Quelques minutes plus tard, Gresham quittait l'abbaye par la poterne que Meg avait empruntée. Il découvrit la guimpe accrochée à la lanterne fixée au mur. S'il avait été d'humeur, il aurait souri en constatant que la jeune fille n'avait pas perdu de temps pour se débarrasser de son voile. Sans doute aurait-elle refusé de le porter, comme sa jumelle, s'il n'avait tenu qu'à elle.

À cet instant, un visage et une silhouette féminine s'imposèrent brièvement à son esprit. *Gabriella*.

Il traversa le champ au pas de course, légèrement courbé en avant. Il se sentait comme un lapin bondissant entre les flèches des chasseurs. À en croire Meg, le shérif semblait déterminé à lui causer des ennuis, qu'il ait commis un crime ou non.

En pénétrant dans le bois, il ramassa une grosse branche tombée d'un chêne. Il s'en ferait un gourdin. C'était mieux que rien.

Les hommes du shérif étaient sans doute munis d'épées et d'arcs, et il espéra qu'ils étaient occupés ailleurs. À la foire, peut-être, où ils devaient se distraire…

Aux abords du village, une femme voulut lui vendre le poulet qui piaillait dans ses bras. Un garçon dégingandé, vêtu d'une pèlerine élimée dont Gresham se serait bien emparée pour passer inaperçu, l'accompagnait. Hélas, il n'avait rien à proposer en échange, et sa situation n'était pas désespérée au point de le pousser à s'en saisir par la force, ce qui ne manquerait pas d'attirer l'attention sur lui.

Écartant la femme, il déambula sans hâte, s'efforçant de ne pas se faire remarquer et guettant sans relâche le shérif et ses hommes.

Il avait beau faire, il sentait les regards s'attarder sur lui, tout simplement parce qu'il était étranger au village. Visiblement, les gens savaient qu'il était l'homme que les religieuses avaient recueilli.

La voix de Meg lui parvint soudain. Elle se tenait juste derrière la charrette d'une femme qui vendait d'appétissantes tartes. Un soulagement profond l'envahit. Elle était saine et sauve.

— Je te dis que c'est notre mulet, affirmait-elle. Il s'appelle Enoch. C'est le frère de Zacheus. Il s'est éloigné de l'abbaye il y a quelques mois et nous ne l'avons plus revu. Regarde comme il mange dans ma main… Il me reconnaît.

Gresham ne comprit pas la réponse de l'autre, mais il perçut nettement le défi dans sa voix.

— Où l'as-tu trouvé ? insista Meg. Sur la route ? À moins que tu ne sois carrément venu le chercher dans son box ? Alors ? Tu ne réponds pas ? Très bien, le shérif t'aidera peut-être à retrouver la mémoire.

Gresham contourna la charrette et prit la jeune femme par le bras. Il ne manquait plus que ça, qu'elle aille prévenir les autorités !

Meg sursauta. À la surprise succéda la suspicion, mais elle n'eut pas le temps de lui poser de questions. À la vue de Gresham, le jeune garçon avait tressailli violemment en écarquillant les yeux. Il lâcha brusquement les rênes du mulet et se rua en direction du bois tout proche. Son visage grêlé ne disait rien à

Gresham, mais de toute évidence, lui l'avait reconnu. Il s'élança à sa poursuite en jurant.

Il le rattrapa dans un buisson où il tentait de se faufiler et l'envoya violemment rouler à terre avant de l'immobiliser en lui plaquant le gourdin sur la gorge.

— Où as-tu eu ce mulet ? gronda-t-il.

Meg les avait rejoints avec Enoch qu'elle avait récupéré au passage. Par chance, l'incident ne semblait pas avoir attiré l'attention des villageois davantage préoccupés par la foire.

Gresham empoigna le garçon par son pourpoint et le redressa en position assise.

— Je l'ai trouvé, gémit ce dernier.

— Et pourquoi t'es-tu sauvé en me voyant ?

— Ce n'est pas moi qui vous ai frappé ! Je vous jure que ce n'est pas moi !

— Mais tu sais qui c'est.

Silence.

Gresham fit glisser le bout de son bâton du menton du jeune homme jusqu'à sa poitrine.

— Je t'écoute.

Le gamin jeta un regard désespéré à Meg.

— C'est la nonne. Elle vous a frappé par-derrière avec une pierre puis elle a volé votre cheval. Je n'ai rien fait, je le jure...

Des images jaillirent fugitivement dans la mémoire de Gresham. Il y avait une nonne, ce garçon, et ils voyageaient ensemble. Qu'est-ce qui les avait réunis, tous les trois ? Mystère.

— Tu avais un cheval, jeta-t-il durement au garçon.

— Oui, mais il a pris peur et... il s'est sauvé. Je ne l'ai jamais retrouvé !

Meg s'agenouilla près de lui sur les feuilles raidies par le givre. Il n'y avait que dame Johanna pour oser s'attaquer à un homme avec une pierre...

— Tu dois avoir entendu parler de ma sœur, Gabriella.

Le garçon cracha.

— C'est la gueuse de Chalstrey, je n'en dirai pas davantage. Récupérez votre maudit mulet et laissez-moi tranquille, sinon, c'est moi qui vais aller chercher le shérif !

Gresham lâcha le garçon comme s'il s'en désintéressait soudain et se tourna vers Meg dont les yeux brillaient d'indignation.

Le chenapan se releva et s'apprêtait à filer quand elle s'empara du gourdin et le brandit, prête à frapper.

— Menteur ! Comment oses-tu parler de ma sœur en ces termes ! Elle vaut mieux que des centaines de vauriens tels que toi !

Secrètement admiratif, Gresham ne lui en ôta pas moins le bâton des mains avant qu'elle ne s'en serve. L'autre en profita pour s'enfuir à toutes jambes. La colère de la jeune femme retomba d'un coup et elle éclata en sanglots, laissant libre cours à son chagrin.

Gresham l'attira contre lui et referma les bras autour d'elle.

— Meg, allons… Ma douce, ne pleurez pas, je vous en supplie… Je ne le supporte pas.

Près d'eux, le mulet se mit à braire et entreprit de dévorer les quelques feuilles qui s'attardaient sur un buisson.

Meg leva vers Gresham un regard malheureux mais où luisait toujours la flamme du courage.

— Gabriella n'est pas une catin.

Il glissa les doigts dans les longs cheveux bruns pour dégager son beau visage.

— Bien sûr que non, assura-t-il.

— Ce Chalstrey… qui est-ce ?

Une tristesse sans fond s'empara de lui.

— Je ne sais pas, répondit-il en lui embrassant doucement le front. Mais nous le trouverons, vous et moi, tout comme nous trouverons votre sœur… dussions-nous parcourir toute l'Angleterre sur le dos de ce mulet !

Elle demeura immobile un long moment, scrutant le regard d'outremer.

— Vous êtes sérieux ? Soyez damné si vous ne tenez pas votre engagement…

Il la dévorait des yeux et ne put s'empêcher de la toucher, de la serrer contre lui. Quel sort lui avait-elle donc jeté pour qu'il accepte de se lancer dans une aventure aussi insensée ?

— Je tiendrai ma promesse, my lady, s'entendit-il répondre. Venez, maintenant. Retournons à l'abbaye avec ce mulet. Avec un peu de chance, tout à la joie des retrouvailles, on oubliera peut-être notre escapade.

Elle le gratifia d'un sourire adorable qui, à lui seul, suffisait à justifier sa conduite invraisemblable.

— Les dames de Saint-Swithin seront vraiment ravies de revoir Enoch, malgré son caractère difficile, déclara-t-elle en jetant à ce dernier un regard affectueux.

Gresham saisit les rênes du mulet et se hissa souplement sur son dos avant de soulever Meg pour l'installer devant lui. Cet effort provoqua un léger vertige, mais après un bon repas et un doigt de l'excellent sherry que l'abbesse cachait dans son placard, il se sentirait mieux.

Il attendrait le lendemain pour réfléchir aux détails de leur fuite.

— Nous devrions commencer nos recherches par Londres, suggéra-t-elle comme il pressait le mulet indolent en direction de Saint-Swithin. C'est sur le chemin de la Cornouailles. Quelqu'un aura sûrement entendu parler de vous ou de Gabriella…

Il hocha la tête.

— Je lui ai envoyé une lettre, reprit-elle.

— Une lettre ?

— Oui, à Gabriella. Je l'ai confiée à un mime. Il vous ressemblait beaucoup, d'ailleurs. C'est ce qui m'a incitée à la lui remettre.

Gresham fronça les sourcils, à la fois intrigué et inquiet.

— Il me ressemblait ?

— Oui. Blond aux yeux bleus, comme vous. Mais pas aussi séduisant !

Il scruta les alentours. Aucun homme de loi dans les parages...

— Que savez-vous d'autre de lui ?

— Pas grand-chose. Je lui ai parlé du mari de Gabriella, en Cornouailles, et il a promis de lui remettre ma lettre dans la mesure du possible. Sa troupe et lui ont prévu de se rendre là-bas au printemps.

Songeant à la visite du shérif à l'abbaye, Gresham se demanda s'il ne le prenait pas pour ce mime qui lui ressemblait, et qui était peut-être un malfaiteur... Si c'était le cas, ce dernier ne manquait pas de toupet de venir s'exhiber ainsi dans une foire.

Quant à entreprendre ces recherches avec cette jeune femme intrépide, c'était de la folie pure, car le voyage ne serait pas dénué de risques. Il cherchait un moyen de se dédire lorsqu'un martèlement sourd le fit se retourner. Il aperçut un cavalier qui se dirigeait vers eux au grand galop.

Jurant entre ses dents, il flanqua un coup de talons dans les flancs du mulet, qui s'élança à travers champs en poussant des braiments courroucés.

Ils venaient à peine de refermer à double tour la poterne, à l'arrière de l'abbaye, que l'homme du shérif les rejoignit. Furieux, ce dernier se mit à cogner contre le lourd panneau de bois à l'aide d'un objet métallique, probablement une épée ou une dague.

Il s'en était fallu de peu. Gresham sourit, heureux d'avoir su relever ce petit défi. Quelle que soit son identité, il n'était pas couard et prenait un vif plaisir aux affrontements. Une alliance avec Meg Redclift promettait quelques remous...

4

Dans l'auguste enceinte de Saint-Swithin, le retour d'Enoch fut fêté dans la joie. Gresham avait raison : leur escapade suscita peu d'intérêt au milieu des retrouvailles avec le mulet blanc. Seule Elizabeth déclara qu'elle ne se serait pas tant inquiétée si elle avait su que sa sœur était simplement allée récupérer un mulet égaré. Quant à mère Mary Benedict, elle se contenta de surveiller plus étroitement les allées et venues de Meg durant les jours qui suivirent.

L'état de dame Claudia causait à l'abbesse les plus vives inquiétudes. Il ne s'agissait pas d'une simple indigestion, comme elle l'avait cru au début. La vieille religieuse avait été isolée dans une cellule à l'écart. On parlait de fièvre, de délire et de symptômes ressemblant fort à ceux de la peste.

Elizabeth consacrait beaucoup de temps à la soigner. Elle en vint à écourter ses nuits, et Meg dut l'obliger plusieurs fois à s'asseoir pour prendre ses repas.

Débordée, la jeune fille devint maussade et commença à perdre du poids. Trois jours après le retour d'Enoch, elle quitta la chambre qu'elle partageait depuis sept ans avec ses sœurs. De plus en plus soucieuse, Meg finit par la prendre à part, un jour où elle sortait de la laiterie une cruche à la main.

Tête baissée, Elizabeth tenta de l'éviter en se dirigeant hâtivement vers la cellule de la malade, mais Meg lui barra fermement le chemin.

Elle découvrit alors que sa cadette était d'une pâleur effrayante. Sa peau était si transparente qu'on apercevait les veines bleutées à la base du cou. Elizabeth eut un mouvement de recul.

— Ne me touche pas, Meg, dit-elle d'une voix sans timbre. Et ne m'approche plus, je t'en conjure.

— Que me caches-tu? Je veux savoir, rétorqua son aînée en priant le ciel silencieusement.

Mon Dieu, faites que les rumeurs se trompent. Ne laissez pas la peste s'introduire à Saint-Swithin.

— Va-t'en, Meg. Sauve-toi pendant qu'il est encore temps. Emmène lord Sedgewick avec toi et *va-t'en*.

C'était donc bien de la peste qu'était atteinte dame Claudia... La terrible vérité frappa Meg de plein fouet. Pourquoi n'avait-elle pas deviné plus tôt? Le mutisme de sa sœur, la mise à l'écart de la vieille religieuse qui n'était même pas retournée prier une seule fois auraient dû lui mettre la puce à l'oreille.

— Sainte Mère de Dieu, murmura-t-elle en se signant. Tu en es sûre? Il n'y a pas d'erreur possible?

Elizabeth rougit et l'effet fut saisissant dans son visage livide.

— Ne t'affole pas, déclara-t-elle avec un calme inattendu. Nous n'en sommes pas absolument certaines, mère Mary Benedict et moi. La peste entraîne d'ordinaire une mort rapide. Dame Claudia est toujours là.

— Et tu l'as soignée, durant tout ce temps, murmura Meg, horrifiée.

Elle aurait voulu lui prendre la main et l'entraîner loin d'ici sans délai.

Elizabeth n'estima pas nécessaire de répondre.

— Viens, l'implora Meg. Partons immédiatement, toi, Gresham et moi.

— C'est trop tard, répondit tranquillement sa jeune sœur. De toute façon, je ne laisserai pas dame Claudia mourir seule. L'abbesse est appelée par ses autres devoirs, mais moi, j'ai du temps à lui consacrer. Et je le ferai, Meg, alors sauve-toi. Ne prends aucun risque. Sauve-toi tout de suite !

Un mélange de colère, de chagrin et de peur assaillit Meg. Elle essaya de saisir le bras de sa sœur pour l'emmener de force, mais celle-ci se déroba.

— Dieu du ciel, viens avec moi ! la supplia-t-elle.

Elizabeth secoua négativement la tête.

— Margaret, intervint une voix.

Dame Mary Benedict se tenait à quelques pas.

— Écoutez votre sœur. Prenez Enoch ainsi que cette bourse, et quittez Saint-Swithin sans attendre.

La bourse atterrit aux pieds de Meg avec un tintement métallique qui aurait pu sonner gaiement en d'autres circonstances mais qui, à cet instant, évoquait plutôt le glas. Et pas seulement pour dame Claudia mais pour toutes celles qui l'avaient approchée, y compris Elizabeth.

Meg demeura figée sur place. Elle n'osait ouvrir la bouche de peur de se mettre à hurler.

Elizabeth et mère Mary Benedict profitèrent de sa stupeur pour s'éloigner ensemble. La jeune fille adressa un dernier regard à sa sœur, l'implorant de fuir.

Meg suivit des yeux ces deux femmes qu'elle aimait tant jusqu'à ce qu'elles soient hors de vue. Lorsqu'elle fut enfin en mesure de se mouvoir normalement, elle ramassa la petite bourse pleine d'or.

Elle trouva Gresham dans l'écurie, occupé à curer les sabots d'Enoch avec lequel il semblait avoir noué une sorte de fragile alliance. Tout comme son frère Zacheus, Enoch était une créature indigne, incapable de rédemption.

— Seigneur, que se passe-t-il ? s'écria-t-il quand il vit le visage décomposé de la jeune femme.

Elle lui montra la bourse, comme si cela constituait une réponse suffisante.

— La peste, articula-t-elle enfin. Il semble que dame Claudia l'ait attrapée. Et ma sœur est son infirmière. Mon Elizabeth…

Meg chancela légèrement et Gresham la saisit aux épaules pour la retenir.

— Mère Mary Benedict veut que nous partions, vous et moi, avec Enoch et… cet or.

— Et les autres ? Les religieuses, les pensionnaires ?

— Je ne sais pas. Peut-être ont-elles été tenues suffisamment éloignées de la malade pour échapper à la contamination. Quant à ma sœur et à l'abbesse…

Il referma ses mains sur les siennes.

— Allez préparer vos affaires, ordonna-t-il Dès que le soleil sera couché, nous prendrons la route.

— Mais, Elizabeth…

— Elle ne peut pas quitter l'abbaye pour l'instant. Nous ne lui serons d'aucune aide en restant ici, Meg. Une autre mission nous appelle. Avez-vous oublié Gabriella ?

— Non, souffla-t-elle en retenant ses larmes à grand-peine. Je suis confrontée à un terrible dilemme, my lord. J'ai deux sœurs à sauver et il faut que j'en choisisse une.

— Vous ne pourrez rien pour Elizabeth si la peste l'a contaminée. Nous n'avons plus qu'à nous en remettre au Seigneur, à la Sainte Vierge, et à suivre le conseil de mère Mary Benedict.

La gorge serrée, incapable de prononcer un mot, elle fourra la bourse dans sa poche et tourna les talons.

Elle regagna la cellule qu'elle avait partagée avec ses deux sœurs durant tant d'années. Là, au souvenir de cette tendre connivence peuplée de fous rires et de longues conversations qu'elles avaient partagées, Meg ressentit pour la première fois le poids glacial de la solitude.

Ses possessions se réduisaient à un livre de prières, une robe, une jupe, des dessous de rechange et un petit nécessaire à écrire, aussi faire ses bagages ne lui prit-il que quelques minutes.

Elle rassembla ses affaires dans un carré d'étoffe que Gabriella avait abandonné, puis s'assit au bord du lit, son baluchon sur les genoux. Elle ne descendit pas dîner. Quand les vêpres sonnèrent, elle quitta la petite chambre pour toujours.

Comme convenu, Gresham l'attendait à la grille. Il avait déniché quelque part une pèlerine pourvue d'un large capuchon.

Le cœur battant, Meg jeta un dernier regard en arrière, parcourut les quelques mètres qui la séparaient de son chevalier et le laissa la hisser sur l'animal. Il grimpa derrière elle, attrapa les rênes, et en dépit de la peur qui l'habitait, elle se surprit à trouver ses bras réconfortants.

Le chemin de cette liberté dont elle avait tant rêvé se déroulait devant elle, mais elle n'avait pas prévu de s'y engager dans des circonstances aussi dramatiques.

— Courage, my lady, lui chuchota Gresham à l'oreille. Concentrez-vous sur vos espoirs, pas sur vos craintes, et regardez devant vous, pas derrière.

Elle hocha la tête. Contre toute attente, une joie profonde et mystérieuse lui emplit le cœur malgré l'angoisse et le chagrin qui le faisaient saigner. Confondue, elle lança un coup d'œil à Gresham pour voir s'il ressentait la même chose. Mais dans la pénombre de la nuit tombante, elle ne distingua pas son expression, seulement ses traits nobles et purs.

Il n'était pas étranger à la métamorphose qui s'opérait en elle. Pourtant, elle ne savait rien de lui ou si peu...

Un frisson glacé lui parcourut l'échine et les paroles que mère Mary Benedict lui avait répétées à maintes reprises lui revinrent à l'esprit. *Faites attention à ce que vous demandez au ciel, Margaret Redclift. Le Seigneur exauce souvent des vœux insensés pour que nous en tirions des leçons.*

— Nous ne pouvons tout de même pas dormir dans un arbre ! protesta Meg.

Ils se trouvaient au cœur de la forêt, loin de l'abbaye. Gresham avait arrêté Enoch sous un vieux chêne. Ils avaient chevauché des heures durant et le soleil était couché depuis longtemps.

— Non seulement nous pouvons mais nous allons le faire, répliqua-t-il. Nous ne trouverons pas d'auberge avant des kilomètres. Et, de toute façon, je ne prendrais pas le risque de me montrer avec vous dans un endroit public. C'est trop tôt.

— Et le dîner ?

À travers les buissons et les arbres dénudés leur parvenait le murmure d'un cours d'eau. Gresham saisit les rênes du mulet et le tira dans cette direction. L'animal le suivit en s'ébrouant.

— Il y a des patates douces dans mon sac, lança-t-il par-dessus son épaule. Servez-vous.

Des patates douces ? Dans la vie dont Meg avait rêvé, elle ne dormait pas dans les arbres et mangeait autre chose que de vulgaires tubercules. Elle avait plutôt imaginé des camps de gitans rassemblés autour de feux crépitants où l'on dansait au son de musiques joyeuses...

Gresham revint quelques minutes plus tard avec le mulet. Il l'attacha puis désigna le bas de l'arbre.

— Grimpez sur cette branche et continuez le plus haut possible. Je serai derrière vous, avec les bagages. Demain, nous achèterons une épée, my lady.

— Ne pouvons-nous faire du feu ? se plaignit-elle tout en s'exécutant. Il fait froid.

Elle n'était pas comme Gabriella, capable de s'accommoder d'une vie à la dure avec bonne humeur.

— Non, fit-il en la poussant plus haut comme elle semblait attirée par une branche accueillante. À moins que vous n'ayez envie de livrer à la bande d'assassins la plus proche notre maigre souper, votre bourse, le mulet, ma vie et votre vertu.

— Vous avez peur ? le défia-t-elle en continuant son ascension.

Elle commençait à avoir quelque peu le vertige. Jusqu'où comptait-il la faire monter ainsi ?

— Non, my lady, je n'ai pas peur, répliqua-t-il, imperturbable. J'ai l'esprit pratique, c'est tout.

Il l'autorisa enfin à s'arrêter à l'endroit où une grosse branche formait un creux là où elle était reliée au tronc. Au-dessous d'eux, Enoch fourrageait dans les feuilles pour s'y creuser une couche. Un hibou hulula quelque part.

— Quel genre d'aventurier êtes-vous ? demanda-t-elle, davantage pour trouver un sujet de conversation propre à lui faire oublier l'angoisse qu'Elizabeth lui causait que pour en apprendre plus sur lui.

— Le genre à vouloir vivre assez longtemps pour découvrir qui il est.

Il sortit des patates douces de son sac ainsi qu'un couteau bien aiguisé, probablement dérobé dans les cuisines de Saint-Swithin, les découpa et donna sa part à la jeune femme.

— J'ai peut-être une épouse avenante quelque part, poursuivit-il. J'espère qu'elle est grosse, enjouée et édentée.

— Édentée?

Il se contenta de rire en mordant dans une ron-
delle de patate.

— Et pourquoi grosse?

— Pour me tenir chaud l'hiver.

Meg rougit. Elle devinait à quoi il faisait allusion,
car elle avait souvent entendu les veuves de Saint-
Swithin parler de ces choses. Toutefois, les goûts de
son beau chevalier la laissaient perplexe. Comment
pouvait-il s'imaginer marié à une femme édentée,
même pour plaisanter?

— Je crains de ne pas être votre type, déclara-t-elle
en reniflant.

— En effet, my lady, admit-il d'une voix amusée.
Vous n'avez pas une nature enjouée.

Elle regretta fugitivement de n'être pas grosse et
édentée, mais très fugitivement.

— Vous êtes un mystère, Gresham Sedgewick.

Il éclata de rire et lui fourra un bout de patate dans
la bouche.

— Mangez.

Elle obéit sans grand enthousiasme.

— Je n'aurais jamais imaginé regretter un jour les
sempiternels porridges aux petits pois de dame Alice,
avoua-t-elle. Et pourtant…

— S'il n'y avait pas la peste, je vous ramènerais à
l'abbaye, dit-il en s'efforçant de reprendre son sérieux.

— Et pourquoi? se récria-t-elle, offensée.

Elle ne voulait pas penser à la peste.

— Parce que ce n'est pas une partie de plaisir de
voyager avec vous. Vous n'avez pas cessé de vous
plaindre depuis que nous sommes partis. Pour tout
vous dire, j'étais en train de me demander si je n'al-
lais pas descendre dormir avec le mulet. Finalement,
il est plus sympathique que vous.

— Mais il a des dents.

Il éclata d'un rire profond et grave, et Meg en conçut un trouble qui n'avait rien de vague.

Elle finit par s'endormir contre la poitrine de Gresham. Ils s'étaient enroulés dans leurs deux capes réunies et il la tenait étroitement serrée dans ses bras. Le menton reposant sur son crâne, il écoutait les bruits de la nuit.

Telle une litanie, il se répétait secrètement le peu qu'il savait de lui-même – c'est-à-dire son nom –, espérant réveiller d'autres souvenirs.

Mais rien ne perça la nuit dans laquelle était plongée sa mémoire. Une fois de plus, il se demanda s'il n'avait pas inconsciemment occulté son passé. Recelait-il des événements insupportables dont il ne voulait pas se souvenir ?

Le shérif avait peut-être de bonnes raisons de le pourchasser. Il se pouvait qu'il soit un voleur ou un assassin. En tout cas, à en juger par ses cauchemars, la violence et la mort ne lui étaient pas étrangers.

Et puis, il était peut-être marié. À première vue, il devait avoir dans les trente-cinq ans. L'âge d'être père de famille depuis longtemps. Une épouse l'attendait-elle quelque part en brûlant des cierges pour implorer son retour ? À moins qu'elle ne le maudisse en priant pour qu'il soit mort...

Le pire était qu'il puisse avoir des enfants et aime leur mère de tout son être. Auquel cas, il allait se retrouver dans la délicate situation d'aimer deux femmes.

C'était la première fois qu'il prenait le temps de s'attarder sur les désirs que Meg Redclift éveillait en lui. Jusqu'à présent, il avait été trop faible pour affronter le flot de sensations troublantes que sa seule présence suscitait. Il appuya la tête contre le tronc du chêne et s'abandonna à ces pensées déconcertantes, évoquant mentalement le rire un peu rauque de la jeune femme, l'éclat de son regard – un éclat susceptible d'illuminer un foyer. Son parfum frais et légèrement épicé était comme une source d'eau pure issue de profondeurs secrètes.

Il ferma les yeux, incapable de s'imaginer renonçant à cette femme. Cette simple éventualité lui était insupportable. Il eut l'impression de glisser dans un abîme sans fond. L'idée qu'il était en train de tomber amoureux lui donnait le vertige, même s'il avait conscience qu'il était peut-être trop tôt pour y songer. Une chose était certaine : il brûlait de lui faire l'amour, et s'il devait l'épouser pour y parvenir, il le ferait.

En attendant, il lui faudrait réfréner ses ardeurs s'il voulait demeurer un homme d'honneur, et la partie était loin d'être gagnée. Un désir impérieux, violent et merveilleux le harcelait sans relâche.

Meg s'étira en émettant un faible gémissement dans son sommeil. Elle se lova de nouveau contre lui et Gresham sentit son sexe durcir. Malgré les épaisseurs de vêtements qui les séparaient, il percevait la forme de ses seins pressés contre son torse. D'imaginer leurs petites pointes roses et tendres le mit à la torture.

Seigneur ! Elle ne risquait rien cette nuit, mais qu'adviendrait-il la nuit prochaine ou la suivante ? Comment parviendrait-il à apaiser ce feu qui l'embrasait avec une telle ardeur ? Ils ne pouvaient dormir éternellement dans des arbres. Par ce froid, ils seraient contraints de s'installer dans des greniers, dans des auberges où ils partageraient la même chambre, car aucune dame digne de ce nom ne pouvait prendre une chambre seule.

— Qu'est-ce que c'est que ça ? murmura Meg en étouffant un bâillement.

La question le stupéfia au point qu'il faillit tomber de l'arbre en l'entraînant avec lui dans sa chute. Il se cala du mieux possible et demanda :

— Quoi, ça ?

Il feignait de ne pas comprendre mais il savait parfaitement à quoi elle faisait allusion. Dieu du ciel ! L'espace d'un instant, il se prit à souhaiter que la noble lady se métamorphose en fille de joie.

— *Ça*, dit-elle en ondulant contre lui.

Il retint son souffle tandis qu'un désir puissant et doux à la fois se répandait dans tout son corps.

— Ne jouez pas les innocentes, je crois que vous le savez très bien, parvint-il à articuler Dieu sait comment.

Elle leva les yeux vers lui. À la lueur de la lune, son regard, d'abord espiègle, se fit grave tout à coup, et il eut l'impression d'être aspiré dans ses sombres profondeurs.

— Serrez-moi fort, souffla-t-elle. J'ai peur.

Elle prononça ces derniers mots comme si elle confessait un terrible péché.

— Je n'ai que mes sœurs au monde… Je ne sais pas ce que je ferais sans elles.

Il resserra son étreinte en prenant garde de ne pas l'étouffer et posa les lèvres sur son front sans mot dire.

— Nous ne nous ressemblons pas, Gabriella et moi, mais nous sommes jumelles, et j'ai parfois le sentiment que nous ne sommes qu'une seule et même personne. Qu'un seul cœur bat pour nous deux. Je sais qu'un événement fâcheux s'est produit quand elle a quitté Saint-Swithin pour épouser sir Avendall. Je le sens. Et puis, nous avons toujours veillé sur Elizabeth, notre « bébé ». À présent, elle n'a plus personne, elle est livrée à elle-même…

Il la serra davantage et elle enfouit son visage au creux de son épaule en essayant de réprimer ses larmes. En vain. Alors il lui embrassa doucement les cheveux et attendit que ses sanglots s'apaisent.

Dame Claudia expira calmement, dans la nuit. Il s'agissait de la peste, Elizabeth n'en doutait pas malgré la disparité des symptômes.

Elle pria auprès de la frêle dépouille, lui ferma les paupières et remonta soigneusement les couvertures. Trop épuisée pour pleurer, elle se leva et frappa à la porte pour réveiller la postulante qui montait la garde dans l'étroit corridor.

— Allez chercher l'abbesse, ordonna Elizabeth à travers le panneau de bois contre lequel elle dut s'appuyer pour rester debout. Dépêchez-vous, et ne réveillez personne.

La postulante acquiesça doucement et s'éloigna en silence.

Elizabeth s'écarta de la porte et s'obligea à marcher pour ne pas s'effondrer sur le sol et céder à l'épouvante.

Mère Mary Benedict la rejoignit peu après.

Elle s'approcha de la défunte et contempla son visage figé mais serein. Dame Claudia n'avait eu de cesse de transcender la douleur, même lors des moments les plus durs. À présent, elle semblait profondément heureuse, comme si les anges qu'elle avait tant priés étaient enfin venus la chercher pour l'emmener là où était sa place.

— Quand est-elle morte ? s'enquit la supérieure.

— Il y a quelques minutes. Je vous ai fait appeler immédiatement.

Elizabeth tenait à peine sur ses jambes, mais elle n'osait pas s'asseoir.

Mère Mary Benedict effleura les couvertures d'un geste tendre.

— Dame Claudia est arrivée dans cette abbaye à l'âge de sept ans. Sa mère, une grande dame de la noblesse, l'avait amenée en expliquant que cette enfant ne la laisserait pas tranquille tant qu'elle n'aurait pas intégré cette communauté. Contrairement à elle, je suis entrée ici contre mon gré, un an plus tard. J'avais six ans, je venais de perdre mes parents. Dame Claudia m'a aussitôt prise sous son aile. C'est elle qui m'a fait découvrir la bonté et la clémence du Christ, elle qui m'a permis de comprendre que je voulais lui consacrer ma vie, toute ma vie. Cette vie-là n'est pas pour vous, mon enfant, ajouta l'abbesse d'une voix douce.

La plus grande confusion passa dans le regard embué de la jeune fille. Contrairement à ses sœurs, elle n'avait aucun désir de quitter cet endroit qu'elle aimait pour partir à la découverte du monde, même si elle s'inquiétait mortellement pour Gabriella et Meg, depuis qu'elles étaient parties.

— Comment pouvez-vous en être si sûre, ma mère?

— Certains signes sont révélateurs, mon enfant. J'ai mis des années à apprendre à les déceler. Allez dormir, je vous en prie. Laissez-moi seule avec dame Claudia, je veux lui faire mes adieux.

— Mais je dors ici depuis plusieurs nuits, protesta-t-elle en montrant la deuxième couche.

— C'est terminé à présent. Retournez dans votre chambre.

Elizabeth s'inclina et se dirigea vers la porte.

— Elizabeth?

Elle se retourna vers l'abbesse qui lui parut soudain plus vieille, plus fragile, hésitante presque.

— Oui?

— D'autres vont suivre le chemin de notre amie dame Claudia.

Elizabeth posa les yeux sur le corps allongé dans le lit. Elle prit alors conscience de l'odeur de la mort, tenace, atroce, qui imprégnait ses vêtements et ses cheveux.

— Oui, répéta-t-elle avant de sortir.

Le lendemain, une autre religieuse tomba malade, et l'on amena deux enfants du village, enveloppés dans des couvertures en loques. Ils étaient brûlants de fièvre et pleuraient quand ils en avaient encore la force. Leur langue était gonflée et des traces rouges marbraient leur peau.

On sépara les malades des bien portants. Des religieuses et une ou deux pensionnaires offrirent leur aide, mais la plupart de ces dernières préférèrent quitter l'abbaye pour se disperser dans la campagne. Mère Mary Benedict eut beau faire, elle ne parvint pas à les convaincre de rester.

Elizabeth jugea leur conduite inconsidérée. Bien que d'une nature portée à l'indulgence, elle ne leur trouva aucune excuse. En se sauvant ainsi, elles prenaient le risque de disséminer la maladie. Certaines reviendraient, d'autres rejoindraient peut-être leur maison sur la charrette d'un fermier charitable, mais à quel prix ?

Malgré l'effroi que cette idée suscitait en elle, elle ne pouvait s'empêcher de se demander si Meg avait développé les premiers symptômes de cette terrible maladie. Grâce à Dieu, Gabriella était partie avant qu'elle ne se déclare et elle avait toutes les chances d'en avoir réchappé, quoi qu'elle ait pu endurer par ailleurs.

Sur ordre de l'abbesse, le réfectoire fut transformé en hôpital. On y installa les patients sur leurs propres couches que l'on transporta de leur cellule.

Elizabeth était si occupée qu'elle perdit bientôt la notion du temps. C'était à peine si elle discernait encore le jour de la nuit. Tel un automate, elle se déplaçait de couche en couche, donnant çà et là une cuillerée d'eau, épongeant les fronts brûlants de fièvre, assurant sans y croire qu'il n'y avait aucune raison de craindre la mort. Elle leur racontait que la Sainte Vierge les attendait dans une robe si bleue qu'on ne pouvait la contempler sans être ébloui. Que ses longs cheveux avaient puisé leur couleur dans le soleil couchant et que le ciel d'été avait été créé pour s'accorder au bleu de ses yeux. Elle n'était que douceur et bonté. Il lui suffisait de laisser sa main onduler pour que des fleurs s'épanouissent à ses pieds.

Dans leur délire, les malades la prenaient pour la Vierge et essayaient de saisir sa robe quand elle passait entre les lits, l'implorant d'intercéder en leur faveur.

Elle leur assurait que le paradis était pour tout le monde, y compris Tud Treeby, le réprouvé du village qui buvait, battait sa femme et se querellait avec tout le monde.

Oui, tous les pécheurs avaient droit à l'absolution, quels que soient leurs méfaits, affirmait-elle, et s'il y avait de la présomption dans ses propos, elle en assumait les conséquences.

Certains malades se rétablirent et quittèrent l'abbaye, mais pour un qui partait, trois nouveaux arrivaient. Le maréchal-ferrant alluma un horrible feu tout au bout du village, qu'il alimentait nuit et jour avec les corps des défunts. L'odeur pestilentielle qu'il dégageait s'insinuait partout, elle poursuivait Elizabeth jusque dans son sommeil peuplé de cauchemars infernaux.

Son abattement était tel qu'elle en vint à souhaiter la mort. Elle espérait seulement que son heure ne sonnerait pas trop tôt et qu'elle lui laisserait le temps d'achever sa tâche auprès des malades. Mais plus les jours passaient, plus la paix et l'oubli qu'apporte la mort lui semblaient préférables au calvaire qu'ils enduraient tous.

Au lendemain de la première nuit, Meg trouva le voyage moins pénible. Elle commençait à s'habituer à manger des tubercules et des racines. Ils auraient pu tuer quelques lapins, mais Gresham estimait qu'il

73

avait vu trop de ces pauvres créatures périr dans de vilaines souffrances pour leur en infliger de sa main. En outre, il ne voulait toujours pas allumer de feu, et les suspectait de transmettre la peste, argument que Meg n'essaya même pas de discuter.

Ils achetèrent une épée dans un village nommé Dilburn ainsi que des couvertures, un fromage, du vin nouveau et du pain noir.

Comme Gresham l'avait prédit, ils dormirent dans les bras l'un de l'autre dans des greniers, des caves et des granges d'auberge. Meg aurait donné cinq ans de sa vie pour se réchauffer devant un bon feu, mais il n'en était pas question, car le danger était trop grand.

Une semaine s'était écoulée quand, un soir, ils découvrirent une cabane isolée et vide.

5

La cabane était abandonnée. Des rats y avaient élu domicile et un nid ayant sans doute hébergé un hibou, ou un quelconque oiseau de grande taille, pendait sur les chevrons noirs de suie. Il y avait un trou au centre de la pièce où l'on avait déjà fait du feu. Un luxe, songea Meg en frissonnant.

Tout en rêvant d'une bonne flambée, elle se remémora cette première nuit où elle avait sangloté dans les bras de Gresham. Elle regrettait ce moment de faiblesse et s'était promis de ne plus céder au désespoir, de se montrer forte.

Gresham explora les lieux puis se posta près de l'étroite fenêtre, comme pour vérifier qu'ils étaient bien seuls dans ce coin de nature figé par le givre.

Il posa ensuite l'épée sur une petite table si vermoulue qu'elle semblait sur le point de s'écrouler.

— Je m'absente quelques minutes, annonça-t-il. Si vous avez le moindre problème, criez à pleins poumons. Je ne serai pas loin. Et servez-vous de cette arme pour vous défendre. Il vous suffit de la brandir devant vous.

Meg regarda l'épée avec méfiance. Elle avait déjà tenté de s'en servir, un jour où Gresham s'était éloigné dans la forêt, mais elle parvenait tout juste à la tenir à deux mains, tant elle était lourde. Elle se jura pourtant d'apprendre à la manier, car il serait bon que Sedgewick ne soit pas seul à assurer leur défense.

Après tout, il n'était ni son mari, ni son père, ni son frère. C'était le sort qui les avait réunis.

— D'accord, répondit-elle courageusement. Mais ne tardez pas trop.

Il tint parole et revint peu après avec une brassée de branches mortes. Des flocons de neige s'accrochaient à ses cheveux et à ses épaules.

— Vous allez faire du feu ! s'écria-t-elle avec ravissement.

Elle était gelée jusqu'aux os. Il lui jeta un bref regard et entreprit de disposer les branchages dans le foyer. Il sortit ensuite un briquet à amadou de sa poche et produisit quelques étincelles.

— Je ne devrais pas, mais une tempête de neige s'annonce et je crains que nous ne mourions de froid.

Meg se rappela toutes ces nuits où ils s'étaient réchauffés mutuellement. À ce souvenir, elle se prit à souhaiter des étreintes d'une autre nature, même si elle ignorait à peu près tout ce qui se passait entre un homme et une femme, et savait qu'il n'était pas convenable pour une dame de songer à partager le lit d'un homme qui n'était pas son mari.

Gresham s'était soigneusement appliqué à conserver une certaine distance entre eux, mais il la désirait visiblement, et plus le temps passait, plus la curiosité de Meg pour ces choses s'aiguisait. Combien de temps parviendraient-ils à voyager ensemble dans de telles circonstances sans succomber à la tentation ? se demandait-elle.

— Il y a des rats ici, murmura-t-elle.

— Toujours à vous plaindre, n'est-ce pas ? la taquina-t-il comme une brindille daignait enfin s'enflammer.

Il s'agenouilla aussitôt et souffla sur la petite flamme jusqu'à ce que le feu prenne.

— Certainement pas, répondit-elle avec une pointe de mauvaise foi.

Elle avait surtout voulu se distraire des pensées dérangeantes qui l'assaillaient.

— Mais les rats sont malpropres, crut-elle bon d'ajouter.

En réalité, l'évocation de ces animaux répugnants ne suffisait pas à la détourner du spectacle que Gresham lui offrait, magnifique avec ses épaules d'une largeur impressionnante, ses jambes et ses bras puissants, son long cou musclé. Elle fut la proie de bouffées de chaleur bien avant que le feu n'ait pris correctement. Elle se sentait nerveuse et avait besoin de réconfort, mais elle n'osait pas lui demander de la prendre dans ses bras. Pas avec les idées qui lui traversaient l'esprit.

— C'est vrai, admit-il en se redressant. Mais le feu les tiendra à l'écart.

À travers les fentes de la porte, Meg s'aperçut qu'il neigeait à gros flocons.

— Nous ne pourrons peut-être pas voyager demain, remarqua-t-elle en s'emparant d'une branche pour attiser le feu.

Cette perspective lui arracha un soupir. Apparemment, voyager dans de telles conditions, à deux sur le dos de ce fichu mulet, par cette température inhumaine ne semblait pas le déranger outre mesure. Meg, elle, en avait déjà assez de cette vie d'errance. Elle était sale, pleine de courbatures et elle avait l'impression qu'elle ne parviendrait jamais à se réchauffer. Il lui semblait qu'elle pourrait dormir des jours et des jours, puis dévorer toutes les provisions de l'abbaye sans jamais se rassasier.

— Si nous n'avons pas le choix, nous attendrons ici, fit-il d'un air résigné. Nous verrons demain.

Sur ce, il sortit la flasque de vin de l'un des baluchons et tendit à Meg le reste de fromage et de pain avant de sortir, pour revenir presque immédiatement avec le mulet.

— Vous n'avez pas l'intention d'installer cette créature ici ? s'indigna-t-elle.

— Vous ne voudriez tout de même pas le laisser mourir de froid dehors ? La fumée signale déjà bien assez notre présence. Un mulet mécontent se met à braire, c'est le meilleur moyen pour attirer les maraudeurs.

Meg n'était pas d'accord mais elle n'avait pas le choix. Certes, certains fermiers et villageois vivaient parfois avec leurs moutons ou leurs poules, mais elle avait été élevée dans un milieu différent et ces pratiques lui semblaient frustres. Et puis, elle trouvait déjà assez pénible de ne pouvoir se laver et de devoir manger debout à cause des rats, sans avoir à endurer de surcroît le voisinage de ce mulet mal luné.

Comme pour protester de l'accueil peu chaleureux dont il faisait l'objet, Enoch émit un braiment de mécontentement, puis il baissa sa longue tête, ferma les yeux et glissa dans le sommeil en frissonnant.

— Allons-nous vraiment traverser Londres ? s'enquit-elle en se frottant les mains pour en ôter les miettes, une fois son pain et son fromage terminés.

Maintenant qu'elle avait mangé, elle retrouvait le goût de l'aventure.

— Oui, répondit Gresham en avalant une gorgée de vin.

Sans ce breuvage, ils seraient morts de froid depuis longtemps, songea-t-elle.

— Je n'ai pas de souvenirs précis de cette ville, seulement des sensations. Mais nous ne nous rendons pas à un carnaval, Meg. Londres abrite des brigands en quantité, et probablement la peste aussi.

Les larmes vinrent aux yeux de la jeune femme qui se détourna. Elle ne voulait pas qu'il devine ses peurs, sa faiblesse, sa fragilité, mais comment ne pas penser à ses sœurs ? Aux dangers qui les menaçaient à présent toutes les trois ?

L'aventure qu'elle vivait ne ressemblait en rien à ce dont elle avait rêvé. Cet abri en ruine lui faisait prendre conscience qu'elle aspirait à un foyer, à une maison confortable, pas aux aléas d'une existence sans assises.

À sa grande surprise, Gresham s'approcha d'elle et l'attira dans ses bras, comme s'il savait quelles pensées la tourmentaient. Glissant le doigt sous son menton, il leva son visage vers le sien et leurs regards se soudèrent.

— Vous vous sentirez mieux demain matin, Meg, lui promit-il d'une voix rauque.

Leurs bouches étaient toutes proches. Leur haleine chaude se mêlait. Avide de réconfort, elle noua les bras autour de son cou.

— Serrez-moi fort, chuchota-t-elle en songeant avec émoi à cette première nuit dans le chêne.

Il émit un grognement sourd, se détourna, comme en proie à une lutte intérieure, puis il s'empara de ses lèvres, vaincu. Leurs langues se mêlèrent avec ardeur, sans retenue, mais quand elle se pressa contre lui et enfouit les mains dans ses cheveux, il lui saisit les poignets et s'écarta.

Il semblait furieux contre lui-même, pas contre elle.

— Vous ne savez pas ce que vous faites, my lady, murmura-t-il en déposant un baiser sur ses mains. Je vous en supplie, ne me tentez pas. Je suis sans doute un gentilhomme mais pas un saint.

Elle perçut ces paroles à la fois comme un défi et une mise en garde. Le vin n'était pour rien dans le vertige qui lui faisait tourner la tête, elle le savait.

— Non, admit-elle à mi-voix, vous n'êtes sûrement pas un saint.

Incapable de se résoudre à la lâcher, il gardait ses mains dans les siennes. Les mâchoires serrées, il semblait lutter contre des forces qu'il avait du mal à endiguer.

Lorsqu'il se décida enfin à parler, ses paroles semblèrent le surprendre lui-même.

— Quand nous serons à Londres, je vous confierai au roi *intacte*. Il veillera à vous faire escorter jusqu'en Cornouailles. Mais ce ne sera pas avant le printemps, j'en ai peur.

Elle ouvrit de grands yeux. Elle ne voulait pas être « confiée » au roi ni à qui que ce soit. Elle voulait que Gresham, et nul autre que lui, l'accompagne et la protège jusqu'à ce qu'elle ait retrouvé Gabriella. Seulement alors, elle pourrait se pencher sérieusement sur les sentiments de plus en plus fort qu'il lui inspirait.

— Vous connaissez le roi ?

Le regard bleu de Gresham se troubla.

— Je ne sais pas, dit-il en se détournant brusquement. Seigneur, par moments, c'est insupportable. Des images surgissent, j'essaie de les retenir, j'ai l'impression que je vais me rappeler, mais elles disparaissent comme elles sont venues, sans laisser de traces, tels des fantômes insaisissables.

Elle avait envie de poser les mains sur les larges épaules de son beau chevalier, pour le réconforter, mais cela ne ferait que compliquer les choses. Alors elle ne bougea pas, se contentant de le regarder. Il lui fit de nouveau face, l'air exaspéré.

— Meg, supposez qu'il y ait une femme. Supposez que je sois marié…

— Alors vous l'êtes, coupa-t-elle, au bord des larmes.

— Je me souviens… de quelqu'un, confessa-t-il.

— Une femme.

— Oui… Nous nous sommes prêté serment et je dois le respecter.

Meg demeura silencieuse. Elle n'en espérait pas moins de lui. Même si elle ne savait presque rien de lui, elle avait la certitude que Gresham était un homme de parole, un homme d'honneur qui tenait ses promesses. Une part d'elle-même avait beau espérer qu'il en aille autrement, cela ne changeait rien.

Il s'accroupit près du feu et le raviva avec une branche.

— Allongez-vous, Meg, ordonna-t-il sombrement, sans se retourner. Tâchez de dormir. Demain matin, s'il ne neige plus, nous reprendrons la route, mais ce sera très dur, pour le mulet comme pour nous.

Elle déroula les couvertures humides et malodorantes et les étendit sur le sol. Elle avait la chair de poule à l'idée de dormir au milieu des rats, des souris et des araignées qui avaient survécu dans cet abri à l'arrivée de l'hiver. Mais n'étant pas capable de dormir debout, comme Enoch, elle se résigna et termina le lit.

Avisant une vieille écuelle en bois, elle l'attrapa et l'essuya avec le bas de sa jupe.

— Voilà qui fera l'affaire, déclara-t-elle.

Il l'avait ignorée tandis qu'elle préparait la couche, quoiqu'elle l'eût surpris à lui jeter des coups d'œil furtifs, à deux ou trois reprises.

— Quelle affaire ? demanda-t-il en fronçant les sourcils.

Elle se dirigea vers la porte, contourna le mulet qui ronflait et sortit sans répondre.

— Meg, lança-t-il en la suivant.

La tempête faisait rage. Le souffle coupé par la violence des rafales de vent chargé de neige, la jeune femme recueillit dans l'écuelle la neige accumulée au sommet d'un poteau. Elle sentait la morsure du froid à travers ses vêtements et s'empressa de rentrer pour poser l'écuelle près du feu.

Gresham referma la porte et la rejoignit. Avec ses sourcils blancs de givre, il ressemblait à un seigneur de la guerre venu du Nord.

Lorsqu'il s'aperçut qu'elle s'apprêtait à enlever sa jupe, il se figea sur place. Il découvrit qu'elle portait une chemise en dessous, mais cela ne parut guère le rassurer.

— Avez-vous perdu la tête ? s'exclama-t-il à mi-voix pour ne pas réveiller le mulet.

La neige commençait à fondre dans l'écuelle. Elle pourrait au moins se laver à l'eau fraîche, à défaut d'eau chaude.

— Pas du tout, mais cela risque d'arriver si je ne fais pas un brin de toilette. Je ne supporte pas d'être sale. J'ai l'habitude de me laver régulièrement, monsieur.

Interdit, Gresham ouvrit la bouche puis la referma.

Meg déchira un morceau de sa chemise déjà fort usée pour s'en servir comme d'un gant de toilette. Ils n'avaient pas de savon mais elle s'en passerait. À la guerre comme à la guerre.

— Si vous voulez bien vous retourner, reprit-elle aimablement. À moins que vous n'ayez décidé de renoncer à cet honneur, auquel vous tenez tant, en regardant une femme nue.

Elle n'avait pourtant pas l'intention de se dévêtir en sa présence... Dieu seul savait quel démon la poussait à tenir un tel discours !

Gresham l'observait avec stupeur et colère. Néanmoins, il s'avéra incapable de détourner les yeux, ce qui procura à la jeune femme une certaine satisfaction.

— Meg, à quoi jouez-vous ? Vous essayez de me tenter, c'est ça ?

Elle sourit. Jamais elle n'avait éprouvé un tel sentiment de pouvoir. Ce petit divertissement était somme toute très amusant.

— Bien sûr que non. Vous êtes peut-être marié et je ne veux rien avoir à faire avec vous si c'est le cas. Et puis, je suis fatiguée, j'ai froid et je suis très, très sale. D'accord, je vais dormir avec les rats, mais au moins je serai propre.

Le visage de Gresham s'allongea. Il se mit à tisonner le feu, qui n'en avait nul besoin, et elle remarqua que sa nuque était rouge.

Trempant le linge dans l'eau froide, Meg entreprit de se laver, ce qui n'était pas une mince affaire, dans la mesure où elle était habillée.

— Vous avez terminé ? demanda-t-il avec impatience, quand il l'entendit ouvrir la porte pour jeter l'eau dehors.

Elle lutta pour refermer la porte tant le vent était violent et dut se plaquer contre le battant pour y parvenir. Gresham la contemplait. Elle était légèrement essoufflée. Le reflet des flammes dansait dans ses yeux déjà brillants. Il faisait froid dans la cabane mais sous le feu du regard de cet homme beau comme un dieu, Meg ne le sentait plus.

— C'était très rafraîchissant, dit-elle. Peut-être souhaitez-vous en faire autant ?

Il plissa les yeux, fixa l'écuelle puis, brusquement, il la lui arracha des mains et la jeta dans l'ombre avant d'aller fixer les entraves d'Enoch. Mieux valait éviter que le mulet ne vienne les piétiner quand ils dormiraient.

Meg s'allongea et scruta les chevrons du plafond en essayant de ne pas penser à toutes les bêtes qui risquaient d'y avoir élu domicile.

— Et si la queue d'Enoch touchait le feu, dans la nuit, et s'enflammait ? s'inquiéta-t-elle.

— Il saura nous prévenir à temps, croyez-moi. Allons, dormez.

— Je n'ai pas sommeil ! s'emporta-t-elle. Ne me donnez pas d'ordre, s'il vous plaît.

Ils s'affrontèrent un moment du regard. Sans un mot, Gresham récupéra l'écuelle et sortit. Il revint peu après en frissonnant et en jurant dans sa barbe, puis il entreprit le même rituel que Meg. Il ôta d'abord ses bottes, ses hauts-de-chausses, sa chemise et son pourpoint avec des gestes vifs qui trahissaient sa colère. Comme elle ne bougeait pas, il devait croire qu'elle dormait et, que Dieu lui pardonne, elle ne fit rien pour corriger cette impression.

Les yeux mi-clos, le cœur battant, elle l'observait avec intérêt. À la lueur des flammes, elle le vit prendre le linge dont elle s'était servie, le bol de neige fondue, et commencer à se laver. Il était nu, absolument magnifique, et malgré l'éclairage ténu, sa beauté émut la jeune femme au-delà de toute raison. Une fois propre, il ranima le feu. Des étincelles en jaillirent, et dans ce regain de lumière, elle le compara à ces dieux celtes des temps anciens décrits par les érudits ou les conteurs.

Feignant de ronfler légèrement, elle tenta d'apercevoir son sexe. Hélas, il faisait trop sombre et il demeura dans l'ombre. Elle en fut à la fois déçue et soulagée. Elle se tortilla sous les couvertures, attendant qu'il vienne la rejoindre avec une anticipation fébrile.

— J'aurais dû deviner que vous ne dormiez pas, jeta-t-il tranquillement en se rhabillant en hâte.

Elle sourit tandis qu'il rajoutait du bois dans le feu avant de se glisser à son tour sous les couvertures. Elle eut une pensée pour sa sœur Elizabeth qui luttait contre la peste, à l'abbaye, et pour Gabriella. Les larmes lui vinrent et elle se détourna.

— Meg, dit-il d'un ton bourru.

— Oui ?

— Vous pleurez ?

— Non, mentit-elle.

Visiblement, il n'en crut rien, car il se pencha sur elle et lui prit le menton pour l'obliger à le regarder.

— Vous ne risquez rien avec moi. Vous devriez le savoir, maintenant.

Bien sûr qu'elle le savait, mais elle n'était pas tout à fait certaine de ne pas le regretter un peu, en un sens...

— Je pensais à mes sœurs, my lord... pas seulement à... vous.

— Hum, fit-il avec un sourire sceptique.

— Avez-vous l'intention de me confier au roi, quand nous serons à Londres ? Parce que, si c'est le cas, je préfère aller directement en Cornouailles, à Avendall Hall.

Il fronça les sourcils.

— Avendall...

— Cela vous dit quelque chose ? s'enquit-elle en s'asseyant.

Elle avait déjà prononcé ce nom, au cours de leur voyage, durant leurs longues conversations, mais c'était la première fois qu'il semblait éveiller un souvenir en lui.

Il se tourna sur le côté.

— Ce nom m'est vaguement familier, rien de plus. Je m'accroche peut-être à de faux espoirs.

Ils restèrent silencieux un long moment.

— Nous irons d'abord à Londres, décida-t-il soudain. Je suis connu là-bas... en bien ou en mal, mais j'en ai la certitude.

Meg avait toujours rêvé de découvrir Londres mais elle était moins pressée de réaliser ce désir, tout à coup. Si Gresham la laissait là-bas, même aux bons soins d'Edward III, elle ne pourrait rejoindre Gabriella avant longtemps. Le roi avait sûrement autre chose à faire que de se soucier d'elle.

Gresham lui prit la main sous les couvertures et entrelaça ses doigts aux siens.

— Meg, je veux vous faire une promesse. Même si j'ai une femme et une douzaine d'enfants, je veillerai à ce que vous retrouviez votre sœur.

— Et… si vous n'avez *pas* de femme et une douzaine d'enfants ? murmura-t-elle.

Elle devina son sourire dans l'obscurité, aussi
chaud que le feu qui brûlait doucement près d'eux.

Il resserra ses doigts autour des siens.

— Dans ce cas, je vous courtiserai, my lady.

Meg s'endormit, blottie dans ses bras. Au silence
ouaté qui régnait dehors, Gresham devina qu'une
épaisse couche de neige était tombée. Ses pensées
l'empêchaient de trouver le sommeil et l'irritaient au
plus haut point. Il s'en voulait d'éprouver de tels sentiments, mais le jour où il avait ouvert les yeux dans
cette remise de l'abbaye et qu'il l'avait vue, penchée
sur lui, il aurait dû se douter qu'il était perdu. S'il
était marié, il ne quitterait pas sa femme, qu'il aimait
sûrement, mais Meg Redclift demeurerait dans son
cœur jusqu'à la fin de ses jours. S'il était libre, au
contraire, il pourrait, en toute légitimité, réfléchir
sur la nature de cette force qui les poussait l'un vers
l'autre, Meg et lui.

En attendant, il médita sur la question qui le
taraudait sans relâche : quelle sorte d'homme était
Gresham Sedgewick ?

Un homme qui savait se battre, très certainement,
survivre en se contentant du strict minimum, et se
perdre dans les plaisirs charnels qu'une femme pouvait lui procurer. Un homme qui se rappelait trop bien
la guerre, avec une nostalgie affectueuse qui lui faisait honte. Un homme qui s'était senti nu comme un
ver jusqu'au moment où il avait acheté cette épée à
l'aubergiste. Quel soulagement il avait alors éprouvé
en empoignant le pommeau, en passant le doigt sur
le tranchant de la lame !

Pourquoi se rappelait-il le maniement des armes et
pas sa femme et ses enfants ? Peut-être parce qu'il

n'en avait pas. Car il se pouvait aussi qu'il soit un hors-la-loi, puisque le shérif était venu le chercher à Saint-Swithin. Après tout, il valait mieux qu'il reste dans le brouillard de l'amnésie plutôt que de découvrir qu'il était un homme indigne.

Il ferma les yeux et finit par sombrer dans le sommeil.

Quand Meg se réveilla, aux premières lueurs du jour, le froid glacial la saisit. Gresham n'était plus près d'elle. Il était sorti avec Enoch, car elle entendait le mulet braire, de l'autre côté de la porte.

Elle resserra les couvertures autour d'elle et tendit l'oreille. Au bout d'un moment, elle s'assit, rejeta sa chevelure en arrière, et fixa le foyer où quelques braises rougeoyaient encore, comme pour y puiser le courage de se lever. Lorsqu'elle eut rassemblé assez d'énergie, elle alla jeter un œil dehors, par un interstice de la porte.

La nature s'était parée d'un épais manteau d'hermine qui étouffait tous les bruits. L'air ravi, Enoch fourrageait dans une botte de foin apparemment tombée du ciel, mais Gresham n'était nulle part en vue.

Meg refoula l'angoisse qui montait en elle. Il avait emporté l'épée, il savait sans doute ce qu'il faisait.

Pour s'occuper, elle alla chercher un peu de neige fraîche et la fit fondre sur le feu, après l'avoir ranimé. Elle parvint même à la réchauffer un peu et procéda à une rapide toilette.

Gresham réapparut une heure plus tard, un quartier de mouton dépecé sur l'épaule. Il confectionna une broche de fortune et le mit à rôtir.

Meg ne lui demanda pas où il avait déniché un tel festin, ni quels risques il avait pris pour le rapporter. Il ne restait plus ni pain ni fromage, elle mourait de faim et la neige était trop épaisse pour qu'ils puissent continuer leur voyage. Ils risquaient de se perdre en s'écartant des chemins devenus invisibles, d'être la proie d'animaux sauvages, à moins que ce ne soient les hommes du shérif ou des bandits qui ne s'attaquent à eux.

Le mouton mit une éternité à cuire, et l'âcre fumée qu'il dégageait fut une véritable épreuve. Mais le résultat en valait la peine. Et lorsque, au bout de plusieurs heures, Gresham découpa la viande, ils la dévorèrent littéralement.

En début d'après-midi, la neige recommença à tomber. Un vent violent se leva, s'infiltrant dans la cabane par les nombreuses fissures des murs et de la porte. Gresham ramena Enoch à l'intérieur, mais celui-ci se montra beaucoup moins coopératif que la veille. Il se mit à ruer avec entrain, ébranlant les murs précaires de leur abri au risque de les faire s'écrouler.

Gresham éleva la voix avec autorité et l'animal se calma peu à peu, continuant toutefois de souffler en agitant nerveusement la tête.

— Quelle mouche a piqué ce mulet ? s'inquiéta Meg.

Gresham était maintenant à la fenêtre, scrutant les alentours à travers le rideau de neige. Il avait pris son épée au passage.

— Les loups, répondit-il calmement. Il a dû sentir leur odeur.

Meg se leva d'un bond des couvertures sur lesquelles elle s'était assise et se précipita à ses côtés.

Quatre loups efflanqués se trouvaient à quelques pas à peine de la porte. Ils les entendaient haleter. La neige craquait sous leurs pattes et dans leurs yeux brillait la lueur sauvage de la faim.

— Risquent-ils de nous attaquer ? murmura-t-elle.

— Tout dépend à quand remonte leur dernier repas. C'est sans doute l'odeur du mouton qui les a attirés.

— Nous pourrions leur jeter ce qu'il en reste, suggéra-t-elle.

Gresham secoua la tête.

— Surtout pas. Cela ne constituerait pour eux qu'un hors-d'œuvre et ne ferait qu'aiguiser leur appétit. Ils voudront venir chercher la suite.

Les loups durent l'entendre, car le plus grand d'entre eux bondit brusquement et se jeta contre la porte branlante.

6

Par miracle, la porte résista au premier assaut, mais Enoch s'affola. Meg courut vers lui tandis que Gresham, armé de son épée, s'appuyait de tout son poids contre le panneau pour l'empêcher de sortir de ses gonds.

Malgré sa terreur, Meg demeura calme, maîtresse d'elle-même, du moins en apparence, car à l'intérieur, elle se sentait au bord de l'évanouissement. À force de ruer, Enoch allait ouvrir une brèche dans le mur, pour le plus grand plaisir des loups affamés qui n'attendaient que cela. Se dominant, elle saisit fermement le licou du mulet et lui murmura des paroles apaisantes.

Il agita ses longues oreilles, continua de braire mais cessa de s'agiter, en tout cas provisoirement.

— Que font-ils ? demanda-t-elle à Gresham tout en continuant de parler à Enoch.

— Ils se regroupent. Trois d'entre eux semblent se concerter. Je ne vois pas l'autre.

Meg frémit en maintenant le mulet qui recommençait à botter. Il n'y avait qu'une fenêtre, heureusement trop étroite pour qu'un loup puisse s'y faufiler. Une épaisse fumée avait envahi la cabane, piquant les yeux et la gorge.

Un bruit sourd retentit sur le toit.

Enoch baissa la tête et se remit à ruer de plus belle en poussant des braiments déchirants. Meg luttait de toutes ses forces pour le maintenir sans jamais perdre Gresham de vue. Ce dernier restait appuyé contre la porte pour parer un nouvel assaut. Puis elle leva les yeux et le vit, au bord du trou ménagé dans le chaume pour l'évacuation de la fumée. Le loup.

Elle retint le cri qui montait dans sa gorge, qui l'oppressait, car s'il lui échappait, Enoch deviendrait fou et elle ne parviendrait plus à le tenir.

— Gresham, lança-t-elle d'une voix blanche en lui désignant le plafond du regard.

Il leva les yeux à son tour et eut à peine le temps de l'apercevoir que le loup sautait sur les braises, renversant la carcasse du mouton. Il émit un jappement avant de s'écarter. Sa fourrure avait roussi par endroits, mais il ne se découragea pas pour autant. Meg éprouva un bref pincement au cœur en songeant que si Gresham et elle voulaient rester en vie, cet animal superbe malgré sa maigreur devrait mourir.

À sa grande surprise, il s'allongea près des restes du mouton, et les toisa de ses yeux jaunes, montrant les dents et grognant. En dépit des tremblements qui la secouaient, Meg parvint à maintenir le mulet.

— Ne bougez pas, articula lentement Gresham avec un calme impressionnant.

Un silence passa que même Enoch ne troubla pas. La tête renversée en arrière, le loup émit alors une longue plainte sinistre qui leur glaça les sangs.

— Sainte Mère de Dieu, laissa échapper Meg dans un souffle.

Elizabeth aurait sûrement trouvé une prière plus éloquente, mais pas elle.

Deux autres loups s'abattirent contre la porte avec fracas. Enoch frémit de tout son être.

— Montez sur son dos, ordonna Gresham. Tout de suite.

Meg obéit sans discuter.

— N'essayez pas de le retenir, continua-t-il du même ton calme. Couchez-vous sur son encolure et cramponnez-vous à lui, quoi qu'il arrive.

Enoch s'agitait de plus en plus frénétiquement.

Près du feu, le loup grogna et mordit à belles dents dans la carcasse. Dehors, les autres hurlaient leur frustration et leur faim à pleins poumons. Ils se précipitèrent de nouveau contre la porte, en masse. Cette fois, leur force combinée eut raison de l'obstacle.

Meg cria quand la porte s'abattit sur Gresham et que les loups bondirent par-dessus lui avec une grâce sauvage. Enoch s'élança dans l'ouverture, les oreilles en arrière, et elle baissa la tête. Ses sabots martelèrent le panneau de bois et, emporté par son élan, il jaillit dehors telle une flèche, avant de s'écrouler dans un océan de neige.

D'horribles sons s'échappaient de la cabane. Meg tapota Enoch sur l'encolure pour qu'il cesse de braire, descendit à terre et revint en arrière.

Les loups entouraient la carcasse, comme s'il s'agissait d'une proie qu'ils venaient de tuer. Ils reportèrent leur attention sur l'homme debout dans l'encadrement de la porte, l'épée au poing, prêt à se battre avec une hargne égale à la leur.

Pataugeant toujours dans la neige profonde, Meg hurla quand l'un des loups sauta sur Gresham. Ce dernier frémit en entendant son cri, fit mine de se retourner mais n'en eut pas le temps. Il brandit son arme et frappa. L'animal atterrit à ses pieds, grondant toujours. D'un geste vif, il l'acheva.

Les autres regardèrent tour à tour l'homme puis leur compagnon. Leur respiration formait des nuages de buée et leur plainte lugubre flanquait la chair de poule.

Derrière Meg, le mulet continuait de se débattre et de braire mais elle ne quittait pas Gresham des yeux. Elle aurait voulu avoir une arme elle aussi, pour l'aider, ne serait-ce qu'un bâton. Elle se sentait affreusement impuissante.

— Laissez-leur cette fichue viande ! parvint-elle à articuler au bout d'un moment. Venez ! Allons-nous-en !

À sa vive stupeur, Gresham se mit à rire. *À rire !* Dans de telles circonstances ! Il lui répondit sans lâcher les loups des yeux un seul instant.

— Vous croyez que c'est cette carcasse que je défends ? Sans cette cabane pour nous abriter, my lady, nous serons morts avant la nuit. Nous servirons de souper à l'une de ces meutes, si nous ne mourons pas de froid avant.

— Vous êtes blessé ? risqua-t-elle en remarquant des traces de sang sur ses vêtements déchirés.

Il était sous la porte quand Enoch l'avait piétinée et ce serait un miracle qu'il n'ait rien de cassé.

— C'est sans importance. L'heure n'est pas à la conversation, aussi intéressante que soit la vôtre.

Cette repartie contraria vaguement la jeune femme. Elle jeta un coup d'œil à Enoch, qui avait à peu près réussi à se dégager et lança un braiment sonore.

L'ignorant, elle regarda autour d'elle à la recherche d'une arme éventuelle et avisa une grosse pierre, près de la cabane. Ce faisant, elle remarqua un petit appentis accolé à la masure. C'est là que le loup le plus audacieux avait dû sauter pour atteindre le toit.

Munie de sa pierre, elle rejoignit Gresham, prête à se battre. Il lui jeta un bref regard.

— Vous feriez mieux de garder cette arme pour assommer ce maudit mulet avant que je ne lui enfonce cette épée dans le cœur. Il va me rendre fou à braire ainsi.

— Vous ne feriez pas une chose pareille ! s'exclama-t-elle.

Elle ne voulait pas la mort de cet animal, aussi anti-pathique soit-il. Mais se pouvait-il que cet homme, qui occupait une place de plus en plus grande dans son cœur, soit un être sanguinaire qui prenait plaisir à donner la mort? songea-t-elle. Que savait-elle de lui après tout?

Devant sa réaction, il retrouva soudain son sérieux.

— Bien sûr que non, voyons. C'était une façon de parler, Meg. Essayez tout de même de le calmer. Nous avons suffisamment à faire avec les loups, d'autant qu'à force de hurler, ils ont sûrement alerté leurs congénères qui ne vont pas tarder à se montrer.

Il n'eut pas à le lui dire deux fois. Meg rejoignit Enoch aussi vite que la neige le lui permettait. Elle saisit le licou et, ne sachant trop comment l'apaiser, elle se mit à chanter. Une chanson douce et un peu sotte que Gabriella avait inventée jadis, pour récon-forter Elizabeth quand elle pleurait la nuit.

Gresham ne bougeait pas de son poste, ni les loups du leur, c'est-à-dire près de la carcasse qu'ils défen-daient farouchement. Le ciel s'obscurcit et la neige recommença à tomber, virevoltant dans le vent glacé. Enoch écoutait en reniflant pitoyablement la voix tremblante de la jeune fille.

Sa pèlerine était restée dans la cabane, sa jupe était mouillée et ses pieds transis. Ils allaient finir par mourir de froid si la situation s'éternisait.

Gresham tint sans doute le même raisonnement, car il se rua soudain à l'intérieur, l'épée brandie.

Meg posa le front contre l'encolure frémissante du mulet et continua de chanter en pleurant. La ber-ceuse s'était muée en une prière pleine de ferveur.

Dans la cabane, la lutte faisait rage. Cris, jappe-ments, grondements terrifiants lui parvenaient. Puis le silence se fit. Un silence terrible.

Au bout d'un moment, Meg essuya ses larmes et trouva le courage d'appeler Gresham.

Il ne répondit pas mais il apparut dans l'encadrement de la porte, couvert de sang. Il s'appuya contre le chambranle en cherchant son souffle.

Avec un cri de joie, elle se précipita vers lui mais il leva la main pour l'arrêter. Elle s'immobilisa dans la neige, à mi-chemin.

Gresham disparut à l'intérieur de la masure et en ressortit quelques instants plus tard en traînant le cadavre d'un des loups. Il répéta l'opération pour chacun d'entre eux, puis il les enfouit sous la neige, sans doute pour éviter que d'autres prédateurs ne repèrent leur odeur. Seulement alors il fit signe à Meg de le rejoindre.

Trop heureuse qu'il ait survécu, elle lui obéit sans discuter, même si ses manières autoritaires la hérissaient un peu.

Il alla chercher le mulet et remit la porte en place en l'appuyant contre le linteau, car les gonds en étaient arrachés. Cette protection était illusoire, il le savait, mais ils n'avaient d'autre choix que de s'en contenter. Il ranima ensuite le feu avec le bois restant et se laissa tomber près des flammes.

Meg se demanda si le sang qui couvrait ses vêtements était le sien ou celui des loups. En tout cas, son guerrier était épuisé. Quand elle se sentit capable d'aller vers lui sans se jeter dans ses bras en sanglotant, elle s'approcha, s'accroupit et l'examina, à la recherche d'éventuelles blessures.

Il avait été mordu au mollet droit et au bras gauche. Horrifiée, elle songea à la rage qui condamnait ses victimes à une mort certaine après une période de folie souvent meurtrière.

S'exhortant au calme, elle s'efforça de réfléchir. Gresham s'était dépensé sans compter pour les protéger, elle et ce pauvre Enoch. C'était à elle de prendre le relais, à présent.

Ne sachant par quoi commencer, elle se dit que s'ils voulaient survivre, ils devaient d'abord se nourrir. Elle se releva, s'empara du couteau de Gresham et entreprit de découper tant bien que mal la viande que les loups n'avaient pas eu le temps de manger. Elle la posa sur la table, récupéra l'écuelle et sortit chercher de la neige fraîche.

Pendant qu'elle fondait près du feu, elle débarrassa Gresham de ses vêtements, craignant à chaque instant de découvrir de nouvelles blessures.

Il n'était pas inconscient mais il commençait à somnoler. Il la laissa faire sans protester ni l'encourager, et elle eut la désagréable impression qu'il ne la reconnaissait pas...

Dominant son angoisse, elle poursuivit sa tâche, lui ôta ses chausses puis lava les morsures du mieux qu'elle put. Avec ce qui restait de sa propre chemise, elle confectionna des bandages et les enroula autour des plaies. Elle couvrit ensuite Gresham avec les couvertures, lui fit boire le vin qui restait dans la flasque et lui caressa les cheveux jusqu'à ce qu'il s'endorme.

Restait à résoudre le problème de la porte. Avant de s'y atteler, Meg lava l'épée ensanglantée avec la neige fondue et la plaça dans la main de Gresham. Il était inutile qu'elle la garde puisqu'elle ne savait pas s'en servir. En revanche, s'il se réveillait en sursaut, la présence de son arme le rassurerait.

Ils n'avaient bien entendu rien pour réparer la porte. Dans le plafond, la trappe par laquelle le loup s'était introduit à l'intérieur était grande ouverte et devait le rester pour permettre l'évacuation de la fumée.

Cette trappe devait bien posséder des gonds, songea-t-elle, les mains sur les hanches, en l'examinant. Ou au moins des charnières en cuir, car le métal était trop coûteux pour un abri aussi vétuste.

Elle s'enveloppa étroitement dans sa cape, gratifia Enoch de quelques caresses dans l'espoir de l'inciter à se tenir tranquille, puis se glissa dehors en écartant la porte au minimum.

Hormis les craquements occasionnels des branches chargées de neige, il régnait un silence total. La nuit était presque tombée.

Le regard de Meg tomba sur les traces de sang laissées par les loups dans la neige et elle frissonna. Elle se dirigea en hâte vers le petit appentis. À l'intérieur, il n'y avait rien d'autre que des toiles d'araignées et un peu de bois mort.

Rassemblant son courage, elle entreprit de grimper sur le toit en pente de la remise en priant pour ne pas tomber et se rompre les reins ou passer au travers. Elle devait coûte que coûte atteindre cette trappe et la refermer en partie, pour éviter qu'un autre loup ne profite de l'aubaine.

Les empreintes du premier étaient nettement visibles dans la neige et elle frémit au souvenir de sa tête, dans l'ouverture, de son regard fou.

Avec précaution, elle poursuivit son ascension jusqu'au faîte du toit. Elle glissa à deux reprises mais réussit à se rattraper. Quand elle parvint enfin au sommet, ses mains et ses genoux la brûlaient affreusement.

Les charnières et les gonds de la trappe étaient en fer, tout compte fait. Ils lui serviraient à fixer la porte de la cabane. Quant à la trappe, elle n'aurait qu'à la poser simplement sur l'ouverture, en ménageant une fente pour la fumée. Quelques bons coups de pierre suffirent à déloger les charnières du bois vermoulu.

Par le trou, elle aperçut Gresham qui dormait près du feu, et Enoch qui reniflait la viande posée sur la table. La sale bête !

Elle confectionna une boule de neige et la lui jeta, l'atteignant entre les oreilles.

— Je te conseille de ne pas toucher à cette nourriture, espèce de crétin !

Surpris, le mulet recula sans comprendre ce qui lui arrivait.

Meg évaluait la taille de l'ouverture et le support le plus proche, susceptible de maintenir la trappe en place, sur la pente, quand un hurlement la fit sursauter. Lançant un coup d'œil par-dessus son épaule, elle découvrit un loup à l'orée du bois. Si elle tentait de redescendre, celui-ci aurait tout le temps de l'attaquer avant qu'elle ait pu contourner la cabane pour atteindre la porte. Elle n'avait pas le choix. Elle jeta les gonds à l'intérieur, et se glissa dans le trou. Quelques secondes plus tard, elle était suspendue par les mains, les pieds se balançant dans le vide à la recherche d'un appui.

Prudemment, elle les posa sur un chevron, lâcha prise et s'assit à califourchon sur une poutre noire de suie.

En bas, Gresham entrouvrit les yeux puis les écarquilla brusquement. Il se redressa sur un coude avec difficulté.

— Mais… qu'est-ce que…

— Ce n'est que moi, dit-elle d'un ton rassurant

Comme s'il était tout à fait normal qu'elle fasse de l'acrobatie dans la charpente, il se rendormit, rassuré.

Meg évalua la distance qui la séparait du sol. Une grande distance… mais le loup qu'elle venait d'apercevoir l'incita à passer l'action sans perdre de temps. Elle tourna les yeux vers Enoch qui boudait d'avoir été privé de souper.

— Viens ici, sale bête ! ordonna-t-elle.

Le mulet leva la tête vers elle et souffla, probablement pour marquer son indignation.

— Ici, Enoch ! insista-t-elle en désignant du doigt l'espace juste au-dessous d'elle. Gentil mulet, allons, viens.

Il lui semblait que sauter sur son dos lui faciliterait la tâche, mais il ne se montrait guère coopératif pour le moment.

Comme il n'avait pas l'air décidé à changer d'avis, elle finit par se laisser glisser jusqu'à ce qu'elle soit seulement suspendue par les mains. Puis elle ferma les yeux et lâcha la poutre.

Elle heurta le sol avec un bruit mat, mais elle était debout et à peine étourdie. En d'autres circonstances, elle aurait crié triomphalement, mais il y avait plus urgent à faire. Sans se soucier de ses mains et de ses vêtements noirs de suie, elle s'empara du couteau de Gresham, d'une grosse pierre, et entreprit de fixer les gonds de rechange en se servant des anciens clous.

Une fois la porte remise en place, elle se tourna vers Gresham. Il n'avait pas bougé malgré les coups répétés.

Il faisait presque nuit. Dehors, les loups hurlaient, mais ils semblaient s'être éloignés. Meg saisit l'épée. Même en l'empoignant à deux mains, elle parvenait tout juste à la soulever. Jamais elle ne pourrait s'en servir contre quiconque. Mais n'ayant aucun moyen d'obstruer le trou dans le toit, elle la garda toutefois à sa portée.

Après avoir mangé un peu de mouton froid pour apaiser sa faim, elle s'essuya les doigts sur sa jupe en grimaçant de dégoût et s'allongea près de Gresham. Elle posa le dos de sa main sur son front pour vérifier s'il avait de la fièvre. Non, il était frais. Soulagée, elle s'accorda alors le droit de dormir.

Quelques heures plus tard, elle fut réveillée par une sensation de plaisir intense au plus secret d'elle-même. Appuyé sur un coude, Gresham avait remonté sa robe et lui caressait les seins.

À moitié endormie, elle glissa les doigts dans ses cheveux en prenant garde à sa blessure et lui murmura des mots d'encouragement, car ce qu'il lui faisait était vraiment divin.

Il s'enhardit et elle s'émerveilla qu'il suffise de si peu pour les combler de bien-être après les moments difficiles qu'ils venaient de traverser.

— Magnifique, murmura-t-il d'une voix rauque en posant la tête sur son ventre comme s'il s'était agi d'un oreiller.

Enroulant le doigt autour d'une mèche blonde, Meg soupira d'aise. Si Gresham la trouvait belle, c'est qu'il n'avait pas remarqué les traces de suie.

Il lui embrassa le ventre et murmura contre sa peau :

— Monique.

D'abord saisie de stupeur, elle ravala ensuite des larmes d'humiliation tout en constatant avec soulagement qu'il retrouvait la mémoire.

Et ce qu'elle craignait se vérifiait : il y avait une femme dans sa vie.

Monique.

Gresham ouvrit des yeux hagards, tel un naufragé échoué sur un banc de sable. Il prit tout d'abord conscience de la douleur, puis de Meg, allongée près de lui. Et enfin, il se souvint des loups. Il se redressa brusquement.

— Mon Dieu ! Tout va bien ? Meg ?

Comme elle ne répondait pas, il s'inclina sur elle et vit les larmes accrochées à ses cils. Son visage, rouge et sali de suie, trahissait un effort courageux pour ne pas pleurer.

— Meg ? répéta-t-il en écartant de son front une mèche emmêlée.

On aurait dit qu'elle sortait tout droit d'un conduit de cheminée.

100

— Vous m'avez appelée Monique, balbutia-t-elle.

Le nom lui était familier. Il l'ébranla profondément.

— Quand ? demanda-t-il bêtement.

— La nuit dernière.

La nuit dernière. Était-il possible qu'il se soit conduit de manière indigne en s'imaginant être auprès d'une autre ?

— Dieu du ciel, j'espère que je n'ai pas… ?

Elle secoua la tête avec un sourire triste.

— Non, Gresham. Vous… nous n'avons pas… Pas exactement.

— Qu'entendez-vous par « pas exactement » ? Meg, si je vous ai fait du mal…

— Non, non. Ne vous inquiétez pas. C'était… Vous m'avez… caressé les… seins…

Il poussa un soupir de soulagement. Comment avait-il pu lui caresser les seins et ne se souvenir de rien ? Et Monique ? Qui était-ce ? Cette épouse qu'il souhaitait ne pas avoir ? Ne pas aimer ? Si c'était le cas, pourquoi avait-il le cœur aussi lourd en entendant prononcer son nom ? Pourquoi éprouvait-il ce sentiment de vide ?

Il s'efforça de réveiller une image dans les brumes de sa mémoire et, pour une fois, elle se forma avec une promptitude qui le déconcerta. Il vit une femme aux longs cheveux noirs, presque aussi grande que lui, avec des yeux magnifiques. Des yeux gris, brillants de passion et de colère mêlées. Et il n'était pas étranger au tumulte qu'ils reflétaient.

— Mon Dieu…

— Vous vous la rappelez, n'est-ce pas ? murmura-t-elle.

Comme durant la nuit, il posa la tête sur son ventre et elle ne le repoussa pas.

Il eut la vision d'une main qui le giflait, celle de Monique sans doute. Elle l'avait insulté en français en le frappant. L'instant d'après, elle avait dénoué les liens de ses hauts-de-chausses et…

— Oui, je me la rappelle…

— C'est votre femme?

Il se redressa et s'allongea près d'elle pour la regarder au fond des yeux.

— Je ne sais pas, avoua-t-il. J'espère que non.

Elle voulut se détourner mais il posa la main sur sa joue avec douceur. Elle se mordit la lèvre.

— Je… je suppose que vous l'aimez, n'est-ce pas?

— Les mariages se fondent rarement sur des sentiments aussi romantiques, Meg. Il s'agit en général d'alliances dictées par l'intérêt et le pouvoir.

— Mais l'amour vient souvent après. C'est ce qu'affirmait mère Mary Benedict. Ô mon Dieu… gémit-elle, au désespoir. Mon Dieu…

L'ampleur de sa tristesse le bouleversa.

— Meg, je vous en prie…

— À quel titre aurai-je droit quand tout cela sera fini? Maîtresse ou catin?

Une angoisse sans fond l'étreignit.

— Vous n'êtes pas une catin. Et s'il s'avère que vous ne pouvez devenir ma femme, vous ne serez jamais ma maîtresse.

Une larme roula sur la joue de la jeune femme avant de se perdre dans les couvertures.

— En effet, admit-elle avec amertume, je ne serai rien du tout.

— Chut… ne dites pas ça.

— Mais si vous aimez cette Monique? Si le souvenir de cet amour vous revient, qu'adviendra-t-il de moi? Aucun homme n'acceptera jamais de m'épouser, puisqu'on supposera que vous m'avez compromise et que… je n'ai ni terre ni fortune…

— Je ne me séparerai jamais de vous, Meg. Jamais.

Elle ne doutait pas de sa sincérité mais il devina qu'elle demeurait sceptique. En tout cas, elle ne répondit rien et se contenta de rester étendue contre lui, sur les couvertures malpropres, dans ce taudis glacial. Il eut soudain honte de l'avoir entraînée dans pareille aventure. Mais qu'aurait-il pu faire d'autre, sinon l'abandonner à Saint-Swithin et à la peste ?

À ce moment-là, les intestins du mulet émirent des gargouillis sonores. Gresham se leva d'un bond pour le faire sortir, de peur qu'il n'assouvisse ses besoins naturels au beau milieu de la pièce.

La réverbération du soleil levant sur la neige illumina l'intérieur de la cabane lorsqu'il ouvrit la porte. Stupéfait, il se pencha pour examiner les gonds.

— Comment diable avez-vous fait ? demanda-t-il en refermant.

Meg s'assit et retrouva le sourire.

— Venez. Je vais vous raconter.

7

La neige avait cessé de tomber et la température s'était un peu radoucie avec le retour du soleil. Profitant de cette accalmie qui risquait de ne pas durer, Gresham et Meg décidèrent de quitter leur abri, à présent que les chemins redevenaient à peu près praticables.

Ils roulèrent les couvertures et les attachèrent avec l'épée à la selle du mulet avant de grimper sur son dos. Meg s'installa devant Gresham qui la laissa prendre les rênes, car il souffrait de ses morsures.

Ils se mirent en route sans que la jeune femme ne jette un seul coup d'œil en arrière. Dans cette cabane, elle avait beaucoup appris sur elle-même, son courage, les ressources et la force dont elle disposait, mais elle préférait regarder droit devant elle, vers l'avenir.

Perdus dans leurs pensées, ils entamèrent leur voyage en silence. Meg se sentait plus confiante après avoir affronté cette première épreuve avec succès. Elle était même impatiente de découvrir Londres et ses plaisirs, de se plonger dans la vie trépidante de la capitale. Mais sa priorité restait de retrouver Gabriella. Elle ne connaîtrait pas la paix avant d'avoir eu de ses nouvelles ou mieux, de l'avoir en face d'elle, en chair et en os. Tant qu'elle ne serait pas rassurée sur son sort, elle ne pourrait songer à bâtir sa propre vie.

Dans sa quête du passé, Gresham retrouverait peut-être cette femme nommée Monique. Comment réagirait-elle s'il s'avérait que cette mystérieuse créature était l'épouse et la mère des enfants de l'homme pour lequel son cœur battait un peu plus fort chaque jour qui passait?

Sedgewick n'était pas homme à renier ses engagements. Il le lui avait assuré et elle le croyait. De toute façon, même s'il la désirait, même s'il ne voulait pas se séparer d'elle, Meg savait qu'il n'y aurait pas de place pour elle dans sa vie s'il était marié. D'autres n'auraient pas hésité à faire d'elle leur maîtresse depuis longtemps. D'ailleurs, à en croire certaines pensionnaires de Saint-Swithin, c'était une situation souvent plus enviable que celle d'épouse. Ces dernières se voyaient fréquemment reléguées au rôle de mère, de maîtresse de maison, avec toutes les charges qui en découlaient, tandis que les amantes avaient le beau rôle. Elles symbolisaient le plaisir, celles avec qui l'on prenait du bon temps et, qui plus est, elles recevaient des cadeaux pour leur peine. Les tracasseries quotidiennes leur étaient épargnées.

Les courtisanes n'étaient pas réservées aux fripouilles, loin de là. Les hommes honorables ne s'en privaient pas. Il leur arrivait même de leur faire des enfants. Ainsi ces femmes jouissaient-elles parfois d'une certaine forme de respect, au moins à leurs propres yeux, et à condition qu'elles ignorent ce qui se disait derrière leur dos.

Quoi qu'il en soit, Gresham ne lui ferait jamais une telle proposition, qu'elle n'accepterait pas, de toute façon. Elle était bien trop fière pour cela.

Elle soupira avant d'imaginer un autre cas de figure: non seulement Gresham avait une femme mais il l'aimait. Il l'adorait, même. Une puissante passion les liait, ainsi qu'une connivence intime. Ils riaient ensemble, se confiaient leurs secrets et leurs peines.

L'idée que son chevalier puisse partager une telle complicité avec une autre qu'elle lui causa une souffrance incompréhensible. Au lieu d'essayer d'en analyser les causes profondes, elle convoqua ces forces mystérieuses qui régissent en partie les sentiments humains et fit le vœu que, pour Gresham, il n'existe qu'une femme, et une seule. Elle, Meg Redclift.

Elle émergea de sa rêverie en prenant conscience de sa présence derrière elle, de ses bras autour de sa taille, de ses cuisses contre les siennes. Malgré le froid toujours très vif, elle sentit une onde de chaleur la parcourir, si violente qu'elle en fut tout étourdie et aurait pu tomber s'il ne l'avait tenue. Elle craignait d'être incapable de lui résister si jamais il décidait de lui faire l'amour. Il éveillait en elle des désirs si puissants, et ce avec une facilité si déconcertante qu'elle se demandait parfois s'il se rendait compte du pouvoir qu'il détenait sur elle.

Pourquoi les hommes avaient-ils le droit de prendre leur plaisir quand bon leur semblait, alors que les femmes devaient attendre d'être choisies puis rejetées, comme une friandise dont on se lasse plus ou moins vite après l'avoir goûtée ?

Tout à coup, Gresham écarta les cheveux de Meg et posa les lèvres sur son cou. Un long frisson courut en elle et son humeur ne fit que s'assombrir davantage.

— Je me demandais à quoi vous pensiez, pour vous figer à ce point à mon contact, murmura-t-il contre son oreille, provoquant le chaos le plus total dans ses sensations déjà confuses. Je m'en doute un peu, hélas… Cette Monique n'est qu'un vague souvenir dans ma mémoire et je ne ressens rien quand je pense à elle, Meg. Pas de manque, pas de colère. Rien. Cela tendrait à indiquer que nous n'étions rien de plus que des amants, elle et moi, non ?

Rien de plus ! C'était déjà bien trop pour elle. Entendre Gresham admettre, même de façon détournée, qu'il avait eu des relations intimes avec Monique lui faisait l'effet d'un coup de poignard. Pourtant, s'il avait prétendu le contraire elle ne l'aurait pas cru. Gresham n'était pas un moine. Il avait vécu. Il était soldat, de sang noble, et il avait vraisemblablement partagé le lit de plus d'une femme. Du reste, son amour pour la vie de militaire représentait sans doute une plus grande menace que ses conquêtes féminines.

— Cela ne signifie rien du tout, répondit-elle en feignant l'indifférence, comme si le sujet l'ennuyait.

Car comment lui avouer qu'elle était éperdument, désespérément éprise de lui ?

Il émit un petit rire et son souffle caressa ses cheveux telle une brise d'été. Elle avait une conscience aiguë de son corps contre elle, de chaque muscle ferme et puissant, et le trouble qui en résultait ressemblait à des langues de feu sur sa peau. Elle avait l'impression de grésiller de partout.

— Savez-vous à quel point vous êtes séduisante, Meg ? Peut-être n'êtes-vous pas aussi innocente que vous le paraissez. Peut-être me tourmentez-vous à dessein…

— Vous vous trompez complètement, my lord. Si je décidais de vous *tourmenter*, comme vous dites, vous ne vous demanderiez pas qui je suis. Vous le sauriez.

Il éclata de rire. Puis, tranquillement, il entreprit de goûter le lobe de son oreille. Avec délicatesse. Comme s'il savourait un met rare. Il avait repris les rênes d'Enoch à présent, elle se sentait prisonnière de son étreinte et elle aimait ça. Oui, elle aimait cette sensation de lui appartenir, même si ce n'était qu'une illusion.

— Parfois, je regrette de ne pas être une canaille.

— Et si vous en étiez une ? le défia-t-elle imprudemment, sans doute à cause de ce trouble coupable que les caresses de sa langue sur son oreille occasionnaient en elle.

— Qui sait ? admit-il, amusé. Vous êtes très belle, vous savez. Et extrêmement attirante.

Ces compliments l'enivrèrent. Du feu courait dans ses veines à présent. Elle se sentit rougir et se félicita qu'il ne puisse voir son visage. S'efforçant de recouvrer sa dignité, elle répliqua :

— S'il vous plaît, Gresham, ne jouez pas avec moi. Ce serait cruel.

À sa grande honte, elle sentit les larmes brouiller sa vue et cligna des paupières pour les chasser.

— Je suis désolé, fit-il aussitôt d'une voix rauque. Vous avez le visage, le corps, les manières d'une femme et j'ai tendance à oublier que vous êtes à peine sortie de l'enfance.

Elle pivota sur la selle et le toisa en plissant les yeux.

— Je ne suis *pas* une enfant, martela-t-elle, piquée au vif.

— Non, reconnut-il avec un sourire triste. Certainement pas.

Ils poursuivirent leur route en silence pendant un moment puis il reprit :

— Quelque chose me dit que vous ne seriez pas opposée à ce que nous descendions dans une auberge, cette nuit, my lady. Et que vous ne refuseriez pas un bon bain chaud, un dîner copieux et des vêtements propres, si nous pouvions trouver un tailleur. Nous avons de l'or, grâce à cette bonne abbesse.

Comment ne pas accueillir une telle proposition avec joie, après ce qu'elle venait d'endurer ?

— J'approuve, en effet, dit-elle en relevant la tête, revigorée à l'idée de dormir en sécurité, sous un vrai toit et dans un vrai lit. Londres est encore loin ?

— L'aubergiste nous renseignera, répondit-il tranquillement, comme si le fait de traverser une contrée infestée de loups et de ne pas même savoir où ils se trouvaient ne lui causait aucun souci.

108

— Encore faudrait-il que nous trouvions une auberge.

Il referma sa main chaude sur son menton et lui releva légèrement la tête.

— Regardez, là-bas. Vous voyez cette fumée, au loin ? Elle signale la présence d'un village de bonne taille. Il semble même qu'il y ait un clocher.

— Vous avez raison, constata-t-elle en distinguant une flèche en bois rustique entre les branches nues des arbres.

Qu'allaient-ils découvrir là-bas ? s'interrogea-t-elle. Quelles nouvelles aventures ou mésaventures les y attendaient ? Elle avait beau ne pas avoir une grande expérience de la vie, elle savait que les épreuves traversées laissaient toujours des traces et vous transformaient peu à peu.

Elle se demanda si Gabriella était passée par ce village en se rendant en Cornouailles. Peut-être des gens se souviendraient-ils d'elle et pourraient-ils la renseigner.

Elle tendit les jambes et remua les orteils pour activer la circulation dans ses extrémités engourdies par le froid. Le feu qui courait dans ses veines semblait maintenant s'être concentré dans son bas-ventre…

— S'il y a un clocher, il y a une église et donc un prêtre, réfléchit-il à voix haute, le bras toujours étroitement enroulé autour d'elle.

— Vous voulez voir un prêtre ? s'étonna-t-elle en s'efforçant d'ignorer les sensations illicites qui montaient en elle.

— Oui, acquiesça-t-il. J'ai besoin de me confesser.

— Qu'avez-vous donc à confesser, Gresham ? voulut-elle savoir, faussement désinvolte.

Il demeura un long moment silencieux, soit qu'il réfléchissait à sa question, soit qu'il s'amusait de la gêne qu'il percevait sous son indifférence affectée.

— Vous connaissez la réponse, Meg.

— Si je la connaissais, je ne vous la poserais pas.

— Ah… Est-ce donc si difficile à deviner ?

Une pensée épouvantable lui vint et elle frémit.

— Peut-être… savez-vous précisément qui vous êtes mais vous complaisez-vous à vous jouer de moi.

Il lâcha un profond soupir.

— Meg, si c'était le cas n'en aurais-je pas déjà profité ?

Comme elle restait silencieuse, il enchaîna :

— J'attendais une réplique… Vous m'étonnez, lady Redclift. Où est passé votre sens aigu de la repartie ?

Cela commençait à l'agacer, qu'il la provoque ainsi. Elle parvint toutefois à garder son calme, mais une rougeur révélatrice trahit son énervement.

Ravi, Gresham éclata de rire.

— Je suis prêt à parier que si j'affirmais que vous n'aimez pas jouer avec le feu, vous iriez vous rouler dans les flammes uniquement pour me prouver le contraire.

Elle se mordit la lèvre.

— Qu'aviez-vous donc à… confesser ? insista-t-elle, changeant volontairement de sujet. Je veux dire, au prêtre, bien sûr.

Elle devina son sourire et cette part d'elle-même qu'elle commençait à peine à entrevoir s'embrasa de plus belle. Lui seul savait éveiller en elle ces émois qui rendaient son corps et son cœur si vibrants de vie.

— Je risque de vous choquer, my lady. Êtes-vous sûre de vouloir connaître mes terribles péchés ?

— Oui, avoua-t-elle dans un souffle.

— Vous l'aurez voulu ! Voilà : j'ai besoin de recevoir l'absolution parce que je veux une femme que je n'ai pas le droit d'avoir.

À ces mots, un frisson venu du tréfonds de son être la secoua, et elle se trouva de nouveau réduite au silence.

Il lui caressa les cheveux.

— Saint Paul avait raison, reprit-il avec un sourire dans la voix. Il vaut mieux se marier que de brûler en…

— Non, l'interrompit-elle avec impudence. Pas si vous avez déjà une épouse

— Je suis peut-être veuf.

Au grand soulagement de la jeune femme, un chien jaillit d'un buisson et se mit à aboyer frénétiquement pour leur souhaiter la bienvenue. Le mulet lui répondit aussitôt d'un braiment tout en bronchant avec entrain. Meg s'accrocha au pommeau de la selle tandis que Gresham s'efforçait de garder le contrôle de l'animal. La discussion s'arrêta là.

Le village était composé d'une douzaine de petites maisons aux cheminées fumantes. Deux chemins sinueux faisaient office de rues. Ils étaient si étroits qu'en étendant les bras de chaque côté, on touchait presque les façades en bois. Des enfants curieux apparurent sur le pas des portes, suivis par leur mère. Un vieil homme qui guidait une vache s'arrêta pour observer les nouveaux venus qui se dirigeaient vers l'église située au centre du hameau.

Le prêtre sortit pour les accueillir. C'était un nain tonsuré au visage avenant. Il émanait de lui une grande dignité en dépit de sa petite taille, et il plut tout de suite à Meg.

— Bienvenue, voyageurs ! Je suis le père Mark.

Gresham descendit du mulet et s'approcha de lui, la main tendue.

— Mon père. Je m'appelle Sedgewick, et voici Meg Redclift.

Cette information parut susciter l'intérêt du prêtre, mais Meg n'aurait su dire si c'était l'apparition inattendue de deux étrangers ou bien leur nom qui éveilla sa curiosité. Il s'inclina légèrement et son regard se fit attentif, tout en demeurant amical.

— Vous arrivez de Londres ? s'enquit-il en lui faisant signe d'entrer dans l'église.

Gresham revint sur ses pas pour aider Meg à descendre du mulet. Il ne mentionna pas qu'ils avaient quitté Saint-Swithin quelques jours auparavant à cause de la peste. La charité d'un prêtre devait avoir ses limites, supposa-t-elle.

Des chiens efflanqués et des enfants dépenaillés s'étaient rassemblés aux abords de l'église. Ces derniers examinaient les étrangers comme s'ils n'avaient jamais vu de telles créatures auparavant.

Le père Mark sourit et frappa dans ses mains. Aussitôt, le petit groupe s'égailla comme des poules apeurées. Le père se mit à rire.

— Pauvres petiots. C'est qu'il ne se passe pas grand-chose à Millfield, surtout l'hiver.

Ils pénétrèrent dans un sanctuaire obscur, faiblement éclairé par quelques lampes à huile disposées sur un autel rustique. Trois rangées de bancs étaient disposées de part et d'autre de l'allée centrale, et les murs de pierre offraient un bien maigre rempart contre le froid. Le prêtre les fit entrer dans une pièce latérale où brûlait un bon feu.

— Asseyez-vous et réchauffez-vous, dit-il en leur indiquant un banc, devant l'âtre. J'ai bien un peu de pain, mais je crains de n'avoir pas grand-chose d'autre à vous offrir…

Gresham attendit que Meg ait pris place pour donner une pièce d'or au père Mark, qui parut stupéfait de recevoir cette contribution qu'il n'avait même pas demandée.

— Voilà de quoi nourrir tout le village jusqu'au printemps ! s'exclama-t-il, tout heureux. Dieu est bon, monsieur, mais je dois dire que vous l'êtes aussi.

Gresham s'assit près de Meg tandis que le prêtre glissait la pièce dans la poche de sa soutane usée, puis tapotait l'endroit où il l'avait rangée, comme pour s'assurer que ces largesses dont il faisait l'objet n'étaient pas un mirage. Un grand sourire illumina son visage et il s'empressa de remettre du bois dans le feu.

— Qu'est-ce qui vous amène ici ? Nous avons certes prié avec ferveur pour recevoir une aide de cette nature, mais à part cela ?

— Nous espérions trouver une auberge, expliqua Gresham.

— Il y en a une, un peu plus loin, sur la route. Mais laissez-moi d'abord vous apporter un peu de pain, et peut-être un peu de vin aussi ?

Meg était affamée, mais il n'était pas question qu'elle accepte d'entamer les maigres provisions de ce bon prêtre. La réponse de Gresham ne l'étonna pas, car elle se doutait qu'il partageait son opinion.

— Nous mangerons à l'auberge, mon père. C'est d'un peu de chaleur dont nous avons besoin pour le moment, et de votre réconfortante compagnie.

Le prêtre sourit.

— Quelles nouvelles nous apportez-vous ? Comment se portent les armées du roi en France ?

Incapable de répondre à ces questions, Gresham sentit la tristesse l'envahir. Il se frotta les mains au-dessus des flammes et attendit.

— Que se passe-t-il ? s'étonna le père Mark devant son mutisme.

— Êtes-vous ici depuis longtemps, mon père ? l'interrogea Gresham.

Le prêtre sembla déconcerté.

— Eh bien… depuis cinq ans. Avant d'être nommé à Millfield, je servais à Saint-Joseph, près de Warwick.

Gresham observa un bref silence, puis débita d'une traite sa question, comme pour en atténuer le caractère insolite.

— Est-ce que vous me connaissez ? Quand je vous ai dit mon nom, il m'a semblé…

Il laissa sa phrase en suspens et scruta les flammes, comme pour y puiser la réponse à quelque secret primordial.

Le prêtre s'adressa à Meg.

— Vous vous appelez Redclift. Seriez-vous de la famille de sir Redclift, my lady ?

— C'était mon père.

L'un des meilleurs chevaliers du roi, il comptait parmi ses favoris. Il avait acquis une certaine renommée et l'on se souvenait de lui, apparemment. Meg savait assez peu de chose de cet homme mais elle se rappelait qu'elle craignait son caractère emporté.

Le prêtre hocha la tête et la détailla avec une acuité nouvelle avant de se tourner vers Gresham.

— Bien sûr que j'ai entendu parler de vous, lord Sedgewick. Comme tout le monde.

Gresham voulut parler. Se tut de nouveau.

— Pourquoi me posez-vous une telle question ? insista le prêtre. Je ne comprends pas.

— J'ai reçu un coup sur la tête et j'ai perdu en partie la mémoire.

— Ce genre de traumatismes ne dure jamais longtemps, affirma le prêtre avec une assurance surprenante. Vous êtes un chevalier, my lord. Un homme du roi. Vos exploits sur les champs de bataille ont fait de vous une sorte de légende vivante.

Gresham l'écoutait sans mot dire.

— Savez-vous si je suis marié ?

Le père Mark jeta un coup d'œil à Meg et sourit.

— Je ne sais pas mais... on parle d'une Française, une épouse ou une maîtresse, je l'ignore.

Il se racla la gorge avant d'ajouter :

— On raconte qu'elle a mis le feu aux rideaux de votre lit parce que vous l'aviez rejetée, et que vous avez failli brûler vif. Mais vous savez ce que c'est, les histoires de soldats... Ils sont pires que des vieilles commères quand ils s'y mettent.

À la fois impressionnée et horrifiée, Meg imagina Gresham dans un lit en feu, sa chemise enflammée... si toutefois il en portait une pour dormir.

Une lueur d'espoir pointa dans son cœur, tel un petit oiseau s'échappant à tire-d'aile d'un tas de cendres froides.

Gresham lui lança un regard ennuyé.

— Monique, fit-il, du ton de quelqu'un contraint d'exhumer des révélations encombrantes.

Le prêtre haussa les épaules.

— Si son nom a été mentionné, j'avoue l'avoir oublié.

— Étiez-vous soldat vous-même ? s'enquit Meg, oubliant la taille du père Mark.

Debout près d'un cheval, sa tête serait à peine arrivée au niveau des étriers...

Il sourit de sa bévue, et Meg rougit d'embarras.

— Eh non ! répondit-il gaiement. Mais comme je vous le disais, j'ai servi à Saint-Joseph. Il y avait un hôpital tout proche et beaucoup de blessés venaient pousser la porte de l'église.

— Que savez-vous d'autre de moi ?

Le père Mark soupira.

— Vous êtes un épéiste hors pair et un ami de Morgan Chalstrey, lord Edgefield, compagnon et confident du Prince Noir.

Gresham se leva et se mit à arpenter la pièce en fourrageant nerveusement dans ses cheveux emmêlés.

— Morgan Chalstrey, répéta-t-il. Edgefield. Je connais ces noms... pourtant, ils n'évoquent rien. Peut-être retrouverai-je ce Chalstrey à Londres. S'il est mon ami, il me dira tout ce que j'ai besoin de savoir.

— Ses terres se trouvent en Cornouailles, mais il se peut qu'il soit à Londres, avec le roi. Ou bien en France avec le prince.

Gresham se contenta de grommeler, l'air préoccupé.

Le père Mark se leva, sortit une couverture d'un vieux coffre bancal et l'enroula doucement autour des épaules de Meg, qui ne s'était pas rendu compte qu'elle tremblait.

— Restez, proposa-t-il. Passez la nuit ici et dînons ensemble.

Malgré la vétusté des lieux, Meg aurait choisi d'accepter, car elle n'avait aucune envie de ressortir dans le froid, mais Gresham avait d'autres projets.

— Merci mais nous allons nous rendre à cette auberge, fit-il. Nous y serons avant la nuit, si nous ne nous attardons pas.

Le prêtre n'insista pas. Peut-être devina-t-il sa détermination, ou bien fut-il soulagé étant donné l'extrême pauvreté qui sévissait au village. Il s'aventura toutefois à poser une question :

— Est-ce qu'un lien de parenté vous unit, lady Redclift et vous ? Vous êtes cousins peut-être ?

Meg s'empourpra et détourna les yeux. Quant à Gresham, il sourit de toutes ses dents.

— Je suis son gardien, assura-t-il. Son garde du corps, plus exactement.

Le prêtre se frotta le menton d'un air pensif.

— Hum, hum, fut son seul commentaire.

Gresham s'approcha de Meg et lui tendit la main, l'aidant à se lever sans brusquerie mais avec fermeté. La couverture glissa et tomba sur le banc.

— Merci pour votre hospitalité, mon père, mais il vaut mieux que nous partions pendant qu'il fait encore jour.

Le prêtre leur indiqua le chemin et ils prirent congé. Gresham tira littéralement la jeune femme dehors et l'installa sur le dos inhospitalier d'Enoch sans lui laisser le temps de protester. Un vent mordant s'infiltra à travers ses vêtements et elle eut une pensée pleine de nostalgie pour le bon feu du prêtre.

116

Gresham grimpa en selle à son tour. Après un dernier geste d'adieu au père Mark, il guida le mulet vers le chemin qui traversait le village.

— Pourquoi ne sommes-nous pas restés ? se plaignit Meg.

— Je croyais que vous aviez envie d'un bain et d'un copieux dîner avec du faisan ou du lapin. Ce pauvre prêtre n'aurait pu nous offrir qu'un peu de paille pour dormir et un morceau de pain. De plus, il se serait sacrifié, même avec l'or que je lui ai donné. Je préfère qu'il lui serve à nourrir ses paroissiens.

Meg soupira.

— La charité est parfois bien assommante.

— Je suis d'accord avec vous ! s'exclama-t-il en riant.

Le soleil disparaissait derrière la cime des arbres quand ils atteignirent les ruines noircies d'une auberge couverte de neige. Les loups hurlaient au loin et le vent glacial leur coupait le souffle. Hélas, il était trop tard pour faire demi-tour et retourner chez le prêtre.

C'est alors qu'une vieille femme sortit du bois, un petit cochon couinant sous le bras.

— Tous partis, jeta-t-elle en désignant ce qui restait de l'auberge.

Meg faillit éclater en sanglots de frustration. Elle avait faim, froid, elle était fatiguée, ce qui ne l'empêcha pas de se demander combien de temps ce petit cochon dodu mettrait à cuire.

La vieille lança un coup d'œil au ciel plombé de nuages bas.

— Va neiger, reprit-elle en examinant tour à tour les deux étrangers sur le mulet. Feriez mieux de venir avec moi, vous deux, si vous voulez pas geler, pour sûr.

Sur ces mots, elle se remit péniblement en route dans la neige qui crissait sous ses pieds. Sans discuter, Gresham pressa le mulet qui lui emboîta le pas.

Quelques minutes plus tard, ils parvinrent à une ferme assez grande, en bois et en brique, protégée par un épais toit de chaume. L'endroit semblait prospère, sinon luxueux, et Meg éprouva un sentiment de gratitude et de soulagement. Finalement, ils ne mourraient pas de froid, Gresham, Enoch et elle. En tout cas pas cette nuit.

— Entrez donc vous réchauffer, my lady, proposa la femme d'un ton à la fois aimable et brusque. Votre homme et moi, on va s'occuper de ce mulet et du petit bacon que je tiens là. Vous allez nous préparer le feu, pour sûr.

Gresham aida Meg à mettre pied à terre en souriant. La jeune femme remercia leur hôtesse et se précipita à l'intérieur. Elle se retrouva dans une vaste pièce et entreprit sans attendre de préparer un bon feu.

Se frottant les mains au-dessus des flammes, elle jeta ensuite un regard autour d'elle. Un escalier fait de rondins de chêne menait à l'étage. Bien qu'aucun autre occupant ne se soit manifesté, elle supposa que la vieille femme avait un mari. Elle ne pouvait sûrement pas tenir une ferme de cette taille toute seule. Sans parler des risques qu'elle encourait à vivre dans un endroit aussi isolé.

Gresham et leur hôtesse revinrent peu après en bavardant comme de vieux amis.

— M'en vais vous montrer où vous allez dormir, annonça la fermière à Meg avec un large sourire avant de la précéder dans l'escalier. Mon nom, c'est Bessie.

Trop fatiguée pour poser des questions, la jeune femme la suivit jusqu'à une chambre spacieuse.

Il ne fallut que quelques minutes à la vieille dame pour allumer un feu dans la cheminée. Sur les fenêtres, le givre dessinait des formes fantasmagoriques, mais déjà une douce chaleur réchauffait l'atmosphère.

Gresham monta une baignoire et fit plusieurs allées et retours avec des brocs d'eau chaude pour la remplir. Meg dut se retenir pour ne pas fondre en larmes.

— Bessie croit que nous sommes mariés, lui confiat-il quand le bain fut prêt. Je lui ai raconté que nous avions échangé nos vœux en secret et que nous nous cachions de votre oncle qui estimait que j'avais gravement bafoué l'honneur de la famille et voulait me faire pendre. Je compte sur vous pour ne pas la détromper, à moins que vous ne préfériez dormir dans l'étable avec Enoch et le petit bacon.

Meg tourna les yeux vers le lit, dans un coin de la pièce. Recouvert d'une pile de couvertures moelleuses, il semblait merveilleusement accueillant. Elle regarda ensuite la baignoire installée devant l'âtre, où elle rêvait de se plonger. Bessie lui avait donné du savon, du linge de toilette ainsi qu'une chemise de nuit. Du rez-de-chaussée montait le fumet d'une volaille en train de rôtir – du poulet ou du faisan. Refuser tout cela au profit d'une grange et de la compagnie d'un mulet et d'un cochon requérait une force de caractère que même Meg ne possédait pas. Elle hocha la tête en signe d'acquiescement.

— D'accord, Sedgewick, mais je constate que vous vous révélez sacrément doué pour le mensonge !

L'air réjoui, il la salua et se retira. Sans perdre une seconde, Meg se débarrassa de ses vêtements et se plongea dans l'eau avec un sentiment de béatitude absolue.

Elle s'accorda un long moment de détente avant de se savonner de la tête aux pieds. Elle se sécha ensuite devant le feu avec une serviette. Prise d'un engourdissement cotonneux, elle enfila la chemise de nuit en se demandant si Gresham et elle n'étaient pas tombés sous l'effet d'un charme.

L'instant d'après, on frappa à la porte et Gresham entra dans la chambre sans attendre d'y avoir été invité.

Elle l'aurait tancé pour son impudence s'il n'avait eu les bras chargés d'un plateau regorgeant de nourriture fumante. Un petit cri lui échappa quand elle découvrit des navets bouillis accompagnés de poulet rôti et d'un gros morceau de pain noir.

Il lui tendit le plateau en souriant et elle s'assit aussitôt au bord du lit pour commencer à dévorer ce festin, oubliant les bonnes manières tant elle avait faim. Amusé, Gresham s'assit sur une chaise et la contempla avec une gravité pleine de tendresse.

— Quelle chance nous avons eue! s'exclama-t-elle au bout d'un moment en se léchant les doigts.

Une attitude qui, au couvent, lui aurait valu les remontrances de mère Mary Benedict, ainsi que quelques travaux supplémentaires à exécuter pendant au moins une semaine. L'abbesse attachait une grande importance à ce qu'elle appelait le « savoir-vivre élémentaire ».

— Qui aurait pu imaginer qu'une femme surgie de nulle part avec un cochon sous le bras nous offrirait des lits dans un endroit comme celui-ci? s'émerveilla-t-elle en achevant le contenu du plateau jusqu'à la dernière miette.

— *Un* lit, corrigea Gresham. Je vous rappelle que nous sommes mariés.

Meg réfléchit un instant puis suggéra :

— Vous pourriez dormir par terre.

Ils avaient partagé les mêmes couvertures depuis qu'ils avaient quitté l'abbaye, mais se retrouver l'un contre l'autre dans un vrai lit lui paraissait répréhensible.

120

— Jamais de la vie, my lady. J'apprécie le confort tout autant que vous.

Elle le toisa en plissant les yeux.

— Dans ce cas, vous vous tournerez de l'autre côté. Quoi que vous ayez dit à cette brave femme, nous ne ferons pas de bêtises, Gresham Sedgewick.

Il s'inclina avec un petit sourire en coin.

— Comme vous voudrez, lady Redclift.

En bas, Bessie chantait une chanson paillarde à pleins poumons.

— Est-ce qu'elle vit seule ici ? demanda Meg, après un instant de stupeur.

Gresham lui prit le plateau des mains et le posa sur le sol. Son regard était brillant, et étrangement intense.

— Elle a un fils. Leur taureau s'est sauvé et il est parti à sa recherche. Quand nous l'avons rencontrée, Bessie revenait d'une ferme voisine où elle était allée mettre un enfant au monde. Une petite fille nommée Middy. Le père lui a offert le cochon pour la remercier.

Meg était si fatiguée qu'elle parvenait tout juste à garder les yeux ouverts. Elle ne put réprimer un bâillement et Gresham sortit sans bruit.

Lorsqu'il revint dans la chambre, quelques heures plus tard, Meg dormait à poings fermés, blottie sous les couvertures. Elle frémit à peine lorsqu'il se glissa près d'elle en poussant un long soupir de bien-être.

8

Malgré le confort inattendu de la maison de Bessie, Gresham dormit d'un sommeil agité, entrecoupé de rêves parfois si réels qu'ils le réveillaient. Hélas, les images entrevues s'évaporaient aussitôt dans une sorte de brouillard, devenant inaccessibles à sa conscience. Épuisée par ce rude voyage mouvementé, Meg se reposait contre lui en toute innocence. En dépit de son impulsivité et de sa témérité naturelle, elle était d'âme noble, Gresham n'en doutait pas. La sentir ainsi abandonnée contre lui, si douce, si tendre, sans pouvoir la toucher le mettait à la torture. Si le Seigneur lui imposait cette épreuve pour qu'il expie ses péchés, c'était réussi tant il mourait d'envie de la caresser. Mais s'il commençait, il savait très bien comment cela se terminerait.

Une aube grise et glaciale se leva. Dehors régnait ce silence ouaté des paysages pris sous la neige. Meg s'étira contre lui. Brûlant des désirs qu'un homme d'honneur se devait de réfréner, il écouta les petits gémissements et soupirs qu'elle émettait en se réveillant.

— Nous repartons aujourd'hui, my lord? s'enquit-elle d'une voix ensommeillée.

Il avait une furieuse envie de la serrer dans ses bras et de la garder là, bien à l'abri, mais cela ne ferait qu'accroître les risques.

— Non, répondit-il à regret, car il était impatient

de résoudre le mystère de son passé. Il a neigé cette nuit. Nous n'irions pas bien loin.

Il s'autorisa à l'embrasser sur le front juste avant qu'elle ne se lève... pour revenir très vite sous les couvertures où elle se pressa contre lui.

— Bon sang de Dieu, il fait un froid de canard!

Gresham éclata de rire.

— Ma belle lady téméraire, vous n'allez pas vous mettre à jurer vous aussi! J'ai déjà assez de choses à me reprocher en ce qui vous concerne sans devoir répondre aussi de vos écarts de langage.

Sur ce, il se leva à son tour et refit un feu dans la cheminée avec le bois sec que la généreuse Bessie leur avait laissé. Quand les flammes s'élevèrent joyeusement, il retourna se glisser entre les draps, auprès de Meg.

Par tous les saints du paradis et les démons de l'enfer, je ne succomberai pas à la tentation de posséder cette femme.

— My lord? risqua-t-elle au bout d'un moment, d'une toute petite voix. Vous pensez vraiment que je suis téméraire?

Il effleura ses lèvres des siennes.

— Je pense que vous êtes magnifique, Meg. Et courageuse, aussi.

Elle émit un petit soupir d'aise, mais il devina qu'elle n'allait pas en rester là. Et en effet.

— Pourtant, d'une certaine manière... vous me trouvez imprévisible, n'est-ce pas?

— Oui, un peu, avoua-t-il, optant pour la franchise.

La liste de ses péchés était suffisamment longue. Inutile d'en rajouter.

— Parfois, je... je crains d'être une... dévergondée, dit-elle dans un souffle.

Gresham plongea les yeux dans ceux de Meg. L'embarras se lisait dans le regard vert de la jeune femme.

— Une dévergondée?

Il connut un instant d'effroi. Allait-elle lui confesser qu'elle s'était donnée à d'autres hommes et qu'elle était prête à recommencer avec lui ? À cette idée, il avait envie de tout casser, tel un taureau furieux dans l'arène. Un Samson devenu fou.

— Alors ? insista-t-elle, inquiète.

Ses doutes l'émouvaient d'autant plus qu'il connaissait sa valeur hors du commun. Sa vaillance lors de leur affrontement avec les loups révélait une bravoure que nombre de soldats lui auraient enviée.

— Gresham... il m'arrive d'avoir de telles pensées... d'éprouver de telles... *sensations*...

Il lui prit le menton avec douceur. La profondeur de son soulagement était telle qu'il faillit éclater de rire. Une joie indescriptible s'empara de lui. Soudain, peu importait qui il était, d'où il venait, il était là, avec cette femme, et rien que cela méritait d'être célébré. Mais il ne voulait à aucun prix heurter la sensibilité de Meg ; c'était une jeune personne non seulement délicate mais aussi fragile.

— C'est normal, répondit-il enfin. Vous êtes jeune et... mûre.

Elle s'étira comme un chat en laissant échapper un petit soupir proche du gémissement qui le mit à la torture. Une torture à la fois douce et douloureuse – et d'une violence qui lui donna envie de crier.

— Mûre ? répéta-t-elle sans comprendre.

Elle était soit *totalement innocente* soit *sacrément intelligente*, se dit-il.

Il aurait bien embrassé le petit pli de confusion qui se formait entre ses sourcils froncés mais y renonça. Mieux valait ne pas tenter le diable.

— Vous n'êtes pas une enfant, précisa-t-il, s'étonnant que sa voix soit aussi rauque.

— Vous venez seulement de vous en apercevoir ? le taquina-t-elle.

L'inconsciente ! Ayant grandi dans un couvent, elle n'avait pas appris que l'on ne jouait pas avec le feu comme elle le faisait.

— Que je suis une femme, crut-elle bon d'ajouter.

— C'est plus que cela, parvint-il à répondre malgré le trouble profond, et pas seulement physique, qui le gagnait. Et vous le savez.

— Vous me trouvez mûre pour l'amour, traduisit-elle avec une note de triomphe dans la voix.

« Doux Jésus, oui ! » songea-t-il, avec le sentiment d'être vaincu. Misérable.

— Que connaissez-vous de l'amour, Meg ?

— Eh bien, my lord, peu de chose. Pour ne pas dire rien. Croyez-vous que je serai douée ?

Je voudrais mourir.

— Oui.

Elle haussa les sourcils, intéressée. Pleine d'espoir.

— Comment le savez-vous ?

— Oh, je le sais, c'est tout. J'ai oublié beaucoup de choses, mais d'autres me viennent naturellement.

Elle le gratifia d'un sourire teinté d'un étrange mélange d'audace et de méfiance.

— Je pense que vous êtes un expert en matière de femmes.

Il ne le nia pas. Bien que sa mémoire fût criblée de trous, il y subsistait le souvenir d'autres matins enneigés, dans d'autres lits. Son corps surtout en portait les traces, et il les sentait avec une intensité viscérale. La forme, les mouvements des batailles qu'il avait menées étaient restés comme moulés dans ses muscles, de même que l'empreinte de longs voyages sur terre et sur mer. Quand il empoignait une épée, il lui semblait que le métal devenait une part de lui-même, qu'ils ne faisaient plus qu'un avec son arme. Monter à cheval lui semblait aussi naturel que de respirer. Si seulement tant d'autres choses ne lui échappaient pas complètement...

Il n'avait pas lâché le menton de Meg et, douce-ment, passa le pouce sur ses lèvres. Dehors, les loups et les oiseaux de nuit faisaient encore entendre leurs voix. Les cris d'Enoch et du cochon leur parvenaient aussi, malgré l'épaisseur des murs.

— Je veillerai sur vous, my lady, que je sois marié ou pas, je vous en fais de nouveau le serment.

— Il m'est difficile de vous imaginer avec une femme, murmura-t-elle. Je dois avouer que cette idée me déplaît.

— À moi aussi, répondit-il gravement.

Elle le contempla, le regard soudain plus brillant.

— Qu'allons-nous faire ?

Il s'efforça de paraître sûr de lui. Optimiste.

— Nous allons d'abord chercher votre sœur puis, en temps voulu, un mari capable de prendre soin de vous. Vous aurez une vie longue et heureuse, remplie d'enfants qui illumineront vos jours. Quant à moi, je retournerai à ce que j'ai laissé derrière moi et je conti-nuerai. Tout ira bien pour nous, Meg.

Elle battit des paupières pour chasser les larmes qu'elle sentait perler, et parvint à lui sourire.

— Ne parlons plus de notre séparation, d'accord ? Vous avez été bon pour moi et vous vous êtes conduit comme un homme d'honneur, même si j'aurais aimé...

Il voulut protester, mais elle posa l'index sur ses lèvres.

— Chut... Que vous le vouliez ou non, Gresham Sedgewick, je vais vous dire ce que j'ai dans la tête.

Du bout du doigt, elle suivit le contour de sa bouche comme pour en graver le souvenir dans sa mémoire. Un frisson fulgurant le traversa mais il se contenta de dévorer des yeux chaque trait de son beau visage, s'en imprégnant à jamais.

— Si je pouvais choisir l'homme que j'épouserai,

c'est vous que j'élirais, Gresham. Le peu que je sais de vous me suffit amplement.

Il se mordit l'intérieur de la joue pour s'empêcher de dire des choses insensées, de faire des promesses qu'il ne pourrait tenir.

Elle poursuivit d'une voix pleine de douceur:

— Si j'étais le genre de femme à être une maîtresse et si vous étiez homme à en prendre une, je me donnerais à vous sans l'ombre d'une hésitation.

Anéanti, il enfouit le visage dans l'oreiller.

— Oh, Meg... mon Dieu... non, ne...

Elle lui caressa les cheveux, laissa ses doigts descendre lentement le long de sa nuque puis de sa colonne vertébrale. Une courtisane excellant dans l'art d'attiser les sens d'un homme ne l'aurait pas ébranlé aussi profondément. Il sentit son sexe durcir presque douloureusement, et s'aperçut qu'elle aussi l'avait senti.

— Gresham...? Ne pourrions-nous voler quelques instants au temps? chuchota-t-elle. Juste un précieux interlude que nous garderions secret dans notre cœur, à jamais?

C'en était trop. Renversant les barrières qu'il s'était efforcé de dresser entre eux, il s'empara de ses lèvres et l'embrassa avec une dévotion plus religieuse que sensuelle. Tel un adorateur rendant un hommage passionné à une déesse inaccessible. Quand il interrompit son baiser pour la contempler, un feu ardent brûlait au fond de ses yeux.

— Non, Meg. Cela nous coûterait trop cher.

Elle le dévisagea. Longuement. Puis un petit soupir lui échappa et elle acquiesça. Avec résignation plus que conviction.

Alors Gresham se leva et quitta la pièce en titubant presque dans sa hâte à fuir celle qu'il désirait plus que tout au monde.

Une épaisse couche de neige était tombée durant la nuit, transfigurant la nature. Comme poudrée de diamants, sa blancheur surnaturelle scintillait sous un soleil de glace. Derrière les vitres de la fenêtre du rez-de-chaussée, Meg admirait ce paysage féerique, émue par sa majestueuse beauté. Malgré la peine lancinante qui l'habitait, elle s'émerveillait d'être en vie, puisant dans ces bonheurs simples et purs la force et le courage d'avancer.

Derrière elle, le feu ronflait dans la cheminée près de laquelle Bessie était assise, lançant des coups d'œil anxieux vers la porte au moindre bruit. Elle s'inquiétait pour son fils, Tom, absent depuis trop longtemps maintenant. Gresham avait sellé Enoch et était parti à sa recherche sur les chemins impraticables, espérant retrouver sa trace ou celle du taureau qu'il était censé ramener au bercail.

L'air glacé était d'une transparence irréelle. La neige, immaculée. Les bras étroitement croisés autour d'elle, Meg pria en silence pour que Gresham et Tom reviennent sains et saufs. Et vite.

— Je n'ai que lui, vous comprenez, dit soudain Bessie. Un solide gaillard, pour sûr. Capable de soulever à lui seul une truie au-dessus d'un échalier.

Elle secoua la tête en faisant claquer sa langue.

— S'est jamais marié, mon Tom. L'aurait fait un bon mari.

Meg rangea le balai qu'elle venait de passer méticuleusement et alla s'asseoir près de la vieille dame.

— Pourquoi ne s'est-il jamais marié ?

Bessie haussa ses robustes épaules.

— Trop timide. Pas comme son cousin Tangwyn. Une canaille celui-là, et prétentieux avec ça. Toujours à se vanter et jamais satisfait.

Inexplicablement, ce nom mettait Meg mal à l'aise, quoiqu'elle fût certaine de ne jamais l'avoir entendu auparavant. Ses yeux balayèrent la pièce.

Cette maison simple et solide avait été construite pour traverser les saisons et procurer du réconfort à ceux qui trouvaient refuge entre ses murs massifs.

— Je comprends que votre Tom veuille rester ici, remarqua-t-elle. C'est un endroit très agréable.

Bessie l'étudia d'un air spéculatif.

— Z'aimeriez peut-être rester vous aussi, ma fille. Pour épouser Tom.

Meg s'empourpra. Gresham n'avait-il pas prétendu qu'ils étaient mariés ? Bessie était moins crédule qu'il ne l'avait cru. Elle aurait dû protester, lui rappeler qu'elle avait déjà un mari, mais elle n'avait ni le talent ni l'envie de mentir.

— Comment avez-vous su ? demanda-t-elle doucement.

— La vérité sur vous et lord Sedgewick ? L'a mis un sacré bout de temps à monter vous rejoindre, hier soir, malgré sa fatigue. Un homme qui partage le lit de sa dame en toute légitimité n'aurait jamais attendu autant, ma chère.

Meg baissa les yeux et sa rougeur s'accentua.

— Il ne me désire pas, lui confia-t-elle à sa grande honte. Je manque peut-être de…

— Non, mon petit, l'interrompit la brave femme. J'ai bien vu comme il vous regardait. L'a le cœur dans les yeux, pour sûr. C'est son honneur qui l'empêche, rien d'autre. Et l'honneur, c'est parfois un vrai tyran, hélas. Surtout chez un homme comme lui.

Les commentaires de Bessie furent un baume pour Meg tout en la désolant. Qu'importait ce que Gresham ressentait pour elle, il n'y succomberait point. Et même s'il en venait à l'aimer, il ferait toujours passer son honneur avant tout.

— Vous êtes perspicace, observa-t-elle.

— Et sensée, ajouta Bessie avec une assurance tranquille. Restez ici et épousez mon Tom. L'est sérieux, et doux comme un agneau. Pas le genre à lever la main sur une femme ou à partir bourlinguer, ça non !

Meg songea à toutes les femmes abandonnées de Saint-Swithin et à celles qui peuplaient tant d'autres couvents à travers l'Angleterre. Elles seraient nombreuses à se prosterner devant Dieu et ses anges pour le remercier de leur offrir un sort semblable à celui que Bessie lui proposait. Malheureusement, Tom serait-il l'homme le plus séduisant et le plus intelligent du monde qu'elle ne l'épouserait pas, pour la simple raison qu'il n'était pas Gresham Sedgewick. Et elle craignait fort d'être définitivement inaccessible à tout autre que lui.

— Je suis convaincue que Tom est un homme admirable, mais...

Les mots moururent sur ses lèvres et elle se contenta de secouer négativement la tête.

— Mais votre cœur ne vous appartient plus, acheva Bessie à sa place, avec une gentillesse telle que, l'espace d'un instant, Meg regretta de ne pouvoir accéder à sa demande.

Elle se contenta d'acquiescer.

Des heures plus tard, alors que le soleil déclinait à l'horizon, teintant les nuages de lueurs orangées, Gresham revint sans avoir trouvé trace ni de Tom ni du taureau.

Plus qu'inquiète à présent, Bessie s'efforça cependant de garder son calme. Elle alla chercher un quartier de chevreuil dans le garde-manger et le fit rôtir. Peu après, tous trois s'attablèrent et commencèrent à déguster ce festin avec appétit. La neige recommençait à tomber quand un braiment sonore leur parvint de l'étable où se trouvait Enoch.

Gresham se leva d'un bond et alla à la fenêtre, précédant de peu Bessie, moins agile à se mouvoir. L'espoir illuminait le visage de la vieille femme.

— Nom d'un chien! s'exclama Gresham en découvrant le nouveau venu.

Attrapant au vol un morceau de fromage, Meg se précipita à ses côtés. Bessie se haussa sur la pointe des pieds pour jeter un coup d'œil par-dessus son épaule.

— Ce n'est pas Tom, soupira-t-elle en allant ouvrir.

Meg reconnut aussitôt l'homme qui se tenait sur le seuil. Il s'agissait du mime à qui elle avait confié sa lettre pour Gabriella, à la foire.

Sa ressemblance avec Gresham était frappante, mais à la lumière des lampes à huile, elle constata qu'elle n'était que superficielle. Vêtu comme un vagabond, l'homme avait de toute évidence mené une vie très différente de celle de Gresham. On le devinait à sa peau burinée et à l'éclat rusé de son regard qui trahissait une âme noire.

— Entre, Tangwyn. Ne reste pas dans le froid, proposa Bessie d'une voix morne.

Il embrassa la vieille dame sur la joue et se tourna vers Gresham. Les deux hommes s'affrontèrent du regard sans la moindre aménité. Meg remarqua que son chevalier semblait sur la défensive. Il considérait l'intrus avec défiance, les yeux mi-clos.

— Les autres sont dans la grange, reprit le dénommé Tangwyn. Je n'abuserai pas de votre hospitalité en vous demandant de les abriter sous votre toit, ma chère tante, mais vous avez été si bonne pour ma sainte mère que je me suis dit que vous m'offririez peut-être un lit pour une nuit ou deux.

Ses yeux quittèrent Gresham et se rivèrent sur Meg, s'attardant sur des endroits de sa personne où ils n'auraient pas dû se poser.

— Je vois que je ne suis pas le seul à avoir trouvé refuge chez vous, en cet hiver précoce et rigoureux.

Bessie ne lui concéda pas un sourire.

— Installe-toi près du feu, je vais te chercher à manger.

— Tu ne fais pas les présentations ? susurra Tangwyn.

— Gresham Sedgewick, annonça ce dernier sans lui tendre la main. Et voici mon épouse.

Meg n'avait pas eu l'occasion de le prévenir que Bessie n'avait pas été dupe de leur prétendu mariage et elle s'en félicita. Elle hocha brièvement la tête sans rétablir la vérité, notant au passage que Bessie s'en abstenait également.

— Nous sommes-nous déjà rencontrés ? s'enquit Tangwyn en s'approchant de l'âtre.

— C'est possible, admit Gresham en essayant de fouiller dans sa mémoire. J'ai l'impression de vous avoir déjà vu.

— Vraiment ? Je me disais la même chose, figurez-vous.

L'hostilité entre les deux hommes était presque palpable. Bessie les observa attentivement l'un après l'autre, les sourcils froncés.

— Vous avez le même sang, vous deux, murmura-t-elle. J'en jurerais. Comment est-ce possible ?

Tangwyn accepta son souper avec un bref remerciement.

— Nous avons peut-être un parent commun, glissa-t-il.

Cette suggestion irrita visiblement Gresham et Tangwyn en conçut un certain plaisir.

— Votre père était-il un soldat, lord Sedgewick ?

Gresham grommela une vague réponse. Les bras croisés, affichant des airs de propriétaire, il se tenait près de la table où Meg avait repris place sans toucher aux reliefs de son repas.

— Ma mère – paix à son âme – était une fille de mauvaise vie, enchaîna Tangwyn, apparemment sans

132

se soucier que la femme dont il parlait était apparentée à Bessie.

À sa place, Meg aurait giflé ce gredin. Comment osait-il parler ainsi ?

— Elle aimait les soldats, continua-t-il. Elle se plaisait en leur compagnie. Votre père fut peut-être l'un d'eux ?

Gresham serra les dents sans mot dire. Meg l'observait, consciente des sentiments qui l'assaillaient, et devinant que les doigts lui brûlaient de se refermer sur le pommeau de son épée.

Percevant la tension entre les deux hommes, Bessie intervint.

— Ridicule, jeta-t-elle sèchement. Ton père était un simple paysan et tu le sais très bien. Quant à ta mère, l'était une femme honnête. C'est moi qui avais un faible pour les soldats.

Un silence chargé de stupeur accueillit cette dernière révélation, mais peut-être était-ce l'effet recherché par la vieille femme.

— Et tes pauvres compagnons que tu as laissés dans la grange ? Doivent avoir faim, et besoin de couvertures, pour sûr.

— T'occupe pas, rétorqua Tangwyn, apparemment contrarié d'avoir été contredit. Ce ne sont que deux femmes et un gamin.

Bessie soupira.

— Que deux femmes et un gamin… Va les chercher et qu'ils apportent leur couchage, si toutefois ils en ont. S'installeront près du feu. Tu ne peux pas les laisser dans le froid, l'estomac vide.

Occupé à se sustenter bien au chaud, Tangwyn hocha distraitement la tête.

— Où est Tom ? demanda-t-il soudain.

L'espace d'un instant, Meg crut que la pauvre Bessie allait fondre en larmes. Elle se ressaisit très vite, mais la jeune femme soupçonna le très attentif Tangwyn d'avoir perçu son désarroi.

— Il travaille, répondit-elle. C'est que mon Tom est un travailleur, lui.

Tangwyn perçut le sous-entendu, tout comme Meg et Gresham.

— Ah, Tom, ce héros ! commenta-t-il après une pause. Toujours trop timide pour demander une laitière borgne en mariage ?

Une telle fureur passa dans les yeux de Bessie que Meg crut qu'elle allait prendre le balai et en assener un bon coup sur la tête de ce vaurien. À sa grande déception, rien de tel n'arriva. Une bonne bagarre aurait pourtant été divertissante, mais la vieille dame n'avait pas besoin de balai. Elle avait d'autres armes.

— Ce gamin dans la grange, c'est un de tes protégés ?

Tangwyn devint rouge de colère. Il semblait sur le point de lancer une repartie cinglante, peut-être même de céder à la violence, mais il dut sentir que Gresham n'attendait qu'un prétexte pour lui flanquer une bonne correction, car il se contint. Sans répondre, il termina son dîner et se leva pour aller chercher ses compagnons.

Les deux femmes avaient l'œil vif et circonspect mais ce fut le garçon qui retint l'attention de Meg et de Gresham. C'était celui qu'ils avaient rencontré à la foire d'Upper Gorse en possession d'Enoch. Lorsqu'il les vit, il pivota sur ses talons pour s'enfuir mais Gresham l'arrêta.

— Viens par ici, toi, ordonna-t-il d'un ton tranchant. J'aimerais te parler.

Il l'empoigna par ses vêtements et le força à s'asseoir sur un banc.

Meg avait elle aussi quelques questions à lui poser. Il s'était référé à sa sœur en l'appelant la « gueuse » de Chalstrey. Elle voulait d'abord savoir qui était ce

Chalstrey et pourquoi Gabriella était avec lui et non pas avec Avendall, son futur mari.

— Nous aurons tout le temps de parler, intervint Tangwyn d'une voix doucereuse. N'embêtez pas trop ce pauvre Blodwen, s'il vous plaît. Il est un peu simplet et ne sait pas bien ce qu'il dit. Et puis, par une nuit comme celle-ci, nous pourrions au moins faire semblant d'être amis, non ?

Pour toute réponse, Gresham lui lança un bref mais éloquent regard avant de reporter son attention sur l'adolescent.

— On se connaît, toi et moi, n'est-ce pas ? Dis-moi qui je suis.

Blodwen jeta un regard implorant à Tangwyn et déglutit avec peine.

— Lord Sedgewick, monsieur. Vous êtes un chevalier au service du roi. C'est tout ce que je sais !

Les doigts de Gresham se refermèrent sur le manche de son couteau.

— Tu mens.

Le garçon ouvrit la bouche, la referma et serra les dents.

— Peut-être que vous n'aimeriez pas entendre ce qu'il a à vous dire, ricana le mime.

Gresham posa la pointe de la lame sur la gorge de Blodwen. Appuya. Il n'entama pas la peau mais des gouttes de transpiration perlèrent sur la lèvre supérieure du gamin.

— Parle, ordonna Gresham.

Meg crut percevoir un éclat menaçant dans le regard que Tangwyn posa sur le garçon qui secoua la tête.

— Ma sœur, Gabriella Redclift… commença Meg en s'approchant de lui.

Malgré sa posture, le gamin la toisa avec défi et elle comprit, tout comme Gresham, qu'ils ne tireraient rien de lui.

Durant le reste de la soirée, Blodwen se tint à bonne distance de Gresham, l'épiant du coin de l'œil comme s'il avait été le diable en personne et que, d'une minute à l'autre, il risquait de lui pousser des cornes, des sabots et une queue fourchue. Il mangea en silence, se coucha dans un coin comme un chien et ferma les yeux, mais Meg le soupçonna de feindre de dormir.

Tangwyn s'assit près du feu, tel un moine en méditation. Après avoir mangé à leur tour, les deux femmes sortirent une petite boîte de leur baluchon et se mirent à jouer avec des pierres de couleurs vives en parlant une langue que Meg ne connaissait pas. Elle devina que c'étaient des gitanes, des diseuses de bonne aventure.

Tandis que Gresham affûtait son couteau sur une pierre à aiguiser, Bessie retourna faire le guet à la fenêtre, et Meg lava les écuelles et les couverts.

Vue de l'extérieur, la scène évoquait une soirée tranquille, pourtant, la tension subsistait. Meg espérait trouver une occasion de questionner Blodwen au sujet de Gabriella, aussi, quand Gresham lui fit signe de monter en lui désignant l'escalier de la pointe de son couteau, secoua-t-elle la tête. Il se rembrunit et crispa les mâchoires, plus ennuyé qu'irrité.

Tangwyn se leva et s'étira avec un grognement vulgaire. Comme si ce geste avait été un signal convenu d'avance, ses compagnons l'imitèrent. Gresham se leva à son tour, lentement, prêt à intervenir. Meg s'approcha de Bessie et prit sa main calleuse dans la sienne.

— Nous sommes au regret de vous demander votre or et vos affaires, déclara alors Tangwyn d'un air faussement désolé.

Il s'adressait à Meg et à Gresham qu'il considérait certainement comme les seuls susceptibles de posséder quelques richesses.

— Je vous laisse imaginer lequel de vos trésors m'intéresse le plus, my lord. J'aurais pu vous trancher la gorge la première fois, mais vous étiez inconscient et je tenais à ce que vous sachiez que c'était moi qui vous tuais.

Gresham le fixait, impassible, et bien plus terrifiant que la menace de Tangwyn. Meg comprit que l'homme qu'elle commençait à aimer était capable de tuer de sang-froid, sans l'ombre d'une hésitation.

— Prends la nourriture et l'argent dont tu as besoin, intervint Bessie. Mais par tous les saints, tiens-t'en là.

Comme si l'issue de la soirée ne le surprenait en rien, Gresham prit la parole sans se départir de son calme.

— Accepte ce que cette brave femme te propose, mais si tu touches à quoi que ce soit – ou à qui que ce soit – qui m'appartient, je t'arrache les bras.

Blodwen se jeta sur lui, poussé davantage par le désespoir que pour l'attaquer, mais Gresham l'immobilisa sans peine en le crochetant au niveau du cou et en le plaquant contre lui. Puis, d'un geste vif et souple, il l'envoya rouler au sol, inconscient.

Meg émit un petit cri et les deux gitanes tournèrent vers elle des yeux qui lui rappelèrent ceux des loups affamés. Elles semblaient se mouvoir comme une seule et même personne, en tandem, et la jeune femme ne fut pas étonnée de découvrir qu'elles avaient des couteaux.

Frissonnante, elle saisit le balai et leur fit face avec courage.

Tangwyn se mit à rire.

— Non seulement elle a un visage agréable à regarder et des formes avenantes, mais elle ne manque pas de bravoure. Une femme comme la vôtre rapporterait gros dans les foires et les marchés, lord Sedgewick.

Oui, les hommes paieraient cher pour passer quelques minutes sous sa tente.

Un grondement sourd monta dans la gorge de Gresham. Seigneur! songea Meg. Cet homme et ses compagnes ne voyaient-ils pas le danger auquel ils s'exposaient? C'était comme s'ils venaient de réveiller un lion dans sa tanière sans en mesurer les conséquences.

Les gitanes fondirent sur Meg qui brandit son balai. Bessie entra dans la mêlée, une bouilloire à la main, tandis que Gresham, vif comme l'éclair, saisissait le poignet de Tangwyn et le désarmait sans peine. L'une des femmes passa à l'attaque et atteignit Meg à l'avant-bras. Le sang gicla, mais elle riposta en frappant son adversaire à la base du cou. Son geste déséquilibra les deux comparses qui s'effondrèrent ensemble. Avant qu'elles aient pu se relever, Bessie fondit sur elles, les menaçant avec un tisonnier.

Gresham de son côté avait empoigné Tangwyn à la nuque et lui cognait le visage contre une poutre.

Le nez en sang, le mime fit mine de s'essuyer, et en profita pour sortir un deuxième couteau de sa tunique. Un petit poignard qui semblait fort bien aiguisé.

Meg sentit son cœur s'arrêter, mais Gresham ne sembla nullement impressionné, au contraire. Une expression féroce déformait ses traits. Sa passion guerrière avait pris le dessus : il était dans son élément.

— Arrêtez, cria Bessie sans cesser de menacer les deux femmes avec son tisonnier.

Blodwen commençait à reprendre conscience. Il tenta de se relever.

Tangwyn fixait Gresham avec une expression haineuse.

— Un pas de plus et je te tranche la gorge, siffla Gresham.

L'autre hésita, puis laissa retomber sa main. Le couteau atterrit sur le sol et Bessie s'empressa de le récupérer.

— Vous ne ferez pas ça, my lord, articula le mime en prenant son temps, un petit sourire d'anticipation aux lèvres. Il se trouve que, contrairement à vous, je sais où est votre fils.

Meg en eut le souffle coupé. Gresham accusa le coup, mais parvint cependant à dissimuler le choc que cette révélation lui causait.

— De quoi parles-tu ? tonna-t-il en poussant sans ménagement Tangwyn contre le mur.

— Gresham, arrêtez, intervint Meg.

— Réponds, ordonna-t-il au mime, ignorant la jeune femme.

— C'est donc vrai, railla l'autre. Tu ne te rappelles rien, même pas la femme qui l'a mis au monde et qui couchait avec moi pendant que tu étais occupé ailleurs à jouer au soldat.

La main de Gresham se referma sur son cou, tel un étau.

— Tu n'es qu'un menteur ! Je n'avais ni femme ni enfant.

Meg s'approcha de lui, les mains moites. Comme les gitanes et le gamin se relevaient, elle demeura derrière lui, le balai brandi, sachant que ces vauriens n'hésiteraient pas à l'attaquer dans le dos.

Leur chef se trouvant en mauvaise posture, ses acolytes hésitèrent et un silence oppressant s'installa.

— Explique-toi, siffla Gresham. Et vite, si tu ne veux pas que je te découpe en morceaux.

— Ton fils... s'appelle Kieran.

— Où est-il ?

— Il est... placé... dans une famille d'accueil, sur les terres de Lancaster.

— Sa mère ?

— Bon sang, Sedgewick, Monique est morte en couches alors qu'elle tentait de te donner un deuxième enfant, en te maudissant et en te vouant à l'enfer et à tous ses démons. Pas étonnant que tu aies oublié. Tu étais parti te battre avec Chalstrey et le Prince Noir depuis six mois quand c'est arrivé, et tu n'avais pas dû te gêner pour prendre du bon temps.

Au bord de l'évanouissement, Meg sentit ses jambes se dérober sous elle, et elle eut toutes les peines du monde à rester debout.

Lorsque Gresham reprit la parole, il semblait tellement désemparé qu'elle en eut le cœur brisé.

— Et… quel rôle as-tu joué dans tout cela ?

Les yeux luisants de Tangwyn trahissaient des sentiments variés. La haine et le défi sur un fond de couardise.

— C'est moi qui la consolais quand tu partais. Elle m'appelait Gresham quand on faisait l'amour.

Un nouveau silence. Plus pesant encore. Meg eut une pensée pleine de pitié pour la pauvre Monique et son bébé, pour Gresham aussi.

— Où est mon fils ?

Comme le mime hésitait, Sedgewick appuya la pointe de son couteau sur sa gorge.

— *Où est-il* ? martela-t-il en empoignant sa tunique.

Le teint de Tangwyn avait viré au gris. La haine semblait sourdre par tous les pores de sa peau. Il cracha. Gresham enfonça un peu le couteau et le sang perla.

— Où ?

— À Windsor. Je t'ai dit qu'il était chez Lancaster. Il est écuyer et rêve de devenir chevalier.

Il sourit en voyant l'effet produit par ses révélations.

— Il y a beaucoup de choses que tu ignores, Sedgewick. Des horreurs exquises qui me font penser que, finalement, la meilleure des vengeances consiste à te laisser vivre le temps de les découvrir.

Gresham semblait anéanti. Pâle comme la mort, il lâcha son ennemi et vacilla avant de se laisser tomber lourdement sur un banc. Il lâcha son poignard qui rebondit sur le sol avec un bruit métallique.

— Dehors, ordonna Bessie au mime. Emmène ces chiens que tu appelles tes amis et ne remets plus jamais les pieds ici. Plus *jamais*.

Meg regarda la petite bande disparaître dans la nuit. Son bras ne saignait plus mais il la faisait souffrir.

— Poussez le verrou, recommanda Gresham à la vieille dame. Meg, montrez-moi cette plaie.

— Ce n'est rien, dit-elle en se tournant vers Bessie. Avez-vous du vin ? Ou de la bière ?

— Oui. M'en vais vous chercher ça.

Dès qu'il fut seul avec Meg, Gresham se mit à claquer des dents. Il tremblait de tous ses membres.

— Approchez-vous du feu, my lord.

Elle s'aperçut alors qu'il était blessé.

— Vous pouvez peut-être ignorer un coup de couteau, mais un refroidissement vous prend de l'intérieur.

Il se leva avec difficulté et s'agenouilla devant le feu, les yeux rivés sur les flammes comme s'il avait envie de s'y jeter.

Meg rajouta des bûches en évitant de le toucher. Non qu'elle eût peur de lui – jamais il ne lui ferait de mal –, mais elle le sentait tendu par l'effort qu'il faisait pour se contrôler et craignait de lui faire perdre cette emprise qu'il exerçait sur lui-même. Ses nerfs venaient d'être mis à si rude épreuve.

Elle lui apporta une aiguière de vin et la lui tendit sans mot dire. Il but à longues gorgées profondes, s'arrêtant de temps à autre. Peu à peu, il parut se ressaisir mais il évitait toujours de la regarder.

— Nous trouverons votre fils, murmura-t-elle. Nous irons à Windsor.

Il émit un son de gorge étrange.

— Laissez-moi, parvint-il à articuler au bout d'un moment.

— Non. Aussi longtemps que vous serez ici, près de cette cheminée, je resterai près de vous.

— Un fils... J'ai un fils.

À la lueur des flammes, elle vit son visage défiguré par la souffrance, mais pas moins beau pour autant.

— Vous ne vous souvenez pas du tout de lui ?

— Non, admit-il d'une voix rauque. Pourtant, je sais que le mime a dit vrai. Des images se forment dans mon esprit, parmi lesquelles une femme et un bébé.

— Dans ce cas, ce sont de bonnes nouvelles, my lord. Tout homme ne désire-t-il pas avoir un héritier ?

Son propre père n'avait pas caché sa déception de n'avoir engendré que des filles.

— Bien sûr mais... quelle sorte d'homme faut-il être pour abandonner sa femme et son enfant ?

— Vous étiez un soldat, un chevalier. Vous n'aviez pas le choix.

Gresham secoua la tête et parvint enfin à affronter le regard de Meg. En dépit de sa tristesse, il réussit à grimacer un sourire.

— Un fils, répéta-t-il.

9

— Vous croyez qu'ils ont emmené le mulet ou mon joli petit cochon ? demanda Bessie à ses hôtes, une heure plus tard, encore toute retournée par ce qui venait de se passer.

Elle avait lavé puis bandé le bras blessé de Meg. L'entaille était douloureuse mais relativement superficielle.

Ayant à peu près surmonté le choc des révélations de Tangwyn, Gresham prit son manteau.

— Je vais vérifier, déclara-t-il en sortant.

Si la nouvelle qu'il avait un fils ne l'avait à ce point ébranlé, il serait sans doute déjà parti à la recherche de Kieran pour le trouver avant Tangwyn.

— Je vous accompagne, décida Meg, craignant que ce dernier ne rôde encore dans les parages.

Certain que Gresham partirait sur-le-champ pour Windsor, cette canaille risquait fort de le guetter.

Gresham sourit de voir qu'elle s'imaginait de taille à le protéger.

— Vous feriez mieux de rester ici avec Bessie et de ménager votre blessure.

Elle fit la sourde oreille et s'enveloppa dans sa cape. Il soupira, résigné.

— Faites attention à vous, les prévint la vieille dame. Ce Tangwyn, c'est rien que de la mauvaise graine. Voler ainsi sa propre famille, vous vous rendez compte ? Nous sommes tout ce qu'il a, mon Tom et moi. Quand il saura ce qu'il a fait, mon garçon va le rosser comme il le mérite, pour sûr.

Meg et Gresham échangèrent un regard, songeant tous deux que ce pauvre Tom avait toutes les chances d'être mort de froid à l'heure qu'il était. Car plus le temps passait, plus les chances de le revoir vivant s'amenuisaient.

Munis d'une lampe à huile, ils éclairèrent l'intérieur de la grange. Enoch et le petit cochon étaient là, sains et saufs, ainsi que Sweet-Blossom, la vieille vache, et plusieurs poules. Gresham donna une bonne ration de foin au mulet pendant que Meg cherchait des œufs qui feraient un petit-déjeuner délicieux.

— Vous partez pour Windsor demain matin, n'est-ce pas, Gresham ?

— Oui.

— Ne voyez-vous pas que c'est précisément ce que Tangwyn attend ? observa-t-elle calmement. Il vous tend un piège, en quelque sorte.

Gresham s'appuya sur le manche de la fourche.

— De toute façon, nous sommes appelés à nous revoir, lui et moi. Beaucoup de points restent à éclaircir entre nous.

— Alors, vous l'avez cru. Vous pensez qu'elle est morte avec votre deuxième enfant.

— Oui. Je ne les visualise toujours pas distinctement, mais je suis persuadé qu'il a dit vrai.

Meg retint son souffle. Elle avait l'impression d'être en équilibre au bord d'un abîme, prête à tomber au plus léger souffle de vent.

— Vous avez l'intention de me laisser ici, avec Bessie ?

Il eut un rire sans joie.

— Ce serait préférable, mais je suppose que vous ne voulez pas en entendre parler. Et, vous connais-

144

sant, si je m'en vais sans vous, vous sauterez sur la première occasion pour partir à votre tour à la recherche de votre sœur, au mépris de tous les dangers.

— Je suis heureuse que vous soyez aussi lucide, déclara-t-elle avec un soupir de soulagement. Peut-être auront-ils entendu parler de Gabriella, à Windsor ? C'est un endroit où passent nombre de voyageurs.

Gresham posa la fourche et vérifia les sabots du mulet en prévision de la longue route qui les attendait.

— Vous croyez qu'il est en danger ? Votre fils, je veux dire, reprit-elle après un instant de silence.

— S'il est placé chez les Lancaster, il est en sécurité, répondit-il, distrait par d'autres pensées.

Il fouillait sa mémoire enténébrée, à la recherche d'indices susceptibles de l'éclairer sur Monique et l'enfant qu'elle avait mis au monde.

Meg avait redouté d'apprendre que Gresham était marié, mais elle n'éprouvait aucune joie à le savoir veuf. Que celle qui lui avait donné un enfant ne soit plus de ce monde l'attristait profondément, bien qu'elle ne l'ait jamais connue. Quant à l'existence de Kieran, elle ne s'en étonnait guère. Il aurait été surprenant qu'un homme de l'âge de Gresham n'ait pas au moins un enfant, marié ou pas.

En tout cas, cette fenêtre ouverte sur une partie de son passé ne semblait pas le rendre heureux, au contraire, et Meg se demandait s'il n'avait pas volontairement occulté cet épisode parce qu'il lui était trop douloureux.

— Que comptez-vous faire quand vous reverrez Tangwyn ? questionna-t-elle tandis qu'il retournait vers la maison.

— Le tuer, bien sûr, rétorqua-t-il sans hésiter.

Meg ne fit aucun commentaire mais un frisson la secoua.

Ils entrèrent à l'intérieur et posèrent la lanterne sur la table. La jeune femme s'empressa de rassurer Bessie qui attendait anxieusement des nouvelles des animaux. Soulagée, la vieille dame partit se coucher sans attendre.

Assis devant la cheminée, Gresham semblait perdu dans la contemplation des flammes, mais, en réalité, il errait dans les méandres de sa mémoire, s'efforçant de retrouver sa propre trace. Ce devait être terrible d'avoir perdu tous ses repères, ses attaches, son identité même, songea Meg.

Sa propre souffrance n'avait rien de comparable, car elle savait au moins pourquoi et pour qui elle s'inquiétait. Si angoissant fût-il de savoir Elizabeth dans un couvent ravagé par la peste ou d'ignorer ce qu'il était advenu de Gabriella, elle pouvait au moins mettre des noms sur les visages de celles qui lui manquaient cruellement. Elle ne se battait pas contre des fantômes, contrairement à Gresham.

Devinant qu'il préférait rester seul, elle lui souhaita une bonne nuit et monta en priant la Sainte Vierge de les protéger, ses sœurs et lui. Une fois dans la chambre, elle contempla la nuit blanche et froide derrière les carreaux de l'étroite fenêtre en se demandant où Tangwyn et sa bande s'étaient réfugiés. Peut-être que Gabriella pensait aussi à elle, en ce moment même, derrière une autre fenêtre ?

Et Elizabeth ? Avait-elle attrapé la peste ?

Sentant soudain le poids de la fatigue, elle se déshabilla et se lava. Seulement vêtue de sa fine chemise, elle rassemblait des fagots pour allumer un feu dans la cheminée quand la porte s'ouvrit, livrant passage à Gresham.

Au lieu de se réjouir de sa présence, elle fut saisie par l'insondable mélancolie de son expression.

Ses yeux brillaient d'un éclat particulier mais ils semblaient la traverser sans la voir. Il paraissait aux prises avec des démons invisibles qui l'assaillaient de toutes parts sans qu'il sache comment s'en défendre.

— Je suis en train de devenir fou, avoua-t-il dans un murmure rauque.

Meg se contenta de lui tendre les bras. Elle était peut-être jeune et innocente, cependant, en cet instant, elle avait la certitude d'aimer Gresham Sedgewick de toute son âme. *Quel qu'il soit.* Il n'était pas son mari et ne lui rendrait sans doute jamais son amour, mais cela n'avait pas d'importance.

Il ferma la porte derrière lui et poussa le verrou.

Il ne s'approcha pas d'elle. Il prononça simplement son nom.

Elle ne bougea pas.

Pendant un long, très long moment, ils gardèrent le silence.

— Dites-moi de sortir, Meg.

Mais son regard, son attitude lui criaient qu'il n'en avait pas la moindre envie.

— Jamais, fit-elle d'une voix douce et vibrante.

Il se passa la main dans les cheveux.

— Il n'y a pas d'épouse qui m'attend, de vœux à rompre.

— Non, Gresham.

Que Dieu lui pardonne, elle le désirait de tout son être! Elle avait *besoin* de lui. C'était de la folie, pourtant, elle brûlait de se donner à cet homme qui était plus un étranger pour lui-même que pour elle. Et au diable les conséquences!

Il eut un soupir de désespoir.

— J'ai envie de vous, Meg.

— Mon désir est aussi grand que le vôtre, my lord, répondit-elle avec un mélange de timidité et d'audace.

Il se laissa aller contre la porte, comme si ses jambes ne le portaient plus. Lentement, elle s'approcha de lui. Se haussant sur la pointe des pieds, elle enfouit les mains dans ses cheveux et posa sa bouche sur la sienne.

Il gémit et voulut la repousser, mais elle força la barrière de ses lèvres du bout de la langue. Alors il céda et lui rendit son baiser avec un désespoir vibrant.

Une autre se serait effrayée de la violence de sa réponse, de la force des bras qui l'encerclèrent, de la dureté de son torse, de son ventre, de ses cuisses contre son corps. Mais sur le plan du désir, Meg était son égale. Si elle ignorait tout de l'amour, elle était terriblement impatiente d'apprendre.

Leurs langues se livrèrent un combat effréné tandis que la jeune femme promenait fiévreusement les mains sur son corps magnifique, les laissant s'attarder au creux de ses reins avant de reprendre son exploration. Tout en le caressant, elle se pressa contre lui, ivre de désir.

Au bout d'un moment, il l'écarta et, la tenant à bout de bras, plongea son regard dans le sien.

— Meg, il vous suffit de dire non et…

— Je dis oui, Gresham, *oui*…

Vaincu, il la souleva dans ses bras et l'emmena sur le lit qu'ils avaient innocemment partagé la nuit précédente.

— Pardonnez-moi, mon Dieu, murmura-t-il avant de s'étendre près d'elle

Il l'enlaça et reprit sa bouche. Cette fois, elle était perdue. Non. Elle était perdue depuis bien longtemps. Depuis qu'elle l'avait découvert, inconscient, dans le jardin de Saint-Swithin.

Avec une douceur pleine de respect, Gresham Sedgewick entreprit d'initier Meg Redclift aux singuliers plaisirs de la chair.

Il l'embrassa si ardemment qu'elle crut perdre la raison. Il la caressa à travers la fine chemise jusqu'à ce que son corps en feu se mette à onduler à la rencontre de ses doigts. Et durant ces instants exquis, il se délecta de la voir répondre aussi passionnément, aussi férocement aux caresses inédites qu'il lui prodiguait.

Sans hâte, il la débarrassa de sa chemise, et elle le déshabilla à son tour sans même s'en rendre compte, tant les sensations qu'il éveillait en elles la grisaient.

Il lécha, mordilla, aspira la pointe de ses seins dressés sans cesser de promener ses mains sur son ventre, ses hanches, ses cuisses, la préparant avec art à l'inévitable prise de possession. Elle l'appelait par de longs gémissements et des soupirs sonores.

Lorsque ses lèvres quittèrent ses seins pour descendre au creux de ses cuisses où elles se perdirent entre les replis moites et palpitants de son jardin secret, Meg émit un cri de surprise et d'extase mêlées. Loin de s'effaroucher, elle enfouit les doigts dans ses cheveux en se demandant vaguement si Bessie l'avait entendue. Puis elle s'arc-bouta vers Gresham, le réclamant avec fougue. Au lieu de répondre à son invite, il continua de l'emmener lentement, méthodiquement, vers la folie.

Ce fut comme si le soleil prenait forme à l'intérieur de son corps et se mettait à bouillonner, avant d'exploser en une gerbe lumineuse qui se répandit dans tout son être. Corps, cœur, esprit.

Jamais elle n'aurait cru possible d'éprouver un plaisir aussi intense, et cependant, quand Gresham la pénétra, peu après, elle eut l'impression d'être littéralement transportée et à jamais transformée. Une véritable métamorphose de tout son être venait de se produire et Meg comprit qu'elle ne serait plus jamais la même.

Tous deux furent comme aspirés dans un véritable cataclysme qui les propulsa vers des sommets de volupté où ils planèrent un moment, accrochés l'un à l'autre, l'un dans l'autre, avant de redescendre lentement et de s'endormir, épuisés.

Quand Meg se réveilla, aux premières lueurs d'une aube bleutée, Gresham dormait toujours, profondément, anéanti par les plaisirs de la nuit.

Il remua à peine quand des voix leur parvinrent du rez-de-chaussée. Meg entreprit de s'habiller, persuadée que Tom avait fini par rentrer. S'il s'était agi de Tangwyn et de sa clique, Bessie ne se serait pas exprimée sur ce ton modéré.

En haut des marches, elle se figea. Il était trop tard pour faire demi-tour et prévenir Gresham.

En bas, le shérif Prigg la dévisageait, cherchant visiblement à se rappeler où il l'avait vue. Il venait rarement à Saint-Swithin et elle-même s'était plus rarement encore rendue à Upper Gorse, mais quand il était venu à la grille pour demander après Gresham, il l'avait vue, au côté de l'abbesse.

Il remarqua sûrement son hésitation sur le palier, ainsi que la rougeur qui avait soudain coloré ses joues.

Prigg prenait son petit-déjeuner, seul à la table de Bessie. Il ne se leva pas, ne daigna même pas poser sa cuillère quand Meg approcha. Son visage et ses mains étaient criblés d'engelures.

— Bonjour, fit-il simplement.

Meg se tourna vers Bessie.

— C'est pour mon Tom qu'il est là. Sont sains et saufs, le taureau et lui, coincés dans une auberge près de Chipping. Ils rentreront dès que le temps le permettra.

— J'en suis heureuse, Bessie, répondit Meg tout en se demandant si elle devait ou non prévenir Gresham de la présence du shérif.

Ignorant ce que la vieille dame avait dit à Prigg à leur sujet, elle ne savait trop que faire, mais le regard de l'homme de loi ne lui disait rien qui vaille.

— Je ne peux pas m'attarder trop longtemps, hélas, dit-il en considérant avec regret la pièce douillette. Le travail m'appelle, même par ce temps de chien.

Il reporta son attention sur Meg et l'observa d'un air pensif.

— J'avoue que ce n'est pas seulement pour donner des nouvelles de Tom et du taureau que je suis venu. On m'a dit qu'il y avait eu de la bagarre ici, hier soir.

— Vous êtes bien renseigné, riposta Meg en élevant la voix dans l'espoir que Gresham l'entendrait.

Bessie resservit de la bière au shérif.

— Quelqu'un de votre famille, à ce qu'il paraît, bonne dame.

Gresham fit son apparition juste à ce moment-là. Il s'était vêtu à la hâte et ne semblait pas vraiment réveillé.

Le shérif se leva lentement.

— Je ne crois pas avoir le plaisir de vous connaître, monsieur, lança-t-il.

Meg sut à cet instant que rien, sauf peut-être la parole du roi, ne saurait le convaincre que Gresham n'était pas l'homme qu'il recherchait.

— Gresham Sedgewick, répondit ce dernier froidement. Et vous êtes… ?

— John Prigg. Le shérif, précisa-t-il en posant la main sur le pommeau de son épée.

De toute évidence, il ne croyait pas Gresham.

— Vous inquiétez pas à cause de lui, intervint soudain Bessie comme si elle venait seulement de comprendre ce qui était en train de se passer. N'est qu'un pauvre voyageur…

— C'est peut-être lui qui vous a demandé de raconter ça, au cas où je pointerais mon nez, rétorqua le shérif en détaillant Gresham. Il est même possible qu'il vous ait menacée.

Non seulement il insistait lourdement, mais il était stupide, songea Meg en l'observant. Une combinaison désastreuse. Tendue à l'extrême, elle ne bougea pas.

Gresham la contourna et se plaça face au shérif sans dégainer son épée.

— Bessie dit la vérité, affirma-t-il tranquillement, même s'il n'espérait pas être cru.

— On verra bien si les gens de Windsor le confirment.

Meg s'approcha de lui.

— Vous connaissez cette abbaye, près de Upper Gorse, Saint-Swithin. Avez-vous des nouvelles des gens qui s'y trouvent ?

Prigg fronça les sourcils, comme s'il réfléchissait aux motifs qui pouvaient pousser la jeune femme à lui poser cette question plus qu'à la question elle-même. Décidément, cet homme était la suspicion même.

— Il y a la peste à Saint-Swithin, déclara-t-il. Beaucoup de morts, je crois.

La main de Meg se crispa sur sa gorge tandis qu'elle refoulait ses larmes. Elizabeth, mon Dieu ! Sa chère Elizabeth !

— Vous venez de là-bas, mademoiselle ? questionna-t-il bien qu'il le sût parfaitement.

Car Prigg n'était pas homme à oublier un visage qu'il avait ne serait-ce qu'entrevu.

Meg jugea inutile de mentir.

— Oui. Je vivais là-bas jusqu'à ce que je parte à la recherche de ma sœur.

Elle se demanda tout à coup si elle n'avait pas perdu la plus jeune pour aller s'enquérir de l'aînée. Si elle était restée à l'abbaye, elle aurait certainement trouvé un moyen d'aider Elizabeth…

Sentant son angoisse, Gresham enroula un bras autour d'elle et la serra brièvement contre lui. Aussi innocent que fût ce contact, Meg perçut l'écho de leur nuit de passion et elle ne put s'empêcher de le regarder.

« Tiens ta langue », lui conseillaient les yeux bleus.

— Asseyez-vous, my lady, proposa le shérif d'un ton charitable dont elle ne l'aurait pas cru capable. Je manque assurément d'instruction mais j'ai tout de même assez d'éducation pour ne pas laisser une dame debout pendant que je suis en train de manger. Avez-vous de la famille à Saint-Swithin ?

N'ayant pas le choix, Meg accepta le siège qu'il lui proposait, et Bessie posa une assiette de porridge devant elle. Brave Bessie...

— Oui, répondit-elle. Ma sœur, Elizabeth.

— Je suis sûr qu'elle va bien, la rassura le shérif.

Il n'était peut-être pas cruel, après tout. Il faisait simplement son métier. Pendant qu'il lui parlait, il ne quittait pas Gresham des yeux.

Celui-ci adressa à Meg un bref signe de tête pour l'encourager à manger et elle se força à porter une cuillerée à sa bouche. Elle n'avait plus faim. D'un côté elle brûlait de se précipiter à Saint-Swithin pour rejoindre Elizabeth, de l'autre elle ne pouvait, ne *voulait* pas quitter Sedgewick.

— Je ne suis pas celui que vous cherchez, déclara-t-il au shérif.

Toujours un peu étourdi par sa nuit d'amour, Gresham semblait plutôt amusé par la situation dans laquelle tous deux se retrouvaient.

— En ce moment même, celui que vous poursuivez se dirige vers Windsor, certain que je vais lui emboîter le pas. Il ne manquera pas d'en détrousser plus d'un en chemin, croyez-moi.

— Vous me prenez pour un imbécile ? se récria Prigg. Windsor n'est pas loin. Vous allez m'accompagner là-bas et nous verrons bien si vous dites vrai. S'il s'avère que vous êtes un menteur, ce que je crois, vous serez jugé et pendu. Le bailli se fera un plaisir de vous recevoir. Votre perfidie est connue dans toute l'Angleterre, monsieur. Vous serez le bienvenu, croyez-moi.

Contre toute attente, Gresham lui sourit.

— Il se peut en effet que l'on me connaisse à Windsor, my lord shérif. J'ai hâte d'apprendre pourquoi je suis si célèbre, justement.

Prigg afficha un air de cordialité moqueuse.

— Inutile d'attendre. Je peux vous éclairer sur-le-champ. Vous avez la réputation d'être un voleur, un menteur, un ivrogne, pour avoir battu des femmes et peut-être même tué. De toute façon, sans aller jusqu'au meurtre, vous en avez assez fait pour mériter la corde, et je me demande comment cette bonne dame supporte votre présence.

Contrairement à ce que l'on aurait pu croire, ce n'était pas à Meg que Prigg faisait allusion mais à Bessie.

— Mais vous n'avez plus à vous inquiéter, madame. Vous ne risquez plus rien, à présent.

— Mais non, je... commença la vieille dame en rougissant.

— Plus un mot, la coupa le shérif. Mon opinion est faite.

— C'est ridicule! explosa Meg. Ce mime a essayé de nous voler la nuit dernière. Et en ce moment même, pendant que vous nous débitez ce tissu d'âneries, Tangwyn et sa bande creusent la distance!

— Pardonnez-moi, my lady, mais je ne peux donner crédit à vos propos. Je doute que vous ayez à cœur de dire la vérité dès lors que cet homme est concerné.

— Meg, intervint Gresham en lui prenant les mains.

Son ton était froid, coupant presque, mais au fond de ses yeux brûlaient une tendresse profonde et comme une petite lueur triste.

— Si vous voulez vraiment m'aider, attendez-moi ici, avec Bessie. Je ne serai pas long, je vous le promets.

Des sentiments tumultueux se bousculaient en elle.

— Ne voyez-vous donc pas que le shérif vous en veut personnellement et qu'il n'aura de cesse de

154

vous voir pendu à une potence ? Qu'est-ce qui vous prouve qu'il n'a pas l'intention de vous pendre lui-même, de ses propres mains, à un arbre, quelque part entre ici et Windsor ?

Ce fut au tour de Prigg de rougir.

— Vous voyez ? s'exclama Meg. J'ai raison ! Cette canaille hypocrite vous tuera à la première occasion, Gresham. Vous n'atteindrez jamais Windsor où vous espérez que justice vous sera rendue !

Gresham observa Prigg en haussant les sourcils. Il semblait très calme, alors que Meg était sur des charbons ardents. Ne se rendait-il pas compte de la gravité de la situation ? Son esprit aurait-il souffert plus gravement qu'elle ne le croyait du coup qu'il avait reçu ?

— Vous tenez des propos calomnieux, my lady ! s'emporta Prigg. Écoutez les sages conseils de votre homme et apprenez à tenir votre langue !

Gresham poussa un soupir de martyr.

— Vous lui demandez l'impossible, shérif. Je vous propose de partir sans plus tarder si vous ne voulez pas qu'elle vous pousse à bout à force de jacasser et de s'entêter.

Meg se dressa, furieuse.

— Non ! cria-t-elle. Il n'est pas question que vous partiez sans moi. Nous avons des choses à faire ensemble et si je dois commettre un crime pour rester à vos côtés, je le ferai !

— Mieux vaut que je tienne cette furie à l'œil, décida soudain le shérif. Après tout, si c'est votre femme, c'est aussi votre complice. Et dans ce cas, elle doit être jugée.

Il alla ouvrir la porte et interpella l'un de ses hommes comme il aurait hélé un chien ou un cheval.

— Accompagne cette femme à sa chambre pour qu'elle prépare ses affaires. Et ne t'avise pas de la toucher. Que les choses soient claires : je n'hésiterai pas à couper la main de quiconque aurait un geste déplacé.

Tremblant de froid, l'homme du shérif s'exécuta sans broncher.

Meg défia Gresham avec insolence en passant devant lui, mais il soutint son regard sans se démonter. S'il avait eu le choix, il aurait continué sans elle, c'était évident.

— Vous feriez mieux de rester, my lady, conseilla Bessie à la jeune femme en lui emboîtant le pas.

Apparemment, elle avait oublié que le shérif comptait la mettre aux arrêts.

— Cette histoire sera éclaircie dès qu'ils seront à Windsor, continua-t-elle. Le temps ne s'est pas arrangé, et la route sera longue et difficile.

Meg s'arrêta dans l'escalier et pressa les mains de la vieille dame avec chaleur.

— Je ne peux pas, Bessie. Mais je n'oublierai jamais votre gentillesse. Que la Vierge Marie et tous les saints vous bénissent.

Quand elle se retrouva dans la chambre où elle avait connu les joies de la passion entre les bras de Gresham, Meg se sentit envahie par la nostalgie à l'idée qu'elle ne reverrait sans doute jamais cet endroit. Peut-être même n'aurait-elle plus l'occasion de se donner à lui, de rire avec lui, de le réconforter…

Réprimant des larmes de rage, elle rassembla ses quelques effets et ceux de Gresham dans un unique baluchon.

Durant tout ce temps, l'homme du shérif demeura sur le seuil, visiblement gêné, et la vieille dame pria en silence en se signant fréquemment.

Refusant de donner son bagage à son escorte lorsqu'il lui tendit la main, Meg le précéda dans l'escalier, la tête haute.

Peu après, elle se retrouva sur le dos robuste d'Enoch, frissonnant sous sa cape pourtant étroitement serrée autour d'elle.

156

Les poignets liés, Gresham montait un hongre certainement amené à cette intention, dont le shérif tenait les rênes.

L'épaisse couche de neige crissait sous les sabots de leurs montures comme ils s'éloignaient sous un froid soleil. Quatre hommes au visage fermé accompagnaient le shérif.

Meg se prit à souhaiter que ces pauvres bougres affamés et gelés s'insurgent contre leur chef. Gresham et elle en profiteraient alors pour s'enfuir.

Chevauchant au côté de celui qui lui avait pris sa vertu avec tant de savoir-faire, la nuit précédente, Meg lui jeta un regard oblique. Comme les autres, il était bleu de froid, mais la colère qui bouillait en lui colorait ses tempes d'une faible rougeur. Il lui coula un regard hargneux en réponse. De toute évidence, il lui en voulait de ne pas avoir suivi son conseil de rester avec Bessie, et d'avoir, de surcroît, suscité la fureur du shérif au point de se retrouver elle aussi aux arrêts.

— Vos humeurs commencent à me fatiguer, fulmina-t-elle en relevant le menton.

— Il ne s'agit pas seulement de mes « humeurs » comme vous dites, my lady. Si vous aviez fermé votre jolie bouche, nous n'en serions pas là. Ce sont vos humeurs à *vous* qui posent un problème, au cas où vous ne l'auriez pas remarqué. Vous avez vraiment un caractère impossible, Meg.

Outrée, elle se raidit davantage.

— C'est vous qui avez le don de me mettre hors de moi !

— Il me vient parfois l'envie de vous fesser, ma chère. Oui, il faudra que j'essaie…

— Vous n'oseriez pas ! s'écria-t-elle.

— Vous croyez ?

Son indignation avait au moins l'avantage de la réchauffer un peu. Elle poursuivit sur le même ton.

— Vous êtes un idiot doublé d'un fanfaron. Si ce n'était pas le cas, vous auriez maîtrisé le shérif et vous vous seriez sauvé avant qu'il ait pu vous attacher pour vous emmener comme un voleur...

Il la toisa un long moment et elle crut distinguer une lueur rieuse dans ses yeux.

— C'est précisément ce que je voulais, dit-il enfin. Qu'il m'emmène.

Voyant qu'elle ne comprenait pas, il poussa un long soupir.

— Les coupables s'enfuient, les innocents croient en l'honneur et en la justice.

— Belles paroles, my lord, mais avez-vous remarqué que le coupable est libre pendant que nous sommes traités comme des criminels ?

10

Dans l'après-midi, ils parvinrent aux abords d'un village. Peut-être pourraient-ils s'y reposer un peu et y passer la nuit ? se prit à espérer Meg, qui était glacée jusqu'aux os.

Un vent violent, cinglant, chargé de neige avait soufflé toute la journée, lui fouettant sans relâche le visage et les mains au point qu'elle ne les sentait plus.

Obligés de crier pour se faire entendre par-dessus les hurlements incessants du vent, Gresham et elle avaient à peine échangé quelques mots depuis le matin. Elle se tourna vers lui, cherchant sur son visage un soulagement égal au sien, mais son expression fermée n'invitait pas au dialogue. Les yeux plissés, il scrutait le hameau et ses alentours avec une attention particulière.

Le shérif leva la main et le petit groupe s'immobilisa.

Prigg confia les rênes du hongre à l'un de ses hommes et dirigea son cheval vers les masures blotties les unes contre les autres. Il avait du mal à contenir sa monture qui se montrait soudain indocile. Les pauvres bêtes devaient souffrir du froid autant que leur maître, en plus du fardeau qu'elles avaient à porter, songea Meg en caressant l'encolure d'Enoch.

Tout à coup, elle comprit pourquoi ses compagnons semblaient troublés. Il n'y avait pas un bruit. Pas un mouvement dans le village. Aucun chien n'avait aboyé à leur approche, aucun enfant curieux n'avait collé son nez aux carreaux, et au-dessus des toits de chaume, pas le moindre panache de fumée.

Un calme anormal régnait.

Gresham se pencha vers Meg et lui chuchota :

— Pas d'imprudence, my lady. Quelque chose ne tourne pas rond ici.

Elle se dressa sur ses étriers pour tenter de percer le rideau blanc de la neige.

— Où sont les gens ? murmura-t-elle.

— Toute la question est là, répondit-il en tirant sur ses liens.

Il avait maintes fois essayé de les défaire depuis leur départ. Meg avait feint de ne rien voir pour ne pas attirer l'attention du shérif.

Ce dernier disparut avec son compagnon au cœur du village.

Les deux hommes réapparurent peu après en éperonnant leurs chevaux épuisés.

— La peste ! cria l'acolyte. Seigneur ! Il y a la peste ici et des cadavres partout !

Meg crut que son cœur cessait de battre. Contaminé par la nervosité des chevaux, Enoch commençait à s'agiter tandis que les trois hommes du shérif semblaient sur le point de rebrousser chemin.

— Nous devons brûler ces maisons, déclara le shérif en rejoignant le petit groupe. Ainsi que les cadavres. Si nous ne faisons rien, d'autres arriveront, comme nous, et propageront la maladie.

Les hommes secouèrent la tête en protestant. Dans sa confusion, celui qui tenait le cheval de Gresham le lâcha. Le prisonnier en profita pour aller au-devant du shérif.

— Détachez-moi et je vous aiderai à vous occuper des morts.

— Non ! s'écria Meg après avoir enfin réussi à persuader Enoch d'avancer. La peste est terriblement contagieuse. Vous ne devez pas toucher ces pauvres gens, ni même respirer l'air qui les entoure !

Gresham la contempla si calmement qu'elle s'apaisa aussitôt. Elle lui faisait confiance, même face à la peste, cette horrible maladie qui menait à une mort certaine.

— Pas d'affolement, Meg. Le shérif a raison. Nous ne pouvons partir en abandonnant ce village en l'état.

Les gardes s'éloignèrent et leur chef leur ordonna de revenir. En vain. Ils préféraient affronter ses foudres plutôt que la mort noire, et non sans raison.

Gresham avait réussi à détendre suffisamment ses liens de cuir pour se dégager. Il les jeta dans la neige et fit rouler ses épaules ankylosées en se frottant les poignets pour rétablir la circulation sanguine. Le shérif ne fit même pas mine de vouloir l'attacher de nouveau.

— Partez avec votre femme tant qu'il est encore temps, jeta-t-il avec une sorte de résignation rageuse. Par tous les saints, quelle bande de lâches ! Ces froussards ne perdent rien pour attendre ! Je les fouetterai de mes propres mains, un à un !

— Je n'en doute pas, répondit Gresham, presque cordial. Installons un campement dans ce bois pour mettre ma femme à l'abri, puis nous irons nous occuper de ces malheureux. Il ne faut pas que l'épidémie se répande.

Meg perçut alors l'odeur atroce qui émanait du village, une odeur que les chevaux et le mulet avaient sentie bien avant eux. Prise d'une violente nausée, elle se pencha sur le flanc d'Enoch et vomit dans la neige.

Le shérif les précéda jusqu'à un taillis de bouleaux et d'aulnes, à distance du village. Sa respiration laissait une traînée de vapeur blanche derrière lui.

Gresham avait pris les rênes d'Enoch comme s'il craignait que Meg ne s'enfuie comme les quatre autres. Offensée qu'il puisse la soupçonner d'une telle infamie, elle lui arracha les rênes et faillit l'en fouetter.

L'éclair de colère qui traversa son regard le fit sourire.

— Non, my lady, je ne crois pas que vous soyez comme ces poltrons. J'essayais simplement de tenir Enoch pour l'empêcher de filer comme l'éclair avec vous sur son dos.

Le mulet semblait en effet très nerveux. L'odeur de la mort l'affolait et il ferait tout pour la fuir.

— Très bien, dit Meg avec hauteur. Merci, ajouta-t-elle à contrecœur.

Le rire de Gresham s'éleva, assourdi par la neige qui tombait sans discontinuer.

Sous les arbres, le sol était recouvert d'une épaisse couche de feuilles humides. Les deux hommes descendirent de cheval et Gresham aida Meg à en faire autant. Pendant qu'il attachait le mulet, le shérif chercha du bois pour allumer un feu mais ne trouva rien. Il retourna alors vers le village que l'on distinguait à peine sous son manteau blanc.

— Je trouverai bien une réserve de bois, là-bas.

Gresham lui emboîta le pas et Meg courut derrière eux.

— Restez là, ordonna Gresham en s'arrêtant. Sinon je vous attache à un arbre, bon sang, comme une martyre à son pilier !

Meg se mordit la lèvre. La sagesse lui commandait d'obéir bien qu'il lui en coûtât. Gresham allait braver la mort, et jamais il n'accepterait qu'elle s'expose avec lui, quitte à mettre sa menace à exécution pour l'en empêcher.

— Alors revenez vite, s'inclina-t-elle. Et prenez garde à ce que vous approchez et à ce que vous touchez.

Il revint sur ses pas et l'embrassa brièvement sur les lèvres. Il ne s'agissait pas d'un baiser d'adieu mais d'une façon de la rassurer. La promesse silencieuse que des jours meilleurs les attendaient, même si cela paraissait difficile à croire pour l'instant.

— Prenez soin des chevaux et récupérez mon épée dans la sacoche du shérif, lança-t-il en s'éloignant.

Meg les regarda se fondre dans la blancheur opaque et pestilentielle, laissant enfin ses larmes couler.

Malgré les pleurs qui l'aveuglaient, elle alla réconforter les chevaux et récupérer l'épée comme Gresham le lui avait demandé. Oubliant à quel point elle était lourde, elle la lâcha et la lame se planta à quelques centimètres de ses pieds. Seigneur ! Quoi qu'il arrive, elle ne lui serait pas d'une grande utilité : elle parvenait à peine à la lever, même à deux mains…

Quelques minutes plus tard, Gresham et le shérif réapparurent, les bras chargés de bûches.

Ils firent un feu qui les enveloppa d'une chaleur bienfaisante tout en atténuant un peu l'odeur irrespirable qui flottait dans l'air vicié. Meg s'assit sur une grosse pierre en fixant les flammes. Gresham s'accroupit près d'elle et lui prit la main.

— Vous comprenez que nous ne pouvons pas les laisser ainsi, n'est-ce pas ? lui demanda-t-il avec une grande douceur.

Elle hocha la tête. Qu'ils soient enterrés ou pas ne changerait pas grand-chose à présent qu'ils étaient morts, mais des voyageurs imprudents ou des animaux risquaient de les approcher et de répandre la peste ensuite.

Quand il voulut se relever, elle s'accrocha à son bras.

— Et si vous tombez malade ? hasarda-t-elle d'une toute petite voix.

Il embrassa ses doigts glacés.

— Cela n'arrivera pas.

— Mais…

Gresham l'écarta avec une infinie tendresse et se leva.

— Attendez-moi ici, my lady.

Il récupéra son épée et sa ceinture, puis s'éloigna tandis que les ombres du jour déclinant s'allongeaient sur la neige.

— De telles horreurs doivent hanter le sommeil du diable lui-même, marmonna le shérif comme ils pénétraient de nouveau dans le village.

Munis d'une branche enflammée leur servant de torche, ils avaient tous deux remonté le col de leur tunique sur leur visage pour se protéger à la fois de l'épouvantable odeur et du redoutable bacille.

— Je ne crois pas que le diable dorme, répondit Gresham.

Des corps gisaient un peu partout, à l'intérieur et à l'extérieur des masures, à différents stades de décomposition. Des vieux, des jeunes, des vieillards, des bébés, certains couverts de bubons et de sang séché, d'autres intacts, comme s'ils étaient morts de chagrin.

À l'intérieur de l'une des chaumières, Prigg alluma un feu dans la cheminée où des fagots avaient été rassemblés pour la cuisson d'un repas qui ne serait jamais pris. Une joyeuse flambée crépita peu après.

Il fallait agir vite, car la nuit tombait et les émanations fétides étaient insupportables. Sans perdre une seconde, ils ramassèrent des brassées de paille dans divers appentis et recouvrirent les morts là où ils se trouvaient, sans les toucher. Ils y ajoutèrent du bois de chauffage et des pièces de mobilier.

Une fois certains que les brasiers brûleraient sans problème, ils les allumèrent un à un. Malgré l'humidité et la neige qui tombait toujours, les feux prirent sans difficulté et ravagèrent bientôt le village aussi férocement que la peste elle-même.

Gresham incendia les toits de chaume et l'intérieur des maisons. En quelques minutes, des flammes s'éle-

164

vèrent dans tout le village et les deux hommes se retrouvèrent au centre d'un paysage de fin du monde.

Ils nourrirent le feu avec tout ce qui leur tombait sous la main, puis se retirèrent quand la chaleur devint insupportable. Ils étaient couverts de suie et toussaient dans leur pourpoint. À un moment, Prigg trébucha et s'effondra dans la neige. Gresham l'aida à se relever et le soutint tandis qu'ils continuaient d'avancer.

Meg les attendait à l'orée du bois, les bras croisés sur la poitrine, baignant dans la lumière rouge de l'incendie. Dès qu'elle les aperçut, elle se précipita dans les bras de Gresham en le traitant de fou et de bien d'autres choses tout en se blottissant contre lui.

La nuit était tombée mais le village en flammes illuminait la forêt telle une torche géante. Cela dura jusqu'aux premières lueurs d'une aube violacée.

Ils ne songèrent ni à manger ni à dormir. Toute la nuit, Gresham crut entendre les cris de ces âmes mortes sans avoir pu se confesser et recevoir l'extrême onction. Il finit par se demander s'il ne s'était pas endormi sans s'en rendre compte, et si les horreurs qu'il avait vues n'avaient pas hanté son sommeil. Ce spectacle infernal se mêla dans son esprit à d'autres images qui flottaient dans les ruines de sa mémoire, toujours hors d'atteinte.

Par cette froide nuit d'épouvante, il lui sembla alors que l'oubli pouvait se révéler une bénédiction.

Avec un coin de son manteau humidifié par la neige, Meg tenta de laver le visage couvert de suie de Gresham, mais rien n'y fit. La noirceur lui collait à la peau et agglutinait ses cheveux par paquets.

Il l'arrêta en lui saisissant le poignet avec un rire sans joie.

— Allons, vous ne voyez pas qu'il est impossible de me débarrasser de cette crasse?

Ces paroles choquèrent la jeune femme. Il lui fit l'effet d'un lépreux qui refusait qu'on l'approche pour épargner à son prochain l'horreur qui le marquait.

— Je veux voir ce que vous avez vu, décréta-t-elle en s'écartant de lui.

Il tenta de la retenir, mais elle le repoussa.

— Je veux savoir quelles images vous harcèlent.

Elle essaya de courir dans l'épaisse couche de neige poudreuse qui subsistait malgré le lumineux soleil.

— Laissez-la, intervint Prigg. Elle a le droit de savoir.

— Non! cria Gresham en s'élançant derrière elle.

Meg empoigna ses jupes et accéléra l'allure, mais il la rattrapa sans peine.

— Meg! Je vous en supplie... Il y a des bébés, des enfants... des vieillards...

— Oui, répliqua-t-elle sans cesser de courir. Et il n'y a pas de mal ni de honte à regarder la mort en face. Rien n'est pire que l'ignorance, pour eux comme pour moi.

— Pourquoi? demanda-t-il en renonçant à l'arrêter, sachant que rien ne la ferait changer d'avis.

Les larmes coulaient sur le visage de la jeune femme. Elle les balaya du revers de la main.

— À cause d'Elizabeth! sanglota-t-elle. *À cause d'Elizabeth!*

— Seigneur, Meg, ne faites pas cela... Vous n'oublierez jamais...

Elle venait d'arriver aux abords de ce qui restait du village dont les toitures effondrées fumaient encore.

Elle se signa et s'avança entre les bûchers où des corps calcinés et tordus reposaient sous une fine couche de neige fraîche.

La peste n'avait épargné personne, ni les jeunes ni les vieux, ni les femmes ni les enfants. Personne.

Gresham la soutint au moment où elle allait s'effondrer.

— Venez, murmura-t-il. Vous avez vu maintenant.

Meg hocha la tête, enfouit le visage au creux de l'épaule de Gresham et se laissa guider jusqu'au campement sous les arbres.

Oui, elle avait vu, et cette vision la poursuivrait jusqu'à la fin de ses jours.

— Elizabeth, souffla-t-elle, folle d'angoisse.

Gresham la souleva dans ses bras et l'étreignit avec force en posant ses lèvres tièdes contre sa tempe.

— Elle est saine et sauve, j'en suis sûr, parce que vous lui transmettez votre force, votre foi.

Meg ferma les yeux, mais les affreuses visions étaient gravées dans son esprit.

— La volonté et la foi peuvent ne pas suffire. Il semble que Dieu n'écoute pas toujours les prières... car tous ces gens n'ont dû cesser de prier...

Ils avaient atteint les arbres où les deux chevaux attendaient avec Enoch.

Sans répondre, Gresham hissa Meg sur la selle du hongre puis grimpa derrière elle. Le shérif lui tendit les rênes du mulet.

— Que fait-on maintenant? demanda gravement Sedgewick.

Prigg poussa un profond soupir. Il semblait épuisé, tant moralement que physiquement.

— J'ai une dette envers vous, déclara-t-il enfin. En même temps, je suis tenu d'appliquer la loi. Ce serait plutôt à moi de vous demander ce que l'on fait.

— Je dois aller à Windsor, que ce soit en homme libre ou en prisonnier. Donnez-moi votre parole que rien de fâcheux n'arrivera à ma femme, et je vous suivrai.

Meg frissonna malgré l'hébétude qui l'engourdissait depuis qu'elle avait découvert le funeste spectacle du village dévasté.

— My lord shérif, que vous faut-il de plus pour vous convaincre qu'il ne peut être celui que vous recherchez ? Il est incapable de commettre un vol, et encore moins un meurtre, car le vice lui est étranger.

Le bras de Gresham se resserra autour de sa taille pour l'exhorter au silence. N'ayant plus la force de se rebeller, elle lui obéit et se tut.

— Peut-être découvrirons-nous la vérité que nous cherchons, vous et moi, à Windsor, glissa Gresham.

Prigg parut dérouté par cette remarque. Il enfourcha son cheval et donna le signal du départ.

Le voyage ne leur prendrait pas moins de quinze jours. L'inconnu les attendait au bout. Des découvertes tristes ou gaies, ou les deux à la fois.

Meg se blottit contre Gresham qui l'enveloppa dans sa cape. Son étreinte réconfortante lui procurait une illusoire sensation de sécurité, mais son esprit était engourdi et son corps si glacé que rien ne semblait pouvoir le réchauffer.

À la fin de la journée, ils parvinrent à un autre village, bien vivant celui-là, et très animé. Le souffle délétère de la peste ne l'avait pas encore atteint. Gresham et Prigg repoussèrent les curieux qui s'approchaient trop près, pour éviter de répandre la terrible maladie, au cas où ils en porteraient les miasmes sur eux. Un jeune prêtre pauvrement vêtu leur proposa l'asile dans son église.

Les voyageurs acceptèrent avec gratitude. Ils installèrent leur couche dans la nef. Le prêtre déposa à la porte un repas composé de poulet froid et de navets bouillis, le tout accompagné d'une flasque de bon vin et d'une bougie.

Le ventre plein, Meg s'endormit dans les bras de Gresham, sur le sol dur et froid du lieu saint. La gentillesse du prêtre l'avait réconfortée plus qu'elle ne l'aurait cru possible après les horreurs de la journée, et parce qu'elle était jeune et forte, elle se réveilla le lendemain nettement ragaillardie.

Elle rit au spectacle de Gresham noir de suie et couvert de boue. Le shérif n'était nulle part en vue. Peut-être avait-il fini par comprendre qu'il se fourvoyait en s'entêtant à le prendre pour un criminel…

Gresham était adossé au mur, les bras croisés sur son genou replié. Un sourire dévastateur éclaira son visage en réponse à la gaieté de la jeune femme.

— Apparemment, je suis encore plus affreux à voir que je ne le pensais, remarqua-t-il sans s'émouvoir.

— Oui, admit Meg en s'asseyant à son tour.

Elle frissonna dans son manteau.

Malgré la mort de toutes ces innocentes victimes – ou peut-être à cause d'elle –, elle sentait avec une acuité particulière combien la vie était précieuse, et elle décida d'exprimer son émerveillement sans détour.

— Mais votre charme est tel que rien ne saurait l'altérer, même pas la crasse qui vous recouvre.

Elle balaya du regard l'église, avec son unique fenêtre aux carreaux couverts de givre.

— Juste ciel, je meurs de faim ! reprit-elle. Cela ne m'étonnerait pas qu'il y ait des puces ici, malgré cette température inhumaine, et j'ai entendu des rats trottiner cette nuit. Où est le shérif ?

— Vous êtes bien prolixe de bon matin, lady Redclift ! répondit Gresham en riant. Il y a sans doute des puces et des rats, oui. Quant à Prigg, il est allé demander au prêtre où nous pourrions nous procurer de la nourriture. Il prendra soin de garder ses distances, bien sûr.

Ce dernier revint peu après avec de quoi manger. Les hommes gobèrent des œufs crus, mais si affamée fût-elle, Meg ne put s'y résoudre. Elle se contenta de fromage. Le shérif avait également rapporté des poulets. Des mets précieux et rares, surtout en hiver, et même s'il les avait payés, il s'agissait d'un geste généreux autant que commercial.

Ils s'apprêtaient à partir quand le prêtre vint les bénir et leur remettre un petit sac contenant des clochettes.

— Agitez-les quand vous croiserez des gens en criant : peste ! peste !

Meg frissonna et ce fut Gresham qui prit le sac. Il en retira trois petites cloches en argent qui brillaient de tous leurs feux sous le soleil et en donna une à chacun.

— Un cadeau plus précieux et plus efficace qu'une épée ou une masse, dit-il au prêtre. Merci pour tout, mon père, et remerciez les villageois de notre part.

Ailleurs, ils auraient été chassés comme des malpropres, à coups de bâton et de pierre, sous prétexte qu'ils apportaient peut-être la peste.

Un peu plus tard, comme ils chevauchaient sur les chemins enneigés, Meg comprit le sens de la remarque de Gresham qui lui avait échappé sur le moment. Un groupe de cavaliers armés surgit en face d'eux, galopant à brides abattues. Ils s'immobilisèrent face aux voyageurs.

— Des brigands ? demanda Meg à Gresham en pâlissant.

Ils étaient une vingtaine et se concertaient à voix basse, le regard aux aguets, la main sur la poignée de leur épée. Gresham et le shérif étaient certes des hommes entraînés au combat, mais à deux contre vingt, ils avaient peu de chance de s'en sortir.

— Oui, répondit Gresham. Agitons nos clochettes.

Et c'est ce qu'ils firent en criant :

— Peste ! Peste !

Les hors-la-loi reculèrent tout en les étudiant d'un œil suspicieux.

Gresham se pencha alors sur sa selle et se mit à tousser comme un damné. Sale et presque en haillons, il était plus que convaincant.

— Peste! répéta-t-il entre deux quintes.

Les autres ne se le firent pas dire deux fois. Ils exécutèrent une brusque volte-face avec un bel ensemble et repartirent au galop comme s'ils avaient le diable aux trousses.

— Vous avez des talents de mime, remarqua Meg, admirative, quand son compagnon se redressa.

— C'est aussi mon avis, approuva le shérif, circonspect.

Gresham s'inclina en lui lançant un regard moqueur.

— J'ai l'impression que même si les saints descendaient du paradis pour vous assurer que je suis un honnête homme, vous ne les croiriez pas.

— Un honnête homme? La dernière fois que nous avons abordé le sujet, vous aviez perdu la mémoire. L'auriez-vous brusquement retrouvée?

L'affliction se lut fugitivement sur le visage de Gresham, mais il afficha vite son sourire espiègle. Le désarroi qui se cachait derrière ce masque de bonne humeur n'échappa pas à la jeune femme. Ce qui ne fut visiblement pas le cas du shérif, qui parut se détendre.

— Je me souviens de tout, lança Gresham. J'étais un sultan avec un harem d'une centaine de femmes qui dansaient pour moi jour et nuit, me jouaient de la musique et me nourrissaient de figues à la pâte d'amande.

Il s'interrompit et coula un regard vers Meg.

— Bien entendu, vous êtes ma favorite.

Les joues de la jeune femme se colorèrent et la flamme du désir s'alluma au creux de son ventre – un désir qu'elle n'était pas près d'assouvir, étant donné les circonstances. Elle baissa les yeux de crainte que les deux hommes, et surtout le shérif, ne devinent son trouble.

Mais elle n'abusa pas Gresham qui continua de la taquiner en narrant ses exploits de sultan d'un pays lointain.

Au milieu de l'après-midi, le ciel s'obscurcit de nouveau, se chargeant de neige. Ils passèrent devant une auberge, mais Meg avait depuis longtemps renoncé à rêver d'un bain, d'un vrai lit et d'un vrai repas chaud, servi sur une vraie table.

11

Les jours suivants, Meg se félicita d'être taillée pour l'aventure. Ils voyageaient vite malgré la neige et le vent glacé. Ils avaient choisi d'éviter les villes et les villages, préférant cheminer à travers la campagne déserte, dormant à l'abri quand ils le pouvaient dans des granges, des grottes ou des masures abandonnées. Lorsqu'ils ne trouvaient pas de refuge, Gresham fabriquait une cabane avec des branchages et Prigg construisait un feu.

Au bout d'un peu moins de quinze jours, ils arrivèrent aux abords du château de Windsor. Des volutes de fumée s'élevaient des cheminées du vaste édifice en pierre, avant de se fondre dans le ciel gris perle.

Enfin! songea Meg. Elle allait pouvoir s'abriter au chaud, se nourrir normalement, se laver et revêtir des vêtements propres.

— Que fait-on, pour la peste? demanda-t-elle à Gresham. Ne risquons-nous pas d'infecter ces gens?

Il avait arrêté le hongre aux côtés d'Enoch et réfléchissait, penché sur la selle.

— Elle se serait déjà déclarée, depuis le temps, estima le shérif.

— Vous avez raison, reconnut-il. Néanmoins, nous ferions mieux de brûler nos vêtements à la première occasion.

— Je ne me ferai pas prier! s'exclama Meg. Je ne peux plus supporter ces loques!

— Vous n'êtes pas la seule, avoua Gresham en souriant.

Ils descendirent la colline en file indienne, le shérif en tête. En dépit de son impatience de goûter aux plaisirs d'un confort dont ils avaient été si longtemps privés, Meg redoutait cette arrivée. Le shérif allait conduire Gresham au roi en l'accusant de toutes sortes de crimes. Il se retrouverait confronté à un passé dont il ignorait to... reverrait un fils qu'il ne reconnaîtrait peut-être pas. Pour couronner le tout, Tangwyn le mime l'attendait sûrement, tapi quelque part.

Elle tenta de se redonner du courage en songeant qu'elle aurait peut-être des nouvelles de Gabriella et de Saint-Swithin.

Les trois cavaliers furent repérés bien avant d'atteindre le petit pont de bois qui enjambait la douve. Des gardes s'avancèrent à leur rencontre.

S'ils considérèrent Meg avec curiosité, ils connaissaient manifestement Prigg. Quant à Gresham, ils s'inclinèrent devant lui avec déférence en lui donnant du « my lord » à tout va. Il jouissait apparemment d'une certaine notoriété et d'un grand respect, constata-t-il. Le shérif, lui, semblait à la fois soulagé et résigné. Il avait consacré beaucoup de temps et de forces à un prisonnier qui, de toute évidence, était innocent de ce dont il le soupçonnait. Que cela lui plaise ou non, il allait bien devoir reconnaître son erreur, se dit Meg.

Les sabots de leurs montures claquèrent sur les planches de bois tandis qu'ils franchissaient le pont, puis les herses qu'on avait remontées pour leur laisser le passage.

Dans l'enceinte du château, des poulets et des cochons se promenaient librement parmi la population laborieuse qui accueillit les nouveaux venus avec une vive curiosité. Chargés de seaux d'eau, de sacs de

174

grains ou de bois de chauffage, hommes et femmes interrompirent leurs tâches pour les observer. Meg soutint leurs regards la tête haute.

Un homme sortit du poste de garde, le visage rougi par le froid. Il salua Prigg et gratifia Gresham d'un large sourire.

— Alors, on a fini par vous retrouver, my lord ! C'est lord Chalstrey qui était inquiet de votre disparition, je peux vous le dire.

Au nom de Chalstrey, Gresham parut dérouté.

— Chalstrey, répéta-t-il dans un murmure interrogateur.

— Lord Edgefield vous connaît ? demanda le shérif à son ancien prisonnier, l'air ennuyé.

— S'il le connaît ? s'exclama le soldat. Je pense bien ! Ils ont été élevés ensemble, lord Sedgewick et lord Edgefield. Morgan Chalstrey de son vrai nom. Ils sont les meilleurs amis du monde depuis toujours.

Le garde fixa Gresham avec une attention accrue et, pour la première fois, l'incertitude flotta dans ses yeux.

— C'est bien ça, my lord, n'est-ce pas ?

— Oui, c'est bien ça... Est-ce qu'il... est là ?

Le soldat secoua la tête.

— Non, my lord. Il a envoyé un messager de Cornouailles pour s'enquérir de vous, mais on n'a rien pu lui dire puisqu'on ne savait ni où vous étiez ni comment vous alliez.

Gresham sauta à bas de son cheval. Meg l'aurait bien imité. Elle était fourbue, et son cœur souffrait pour maintes raisons.

Sedgewick s'approcha du capitaine de la garde, les rênes à la main.

— My lady a besoin de manger et de se réchauffer.

L'homme rougit légèrement.

— Bien sûr, my lord. Elle est la bienvenue à Windsor, tout comme vous.

Il fit un signe à l'un des gardes à cheval qui s'avança aussitôt.

— Veillez à ce que lady Sedgewick soit confortablement installée.

— Venez, my lady, dit l'homme en s'emparant des rênes d'Enoch. Je vais vous conduire à vos quartiers où des domestiques s'occuperont de vous.

C'était la première fois qu'on l'appelait lady Sedgewick. Quoique le titre ne lui appartînt pas vraiment, il sonna agréablement à ses oreilles, et elle ne put s'empêcher de sourire malgré la faim, l'épuisement, l'abattement. L'anxiété aussi, car la perspective d'être séparée de Gresham alors qu'ils ne s'étaient pas quittés pendant tant de jours l'angoissait.

— Ne vous inquiétez pas, Meg, tenta-t-il de la réconforter. Je ne tarderai pas à vous rejoindre.

À contrecœur, la jeune femme laissa le garde l'emmener. Elle se fit violence pour ne pas se retourner tandis qu'elle traversait la cour la tête haute.

Ses « quartiers » se révélèrent être une vaste maison en pierre située derrière le château, au cœur d'une petite chênaie. Elle plut d'emblée à Meg. Elle lui rappelait son propre foyer, Redclift Hall, bien qu'elle fût en bien meilleur état.

Son escorte l'aida à descendre du mulet et détacha son ballot. Une jeune servante ouvrit la porte et attendit sur le seuil. Elle portait une robe en lainage épais et ses cheveux étaient soigneusement dissimulés sous une guimpe, à la différence de ceux de Meg qui ressemblaient à une crinière rebelle.

— Veillez à ce que lady Sedgewick soit confortablement installée, ordonna le soldat. Lord Sedgewick ne va pas tarder à arriver.

La jeune femme salua Meg en s'inclinant et la tira presque à l'intérieur, comme pour la mettre au chaud au plus vite. Elle la conduisit devant une cheminée où brûlait un feu poussif. Frissonnante, la jeune femme referma les bras autour d'elle, se demandant brusquement si elle devait préciser qu'elle n'était pas l'épouse de lord Sedgewick.

La servante prit son baluchon.

— Je vais allumer une grande flambée dans la chambre, my lady, et je vous apporterai de l'eau chaude, si vous le désirez.

— Oh, oui ! s'écria Meg. Rien ne pourrait me faire plus plaisir, merci.

Elle aurait bien sauté au cou de cette jeune personne qui lui proposait un bon feu et de l'eau chaude ! Quant à la vérité sur son état civil, elle aurait tout le temps de la rétablir plus tard.

La jeune femme esquissa un sourire en s'inclinant de nouveau.

— Mettez-vous à l'aise pendant que je prépare votre bain et votre lit, je vous en prie, my lady. J'envoie chercher un repas aux cuisines.

La servante se retira et Meg se rapprocha du feu, se réjouissant à l'idée de manger, de se laver et de se réchauffer enfin. Jamais elle ne s'était plainte durant cet éprouvant voyage, mais les privations qu'elle avait endurées lui semblaient tout à coup insupportables en regard du luxe et du confort du château de Windsor.

Elle jeta un coup d'œil dans la vaste pièce faiblement éclairée. Le mobilier se résumait à une longue table pourvue de bancs de part et d'autre, et à deux fauteuils de bois devant la cheminée.

Elle s'assit dans l'un d'eux et tendit ses pieds gelés vers les flammes. Ses bottes de cuir fin étaient gorgées d'humidité, mais elle n'osa les enlever de crainte de se piquer sur les joncs qui recouvraient le plancher.

Peu après, la jeune servante lui annonçait que sa chambre était prête. Tout en la conduisant à l'étage, elle lui apprit qu'elle s'appelait Allena et que son mari s'occupait des cochons du roi.

Meg découvrit avec surprise une pièce lumineuse grâce aux nombreuses fenêtres qui laissaient entrer le soleil à flots. Un grand feu crépitait dans la cheminée devant laquelle étaient placées une petite table et deux chaises où il devait faire bon prendre ses repas.

Un vaste lit muni de tentures destinées à l'isoler du froid faisait face aux fenêtres. Il croulait sous les oreillers, les couvertures et les fourrures.

Le plus extraordinaire était la baignoire, immense, qui se dressait dans un angle de la chambre. Elle était encastrée dans le sol, et entourée de carreaux de céramique de couleurs vives. Meg courut l'examiner de plus près.

— C'est une récompense ramenée des croisades, expliqua Allena à la jeune femme émerveillée. Elle est pourvue d'un système d'évacuation d'eau grâce à un tuyau qui s'enfonce dans le sol.

Muette d'admiration, Meg se signa comme pour remercier le ciel de tant de bonheur.

— Je la remplirai pendant que vous vous restaurerez, milady, proposa Allena avec un sourire compréhensif.

— C'est un miracle, parvint à articuler la jeune femme en s'agenouillant près du bassin pour étudier les carrelages de plus près. Je me demande pourquoi toutes les maisons d'Angleterre n'en possèdent pas une semblable !

Allena soupira.

— La plupart des gens craignent d'attraper froid en se lavant trop et de développer la peste par la suite.

— Seigneur ! C'est plutôt la crasse qui apporte

178

la maladie, sûrement pas l'hygiène! Mes sœurs et moi nous lavions de la tête aux pieds chaque fois que c'était possible, à Saint-Swithin.

L'évocation de ces souvenirs raviva sa nostalgie. Elle n'avait pas progressé dans ses recherches et sa pauvre Elizabeth adorée était peut-être déjà morte.

— S'il vous plaît, Allena, hâtez-vous de préparer mon bain, dit-elle en s'efforçant de contenir ses larmes. Je crois que l'eau chaude sera le meilleur des remontants.

— Comme vous voudrez, my lady, répondit la servante en se retirant aussitôt.

Une fois seule, Meg s'étendit tout habillée dans la baignoire vide. Ses pieds ne touchaient pas le bout tant elle était immense! Elle ferma les yeux, s'imaginant déjà en train de barboter dans l'eau.

La porte grinça soudain sur ses gonds et elle se redressa en rougissant, s'attendant à voir Allena apparaître avec un plateau. En fait, c'était Gresham, qui la considérait sans dissimuler son amusement.

— À vous voir, my lady, j'aurais juré que vous flottiez au paradis.

— N'est-ce pas incroyable, Gresham? s'exclamat-elle en désignant la baignoire. Regardez, elle est plus grande que vous! Un cheval y serait à l'aise…! Elle est encore plus grande que la vasque de la fontaine de Saint-Swithin!

Il s'esclaffa et s'assit au bord de la baignoire, son regard bleu pétillant de malice.

— C'est vrai, ma délicieuse lady, elle est extraordinaire, et je suis sûr qu'elle vous plaira plus encore quand elle sera remplie d'eau.

Meg savait qu'il la taquinait mais elle continua sur sa lancée:

— Se pourrait-il que, par bonheur, vous en possédiez une semblable dans votre maison?

Il lui caressa la joue du dos de la main.

— Je ne sais pas, my lady. Si ce n'est pas le cas, je vous promets d'y remédier au plus vite. Ce sera mon cadeau.

Meg s'agenouilla et noua les bras autour du cou de Gresham.

— Vous êtes un compagnon très agréable, quand vous y mettez du vôtre, déclara-t-elle en frôlant ses lèvres des siennes.

— Hmm… J'aimerais être plus qu'un compagnon…

Leur baiser aurait pris une tournure beaucoup plus sensuelle si la porte ne s'était ouverte à cet instant.

— My lord, my lady… je suis désolée, s'excusa Allena, confuse.

Gresham soupira.

— Tout va bien, répondit-il en se tournant vers la servante qui attendait sur le seuil, incertaine, un lourd plateau entre les mains. Ne vous sauvez surtout pas avec ce repas que vous nous apportez.

La jeune femme posa le plateau sur la petite table et frotta nerveusement ses mains sur son tablier, terriblement embarrassée.

— L'eau est en train de chauffer aux cuisines. Je pense qu'elle sera prête quand vous aurez terminé de manger.

— Merci, fit Meg en sortant de la baignoire.

Ils avaient l'estomac vide depuis la veille au soir et elle mourait de faim.

La servante se retira en toute hâte.

— Vous lui faites peur, dit-elle à Gresham, amusée. Vous êtes peut-être un bandit célèbre, qui sait ?

Il mordit dans un morceau de pain noir tout en versant du vin dans l'unique gobelet en étain qui se trouvait près de la cruche.

— Peut-être même pire, rétorqua-t-il.

Meg se sentit honteuse. Toute à la pensée de ses sœurs et à l'excitation causée par la perspective du bain, elle avait complètement oublié que Gresham avait été reconnu dès leur arrivée.

— Avez-vous expliqué à ces gardes qui nous ont accueillis que vous ne vous rappeliez rien de votre passé depuis que l'on vous a retrouvé à Saint-Swithin ?

Il secoua négativement la tête et but une gorgée de vin en regardant Meg sans la voir.

— Non, mais Prigg se fera un plaisir de leur raconter toute l'histoire.

— Asseyez-vous, lui proposa-t-elle doucement. Vous êtes devant un bon feu, dans une maison digne de ce nom où vous pouvez manger et boire confortablement installé.

Gresham revint au présent et son regard s'éclaira.

— Vous avez raison. Installons-nous.

Il attendit qu'elle soit assise avant d'en faire autant. Meg prit un morceau de fromage.

— Vous êtes allé voir le roi ?

— Non. Edward est alité avec un rhume et il ne reçoit personne d'autre que sa maîtresse, Alice Perrers.

— Vous la connaissez ? s'enquit-elle avec espoir, car s'il se rappelait cette femme, d'autres souvenirs suivraient peut-être.

— Hélas, non, regretta-t-il en soupirant. Des noms me reviennent, oui, celui du roi par exemple, de ses enfants et de ses chevaux préférés... Je sais comment s'appellent ces arbres, dehors, les animaux de la forêt. J'identifie les plantes, les pierres, les étoiles, et pourtant, je n'ai aucun souvenir de mon propre fils, de la femme qui l'a mis au monde ou de ce Chalstrey qui semble être mon meilleur ami. Comment est-ce possible, Meg ?

Elle se leva, se plaça derrière lui et posa les mains sur ses épaules.

— Cela arrive parfois chez les personnes âgées, Gresham. À Saint-Swithin, je me souviens de ces vieilles religieuses qui se rappelaient leur enfance en détail et se voyaient incapables de dire si elles avaient pris leur petit-déjeuner le matin même.

Constatant que sa réponse ne le réconfortait pas, elle lui caressa la joue.

— Il n'y a personne ici qui puisse vous parler de votre vie ? Kieran, peut-être ?

Il couvrit sa main de la sienne et la pressa.

— Je ne quitterai pas Windsor avant d'avoir appris tout ce que j'ai besoin de savoir, mais ce n'est pas la même chose que de s'en souvenir soi-même.

Elle embrassa ses cheveux emmêlés qui avaient bien besoin d'être lavés, tout comme les siens.

— Vous comptez voir votre fils ? risqua-t-elle.

— Oui, mais ne me demandez pas quand.

Sans lui lâcher la main, il l'invita à se rasseoir.

— Pas tout de suite, en tout cas, ajouta-t-il.

Ils dînèrent en silence, savourant cette douce chaleur que leur procuraient le vin et le feu. Dehors, la neige avait recommencé à tomber à gros flocons.

Des bruits de pas leur parvinrent de l'escalier, annonçant l'arrivée des domestiques avec l'eau du bain. Ils étaient une douzaine de porteurs d'eau. Des flocons s'attardaient sur les pourpoints des hommes et sur les guimpes des femmes. Tous avaient le nez et les mains rougis par le froid.

Les bras chargés de savon, de gants et de serviettes, Allena fermait la marche. Dès que la baignoire fut remplie, tout ce petit monde se retira et Meg ne put retenir un cri de bonheur. Sans attendre, elle se débarrassa de son surcot et de sa jupe irrémédiablement souillés. Avec une sorte de jubilation, elle les jeta dans le feu qui redoubla d'intensité. Sa chemise en lambeau suivit le même chemin.

Une fois nue, elle traversa la pièce et se plongea enfin dans l'eau chaude.

Surpris, et ravi, de la voir exposer ainsi son corps sans la moindre pudeur, Gresham éclata de rire.

— Vous feriez mieux de me rejoindre au lieu de rester planté là à vous tordre de rire, lança Meg d'un ton léger avant de s'enfoncer dans l'eau jusqu'au menton en gémissant de plaisir.

La chaleur rougit sa peau comme la fièvre.

— N'allez pas vous imaginer que vous partagerez mon lit, sale comme vous l'êtes, lord Sedgewick.

Jetant un coup d'œil à sa tenue, Gresham eut une grimace de dégoût. Il se déshabilla à son tour et fit subir à ses vêtements le même sort que celui que Meg venait d'infliger aux siens. L'instant d'après, il se glissa dans l'eau.

Oubliant leurs soucis et leurs peines, oubliant qu'ils n'étaient pas légalement mari et femme comme ils l'avaient prétendu, ils s'accordèrent quelques moments de bonheur. Après s'être savonnés mutuellement de la tête aux pieds, tout en riant et jouant comme des enfants, ils sortirent de l'eau qui commençait à refroidir et se séchèrent devant la cheminée sans utiliser les serviettes, se contentant de la chaleur des flammes.

La servante avait apporté un peigne, aussi purent-ils démêler leurs cheveux pleins de nœuds.

Meg n'aurait su dire quand ils commencèrent à faire l'amour. À un moment, Gresham la fit pivoter vers lui, l'enlaça et se mit à l'embrasser avec ardeur. La seconde d'après, ce fut comme si un second brasier les brûlait de l'intérieur. Une douce et voluptueuse brûlure qui les transporta, de plaisirs inouïs en plaisirs inouïs, jusqu'à l'extase ultime.

Il faisait nuit quand Meg revint à elle. Elle s'aperçut qu'elle était lovée contre Gresham, dans le lit, sous un monceau de couvertures et de fourrures. Le bain avait adouci sa peau et ses cheveux étaient presque secs.

Choquée qu'elle ait pu perdre à ce point la notion du temps, elle voulut se lever mais une main ferme la ramena dans le nid douillet. L'instant d'après, cette main s'insinuait entre ses cuisses tandis qu'une autre effleurait ses seins.

— Arrête, murmura-t-elle avec si peu de conviction qu'il continua de la caresser sans qu'elle fasse le moindre effort pour s'y soustraire.

Un bruit se fit alors entendre dans le couloir et elle se raidit. Gresham dressa la tête par-dessus les couvertures.

— Dehors !

— Gresham, c'est peut-être notre souper.

Il reprit goulûment ses lèvres, lui signifiant sans ambages de quoi il avait faim... quand la poignée de la porte tourna.

Gresham leva de nouveau la tête.

— Vous n'avez pas entendu ? J'ai dit : *Dehors !*

La porte continua de s'ouvrir en grinçant. Meg se recroquevilla sous les couvertures alors que Gresham jurait en essayant de s'extirper de son refuge et des divers enchevêtrements qui l'y retenaient. C'est alors que quelque chose heurta la tête de lit avec un bruit mat.

Apeurée, Meg ouvrit les yeux et découvrit un couteau fiché dans le bois. Elle voulut crier, mais aucun son ne franchit ses lèvres. Sans se soucier de sa nudité, Gresham bondit hors du lit en grondant :

— Qui se permet une telle insolence ?

— À mort, canaille ! répondit une voix cassée qui évoquait celle d'un adolescent en pleine mue. Va brûler en enfer !

— Envoie un autre couteau et, ma parole, je te roue de coups !

— Un autre couteau ? répéta Meg en regardant le premier dont la lame brillait à la lueur des flammes.

Elle risqua un œil par-dessus les fourrures et aperçut Gresham, nu dans la pénombre, puis un jeune homme, non, un jeune garçon sur le seuil. Ses cheveux blonds, sa détermination rageuse, la colère noire qui l'animait lui permit de l'identifier sans risque d'erreur. Il s'agissait de Kieran, le fils de Gresham. Son visage et ses mains pâles luisaient comme de l'albâtre.

Meg vit son regard se poser sur elle. Sa main se crispa sur le manche du deuxième couteau. Horrifiée, elle comprit que, cette fois, il ne manquerait pas sa cible. En fait, la première fois, il avait atteint exactement le point qu'il avait visé, devina-t-elle.

Il s'agissait d'une mise en garde, d'un geste de défi, nullement d'un échec.

— C'est ta traînée ? jeta-t-il, les yeux brillants de fureur.

— Je te présente lady Redclift, répondit calmement Gresham.

Kieran cracha.

— Pourquoi tu l'as amenée ici ?

— Pose ce couteau et je te dirai tout ce que tu veux savoir, répliqua son père d'un ton mesuré.

Il était cependant tendu à l'extrême, tel un fauve prêt à bondir sur sa proie sans lui laisser une chance de s'en sortir.

Le gamin cracha de nouveau.

— Pourquoi est-ce que je croirais un chien tel que toi ?

— Parce que je suis ton père.

— Non ! Tu n'es qu'un chien !

— Qu'est-ce que tu me reproches, exactement ?

Meg retint son souffle. La petite main de Kieran venait de se resserrer sur le manche du poignard.

Alors qu'elle s'attendait qu'il le lance, il le lâcha. Le couteau rebondit sur le sol.

Gresham ne traversa pas la pièce pour récupérer l'arme abandonnée mais pour ouvrir le ballot qui contenait ses affaires et enfiler rapidement ses vêtements de rechange. Il laissa son épée là où elle se trouvait.

Kieran attendit vaillamment qu'il ait terminé. Il était fier, incroyablement déterminé pour un enfant de son âge.

— Allume une lampe, ordonna-t-il froidement. J'aimerais voir cette créature qui est dans ton lit. Tout Windsor affirme qu'elle est ta femme.

Meg se déplaça vers le bord du lit, puis se souvint soudain qu'elle était nue. Ce n'était pas la tenue idéale pour se présenter à un visiteur, qu'il soit un adversaire ou un allié. Au moins s'était-elle éloignée du couteau planté dans la tête de lit. Cela la rassurait. Il ne lui vint même pas à l'idée de s'en emparer afin de se défendre contre cet ennemi imprévisible…

— Tu n'examineras pas la dame qui est dans mon lit. Ce n'est pas une jument à vendre sur un marché !

Kieran fit un pas ou deux vers le lit, les yeux plissés. Il semblait plus intrigué que furieux, nota Meg.

— J'aimerais la voir à la lumière, c'est tout, riposta-t-il en haussant les épaules. Tu n'imagines tout de même pas que j'ai l'intention de la tuer – ou de te tuer. Si c'est ce que j'avais eu en tête, vous seriez déjà morts.

Un frisson rétrospectif parcourut la jeune femme. Sa peur s'était transformée en un vif désir de tirer les oreilles de ce très beau mais très insolent garnement !

— Pour tuer une femme sans défense ou un homme surpris nu dans son lit, il aurait fallu que tu sois un lâche, remarqua Gresham.

— Je suis trop jeune pour t'affronter sur un champ de bataille ou sur la lice, rétorqua Kieran avec un air de regret et une rancœur trop virulente chez un enfant. Quand je serai un homme, capable de te tuer de mes propres mains, tu ne seras déjà plus de ce monde, et c'est bien dommage. Ce plaisir reviendra à un autre, hélas !

— À ce mime, par exemple, dit Gresham en souriant de toutes ses dents. Eh bien, j'espère pour toi que tu ne t'es pas pris d'amitié pour cette crapule.

12

En proie à des désirs conflictuels, Gresham faisait face à son fils dans la chambre obscure. Il était partagé entre une forte envie de l'étrangler et celle, tout aussi puissante, de le prendre dans ses bras, de lui dire que tout allait s'arranger, qu'il y veillerait désormais.

Il ne se rappelait pas cet enfant irascible, et cependant, il ne pouvait le renier. Kieran était son portrait fidèle, en miniature. Il avait dû être le même, quelques années plus tôt, aussi comprenait-il sa fureur, son arrogance, sa fierté inflexible.

— Assieds-toi, commanda Gresham en lui désignant une chaise.

Le garçon se raidit. Il était mince et leste, vêtu d'un pourpoint, de hauts-de-chausses et de bottes en cuir souple.

— Si tu as l'intention de m'infliger un sermon sur la conduite qu'un fils devrait observer face à son père, épargne ta salive.

Gresham posa la main sur le dossier d'une chaise.

— Pourquoi es-tu ici, si ce n'est pour parler ? Pour nous tuer tous les deux ?

Kieran déglutit avec peine et tourna les yeux vers Meg, contrainte de rester au lit pour cause de nudité, et, pour une fois, réduite au silence.

— J'ai une question à te poser, reprit Kieran. Es-tu sûr de vouloir que cette… fille entende ce que j'ai de personnel à te dire ?

— Je te rappelle qu'il s'agit de lady Redclift, et certainement pas d'une «fille», comme tu dis. Alors, j'aimerais que tu t'adresses à elle et que tu parles d'elle avec tout le respect qui lui est dû, sinon je me verrai obligé de te frotter les oreilles comme tu le mérites. Meg sait tout de moi, du moins le peu dont je me souviens. Je n'ai aucun secret pour elle.

Kieran se troubla, même s'il s'efforça de n'en rien laisser paraître.

— Es-tu en train de prétendre que tu ne te souviens pas de moi ? Tu te moques de moi ?

— Absolument pas, intervint Meg du fond du lit. My lord a été frappé à la tête avec une pierre – par une nonne, semble-t-il – et il a perdu la mémoire.

Gresham ferma les yeux.

— Par une *nonne* ? répéta Kieran, la mine réjouie.

— N'as-tu donc aucun vocabulaire, que tu sois obligé de répéter ce que tu entends comme un perroquet ?

Le sourire du gamin s'élargit.

— Par une nonne, dit-il encore avec un plaisir non dissimulé. Tangwyn n'aura aucun mal à venir à bout de toi, si tu n'es même pas capable de te défendre contre une servante du Seigneur.

Gresham jeta un regard menaçant, et non équivoque, à Meg, avant de reporter son attention sur son fils.

— Alors ? Quelle glorieuse mission a bien pu te conduire à venir me déranger dans l'intimité de ma chambre à une heure pareille ?

— Très bien. Je veux savoir pourquoi tu es parti en abandonnant ma mère qui est morte avec ton enfant dans le ventre ! Et pourquoi tu m'as abandonné, moi !

C'était la question que Gresham attendait. Celle qu'il redoutait. Pourtant, elle lui fit l'effet d'une lance qui lui perçait le cœur.

— Je ne sais pas, avoua-t-il avec une rage impuissante.

Malgré la faible lumière, Gresham vit son fils blêmir.

— Tu es un menteur, un ivrogne, un scélérat, assena-t-il.

Le plus terrible pour son père, c'était de ne pas savoir s'il avait raison ou pas.

— Assieds-toi et dis-moi qui je suis, proposa-t-il en lui désignant la chaise en face de lui.

Le garçon hésita une fraction de seconde avant de s'exécuter. Il croisa les mains sur la table sans rien perdre de sa superbe. Rien en lui n'indiquait la capitulation. Gresham ne se souvenait pas de lui, mais il était heureux d'avoir conçu un fils tel que lui, tout insolent et fauteur de trouble fût-il.

Il ne doutait pas d'avoir été semblable en son temps.

Il s'assit en face de lui, remplit la coupe de vin avant de la pousser vers Kieran sur la table où subsistaient les reliefs de leur repas.

Sans hâte, jaugeant son père du regard, le garçon porta la coupe à ses lèvres et but.

— J'avais quatre ans quand tu m'as enlevé à ma mère et que tu m'as amené ici, pour être élevé avec les enfants Lancaster. Elle en est tombée malade de chagrin m'a-t-on dit, et elle est morte alors qu'elle portait ton second enfant.

Gresham s'efforça de rechercher l'image de cette femme dans les tréfonds de sa mémoire. En vain. Meg seule l'occupait tout entier. Corps et âme. Il n'y avait pas de place pour une autre en lui. En ce moment même, alors qu'elle était blottie dans ce lit, silencieuse, il était presque plus conscient de sa présence que de la sienne propre.

Il prit la coupe dans l'intention de boire à son tour mais se ravisa en se rappelant l'accusation de son fils. *Ivrogne…*

190

— Je suppose que des excuses ne suffiront pas.

— Non, répondit Kieran. Tes remords ne signifient rien pour moi. Tu peux boire, tu sais. On raconte que tu tiens l'alcool comme personne, que tu peux boire pendant des jours sans jamais tituber.

Gresham croisa les bras.

— Tu t'appuies beaucoup sur les rumeurs, il me semble. Mais, c'est vrai, tu m'as dit que j'avais été un étranger pour toi pendant la plus grande partie de ta vie.

Kieran croisa les bras exactement comme son père. Sciemment ou pas ? Non, ce petit le haïssait trop pour s'amuser à l'imiter, et son humeur présente ne le portait pas à la moquerie.

— Tu sais au moins que j'ai douze ans, n'est-ce pas ?

— C'est ce que j'aurais estimé d'après ta taille. Ton ami, cette canaille de Tangwyn, m'a appris une ou deux choses à ton sujet, il y a quelque temps. Il a l'intention de me tuer, cela devrait te faire plaisir.

— Je lui en serais très reconnaissant, en effet.

Sa voix avait imperceptiblement flanché. Cela ne signifiait pas qu'il allait se jeter dans les bras de son père, mais il l'aimait un peu. Son irruption dans sa chambre, même armé de poignards, en était la preuve.

— As-tu été malheureux avec la progéniture illégitime de Lancaster ? questionna Gresham, attentif à dissimuler le tumulte de ses émotions.

Tout comme il connaissait le nom des arbres, des comtés et des chevaux du roi, il se rappelait ceux des enfants que John de Gaunt avait eus avec Katherine Swynford.

— As-tu été maltraité ? Tu as l'air en bonne santé, grand et fort pour ton âge, sans blessures apparentes. Tu portes des vêtements de qualité, tu sembles avoir toutes tes dents et tu t'exprimes bien, mis à part un certain penchant pour l'insolence que je déplore. Et je suis sûr que tu sais lire et écrire. Tu ne dors pas dans la paille, avec les chiens ? Tu n'es pas fouetté ? Nourri avec les restes ?

Kieran crispa brièvement les mâchoires.

— Je ne suis pas maltraité, confessa-t-il à contre-cœur. Tu jouis incontestablement des faveurs du roi – ses facultés de discernement ne sont plus ce qu'elles étaient –, et cela me vaut certains privilèges.

— Alors que me reproches-tu, en dehors de mon comportement avec ta sainte mère ? Tu m'as accusé d'être un menteur, un ivrogne et un scélérat, n'est-ce pas ? Pourquoi ? Qu'ai-je fait exactement pour mériter ces qualificatifs ?

D'un geste vif, Kieran saisit la coupe pour en envoyer le contenu à la figure de son père, mais ce dernier fut plus rapide. Il l'arrêta en posant sa main sur celle de son fils qui disparut sous la sienne.

— Ne gâche pas ce bon vin. Dis-moi pourquoi tu me hais, je veux savoir. Est-ce parce que je t'ai séparé de ta mère ? Tu aurais préféré rester pendu à ses jupes à geindre constamment ?

Kieran se leva d'un bond, sa main toujours prisonnière de celle de son père.

— Je voulais rester avec toi ! Je t'aurais servi d'écuyer quand tu es parti en France avec Chalstrey...

— Assieds-toi, dit calmement Gresham. Tu étais trop jeune, même pour être écuyer.

Le garçon s'obstina à rester debout un long moment puis, n'ayant pas d'autre choix, il retomba furieusement sur sa chaise. Gresham libéra sa main qu'il retira vivement, comme s'il s'était brûlé.

— Je te hais ! Je te *méprise*. J'aurais dû vous tuer, toi et ta... *lady* quand j'en avais l'occasion !

Gresham ignora cet éclat. Il se contenta de faire tourner lentement le pied de la coupe de vin entre ses doigts.

— Je ne pouvais pas t'emmener en France. Un champ de bataille n'est pas un endroit pour un gamin à peine sorti de ses langes.

La rage déformait le visage de Kieran.

— Je suis le meilleur écuyer du royaume, déclara-t-il à voix basse, l'éclat de son regard démentant sa timidité apparente.

— Tu manques de modestie et tu es un effronté.

Meg avait fini par sortir du lit en s'enroulant dans un drap. Elle s'efforçait de s'habiller dans l'ombre, lâchant de temps à autre des exclamations irritées. Ni Gresham ni Kieran ne regardèrent dans sa direction. Ils s'observaient, le père, pensif, le fils, obstiné et indomptable.

Gresham aurait préféré que Meg reste à l'écart mais, bien entendu, il savait que ce serait peine perdue de lui ordonner de retourner au lit. Il craignait que sa présence ne fasse qu'envenimer les choses, car il ne resterait pas sans réaction si son fils l'insultait. Il le giflerait comme il le méritait, s'il lui manquait de respect, et leur réconciliation s'en verrait irrémédiablement compromise.

Absolument magnifique dans une robe couleur d'or sombre, sa luxuriante chevelure brune ruisselant dans son dos en une profusion de boucles épaisses, Meg s'approcha de la table, les mains sur les hanches.

Même en ces circonstances, avec son fils prêt à lui sauter à la gorge, Gresham éprouva une douce émotion à son approche.

— Parle-moi de ta mère, commença-t-elle. Elle s'appelait Monique, n'est-ce pas ?

La question fit à Gresham l'effet d'un coup de gourdin, mais Kieran, lui, sourit, tristement, mais il sourit.

— Elle était superbe, bien plus belle que vous, milady.

Meg posa la main sur l'épaule de Gresham qui se penchait en avant, et ce simple geste suffit à le retenir. Magie féminine, sans doute.

— Cela ne m'étonne pas, répondit la jeune femme d'un ton très calme, de sorte qu'il fut impossible de savoir si la réflexion du gamin l'avait blessée ou pas. Tu devais vraiment l'aimer beaucoup.

— Oui, je l'aimais… Ce n'est pas comme mon père qui se fichait d'elle !

Cet enfant n'avait que douze ans, mais il était très malin, et savait exactement où frapper pour atteindre l'adversaire au point sensible.

— Il avait plein de maîtresses. Les troubadours chantaient ses exploits… amoureux. Vous voulez entendre l'une de leurs chansons ? proposa-t-il en toisant insolemment Meg de ses yeux aussi bleus que ceux de son père.

— Je ne te le conseille pas, intervint Gresham, les dents serrées.

La tête penchée, Kieran se passa la langue sur les lèvres, l'air faussement intimidé, une lueur de malice pétillant dans ses prunelles.

— Mais, my lord… ces chansons racontent aussi bien tes prouesses de chevalier que…

— Ça suffit, le coupa Gresham dans un souffle à peine audible mais efficace.

— Que d'amant, acheva Meg en fixant froidement Kieran.

— Vous le savez bien, répondit le gamin d'un ton tellement angélique que Gresham mit un moment avant de comprendre toutes les implications de sa réflexion.

Il bondit alors sur ses pieds en renversant sa chaise et contourna la table pour empoigner son fils au collet.

Meg se dressa en travers de son chemin et Kieran en profita pour battre en retraite jusqu'à la porte. Courageux mais pas téméraire…

— La violence ne résout rien, déclara-t-elle comme Gresham tentait de la repousser. Laisse-le aller.

Gresham se calma tant bien que mal.

— Ce gosse est un démon ! siffla-t-il.

À sa grande surprise, Meg éclata de rire.

— En effet. Et je mettrais ma main à couper que tu étais comme lui à son âge. Tu ferais mieux de te réconcilier avec ton fils avant qu'il ait atteint l'âge d'homme parce qu'il risque de faire un ennemi redoutable.

Gresham se passa les doigts dans les cheveux.

— Il cherche une bonne correction.

Meg tourna les yeux vers la porte, comme si Kieran s'y tenait encore.

— Non, my lord. Il cherche un père.

Il alla fermer la porte et la verrouilla avant de récupérer les deux couteaux abandonnés par son fils.

Examinant celui qui était fiché dans le bois du lit, il s'aperçut que ses initiales y étaient gravées.

Comment cet enfant était-il entré en possession de cette arme ? Était-ce un souvenir qu'il lui avait laissé en partant ?

— Viens, retournons nous coucher, lui proposa Meg avec douceur.

— Pourquoi ? demanda-t-il en jetant les couteaux sur la table. Pourquoi aucun souvenir ne me revient-il, Meg ? Tu crois que je suis condamné à rester ainsi, sans mémoire, jusqu'à la fin de mes jours ?

Elle se dressa sur la pointe des pieds et enroula les bras autour de son cou.

— Demain, tu apprendras certainement tout ce que tu veux savoir, peut-être même plus, à en juger par les remarques de Kieran.

— Oui, admit-il dans un soupir en lorgnant vers la porte.

Il posa son front contre celui de la jeune femme qui l'embrassa avant de l'entraîner vers le lit.

Gresham ne retrouva un peu de paix que lorsqu'il s'endormit. Il rêva d'une femme aux cheveux noirs qui l'appelait en pleurant alors qu'il s'éloignait à cheval, le dos droit, et le cœur vide et froid.

Certains détails lui apparaissaient clairement dans son cauchemar. La femme enceinte était son épouse et la mère de Kieran. Elle essayait de le retenir alors qu'il partait rejoindre Morgan Chalstrey, duc d'Edgefield, à Portsmouth, en vue de prendre un bateau pour la France.

C'était, Gresham le savait, ce que Kieran avait évoqué, excepté un fait : dans le rêve, il ne portait pas dans ses bras ce petit garçon de quatre ans qu'il était censé emmener chez Lancaster.

Le lendemain, Meg se réveilla pleine d'énergie. Elle ne fut pas surprise de découvrir qu'elle était seule dans le lit. Allena était là, cependant, occupée à ranimer le feu avec un tisonnier.

— J'espère que vous m'avez apporté de quoi manger, lança-t-elle en récupérant la robe de lainage jetée au pied du lit, la nuit dernière. Je meurs de faim !

Un sourire serein s'inscrivit sur le visage de la jeune femme, et Meg se demanda si elle était heureuse comme servante et épouse de l'éleveur de cochons du château.

— Oui, my lady. Il y a des fruits, du pain et du bon vin sur la table. Votre seigneur a déjà mangé. Il est parti mais vous invite à l'attendre. Il viendra vous chercher un peu plus tard dans la matinée.

Meg n'aimait pas trop se soumettre, et encore moins attendre, mais par amour pour Gresham, elle ferait un effort.

Quand elle eut mis ses bottes, elle s'attabla et se jeta sur la nourriture.

— Le roi est-il à Windsor en ce moment ? demanda-t-elle à la jeune servante, une fois sa faim rassasiée.

Allena était en train de refaire le lit quelque peu malmené.

— Oui, my lady. Il est toujours souffrant et d'une humeur noire parce qu'il ne peut ni monter à cheval ni chasser.

Elle baissa la voix et poursuivit sur le ton de la confidence :

— Ma sœur Mary travaille à la blanchisserie. Elle dit que Sa Majesté crie tellement qu'on l'entend jusqu'ici quand il est en colère. Hier, il a jeté son verre de vin sur sa maîtresse, souillant sa plus belle robe !

Meg savait peu de chose sur le roi, sinon qu'il avait été un soldat valeureux dans sa jeunesse et que ses sujets l'aimaient et le respectaient, contrairement à son père et prédécesseur, Edward II. Elle se signa en se souvenant qu'à l'abbaye on racontait que ce dernier était mort dans d'horribles circonstances.

— Je suppose qu'un roi a le droit de jeter ce qu'il veut sur qui il veut quand le désir l'en prend, commenta-t-elle pour maintenir la conversation plus que par conviction réelle, car elle n'avait jamais pris le temps de se pencher sur la question.

Elle aimerait certes profiter de son séjour à Windsor pour rencontrer le roi, mais c'était loin d'être une priorité.

Le sort de Gresham était son souci premier.

Malgré ses menaces, Tangwyn était un félon et un lâche. Il n'oserait jamais s'introduire dans l'enceinte du château. S'il tentait quoi que ce soit contre Gresham ici, le shérif le mettrait aux arrêts.

Non, c'était Kieran qui représentait le danger le plus immédiat, et pas parce qu'il était adroit à manier le couteau. La haine l'animait et il était extrêmement intelligent. Il savait beaucoup de choses sur le passé de Gresham et cela lui donnait le pouvoir de le blesser plus gravement que n'importe qui d'autre.

— My lady? s'enquit Allena, arrachant la jeune femme à ses sombres pensées. Vous avez l'air ailleurs... Le bain vous aurait-il donné la fièvre?

— Je vais bien, Allena, répondit Meg en prenant la main de la jeune femme et en la posant sur son front pour lui montrer que sa température était normale. Vous voyez? Je ne suis pas malade. Ce bain m'a ressuscitée, au contraire. J'en prendrais un tous les jours si je le pouvais!

— *Tous les jours*, my lady? s'exclama Allena en se signant, horrifiée. Vous savez que votre peau pourrait s'user, se déchirer... comme un vêtement trop lavé.

— Sornettes! rétorqua Meg, se demandant quand elle pourrait décemment réclamer de l'eau chaude. My lord m'a promis de m'installer une baignoire semblable de sorte que je puisse m'y tremper aussi souvent que je le voudrai.

La stupéfaction d'Allena se transforma en admiration.

— Vous êtes très courageuse, my lady. Mais connaissez-vous la demeure de votre mari?

— Non, je... je n'y suis jamais allée. Nous ne sommes mariés que depuis quelques semaines, mentit-elle. Et my lord... my lord a été blessé. Sa mémoire a souffert. Il a oublié une bonne partie de son passé.

La servante écarquilla les yeux.

— Il ne se rappelle pas où il habitait, my lady ?

— Je ne crois pas, non… Que savez-vous de lord Sedgewick, Allena ? Vous l'aviez déjà vu auparavant, n'est-ce pas ?

La jeune femme hésita, évaluant les risques sans doute, puis elle se lança.

— Oui, my lady. C'est un homme important, un ami de Lancaster, du Prince Noir et de Chalstrey, le duc d'Edgefield. Même le roi le considère comme son ami…

— Vraiment ? A-t-il une famille, Allena ? continua Meg en lui pressant la main pour la rassurer.

— Un père, je crois… Évidemment, suis-je bête ? Il s'appelle lord Sedgewick, aussi, bien sûr… et il est comte. Le père de votre mari j'entends.

Ces nouvelles enchantèrent la jeune femme qui avait hâte de les annoncer à Gresham. Il serait certainement réconforté d'apprendre qu'il avait un parent quelque part.

Puis elle se souvint de son propre père, et de Kieran, et sa joie retomba quelque peu.

— Où est lord Sedgewick en ce moment ? Le père, j'entends. Ici, au château ?

— Non, my lady. Il est sur ses terres, près de Londres, je crois… Mais je ne suis qu'une servante et… je ne peux rien vous dire…

— Mais si, voyons ! insista Meg, devinant qu'elle en savait bien plus qu'elle ne voulait l'admettre.

— My lord et son père – le comte – sont brouillés, milady. À cause d'une femme… la mère de Kieran.

Meg avait oublié le contenu de son assiette depuis longtemps. Inutile de demander comment une domestique pouvait en savoir autant. Kieran avait évoqué ces chansons qui circulaient par la voix des troubadours.

Ainsi, tout le monde connaissait la vérité, excepté Gresham et elle.

— Continuez, l'encouragea-t-elle doucement.

La lèvre inférieure de la servante trembla mais elle murmura :

— On dit que le comte a déshérité son fils.

— Pourquoi ?

— Parce que… il a épousé une femme, puis il l'a abandonnée, elle et l'enfant qu'elle portait. Elle s'est lancée à sa poursuite sous la pluie alors qu'il partait à la guerre mais il ne voulait plus rien savoir d'elle. Il n'a pas eu pitié d'elle alors qu'elle était enceinte. Finalement, il a envoyé l'un de ses hommes la raccompagner. Elle était trempée, désespérée, épuisée et… elle est morte la nuit même, de chagrin et de fièvre. Et le bébé avec elle.

Meg écouta la fin de cette tragique histoire les yeux embués. Cependant, elle n'y croyait pas. Elle connaissait suffisamment Gresham pour savoir qu'il était incapable d'une telle infamie.

— Ces fables qui sont colportées n'ont souvent qu'un rapport très lointain avec la réalité, Allena, lui fit-elle gentiment remarquer.

— C'est vrai, admit la servante, l'air malheureux.

Meg sourit pour tenter de dissiper leur mélancolie.

— Ce ne sont que des histoires destinées à faire pleurer dans les chaumières. Dites-moi, Allena, où pourrais-je trouver Kieran ?

— Mais, my lady, vous devez attendre…

— Je ne suis pas un oiseau en cage, coupa-t-elle impatiemment. Je ne suis pas née pour rester assise sur un perchoir en attendant qu'on vienne me donner la becquée. Où est Kieran, s'il vous plaît ?

— Il est écuyer, my lady, capitula la servante. Vous devriez le trouver aux écuries, occupé à soigner les chevaux des maîtres ou bien dans l'armurerie ou encore sur la lice…

— La lice… marmonna Meg en se dirigeant vers la porte.

Kieran n'était qu'un enfant. Il n'avait rien à faire dans un endroit aussi dangereux qu'un terrain de bataille, même s'il était écuyer, pesta-t-elle, bien décidée à le ramener en lieu sûr sans perdre une minute.

— My lady ? Vous n'avez pas l'intention d'aller le chercher là-bas ? s'écria Allena en se précipitant derrière elle. Kieran est habitué à fréquenter la lice, pas vous ! Vous risquez de vous faire renverser par un cheval !

Meg empoigna ses jupes avant de s'engager dans l'escalier.

— Je ne suis pas idiote, Allena, je ne vais pas me mettre en travers de leur chemin.

— Je vous en prie, my lady ! Ces hommes sont très forts, ces chevaliers…

— Je ne compte pas non plus les affronter, répliqua Meg en traversant la salle du rez-de-chaussée. Je vais seulement chercher le jeune Kieran.

— Je le fais appeler tout de suite, my lady, proposa la jeune servante en courant à ses côtés.

Meg ouvrit la porte et se retrouva dehors, dans le froid, éblouie par la réverbération du soleil sur la neige. Elle n'aurait aucun mal à trouver la direction du champ d'entraînement. Le bruit des lames entrechoquées lui parvenait distinctement, ainsi que les cris, les jurons, les hennissements des chevaux malmenés.

« Les brutes ! » pensa-t-elle en s'éloignant dans cette direction d'un pas rageur, Allena haletant pour rester à sa hauteur.

— Il y a des épées, my lady ! Des lances ! Et même des arbalètes. Et puis ces chevaux de bataille sont énormes ! *Énormes !*

Meg s'arrêta brusquement et fixa la jeune femme. Avec Bessie, elle était la seule à lui avoir témoigné de l'amitié depuis qu'elle avait quitté Saint-Swithin.

— Puisque vous avez si peur, Allena, je vous conseille de ne pas me suivre !

Sur ce, elle poursuivit son chemin.

— Mais my lord m'a chargée de veiller sur vous…

Meg augmenta l'allure.

— Vous voulez dire, de me *surveiller*, n'est-ce pas ? Eh bien, cela lui servira de leçon et à vous aussi.

— Oui, my lady, acquiesça la pauvre servante sans se laisser distancer pour autant. Pensez-vous qu'il me fouettera ?

— S'il s'en avisait, je le lui ferais regretter, faites-moi confiance.

Les soldats et les domestiques qu'elle croisait la regardaient avec stupeur. Elle aurait dû cacher ses cheveux sous un voile au lieu de les laisser ruisseler dans son dos sans même un ruban pour les discipliner. Seules les filles des rues sortaient tête nue. Trop tard. Le mal était fait.

Au détour d'un édifice en pierre, la lice apparut, couverte de neige souillée, laquelle neige se transformerait en une belle couche de boue au premier radoucissement.

Certains chevaliers portaient une armure, d'autres un simple pourpoint et des hauts-de-chausses. Ils luttaient, l'épée ou la lance à la main. Une vraie bataille n'aurait guère été différente, si ce n'est qu'il y aurait eu plus de sang, songea Meg, dégoûtée.

Elle s'immobilisa au bord du terrain, les poings sur les hanches et les yeux plissés, cherchant le jeune Kieran au milieu de cette mêlée.

Il était au centre, couvert de terre et de boue, un sourire heureux aux lèvres. Meg éprouva une brève bouffée de fierté avant de se ressaisir.

Elle fendit la foule d'hommes et de chevaux, fonçant droit sur lui au milieu des lames et des lances qui s'entrechoquaient. Arrivée à la hauteur de Kieran, elle l'attrapa fermement par l'oreille et l'entraîna hors de la mêlée.

— Tu veux te faire tuer ?

13

Rouge, les poings serrés, Kieran semblait sur le point de frapper la jeune femme, mais il parvint à maîtriser sa fureur.

— Comment osez-vous ! hurla-t-il avec une telle haine que s'il n'avait été un enfant, Meg aurait pris peur.

Elle avait réussi à le tirer au bord de la lice, dans une relative sécurité, mais son cœur battait à tout rompre d'avoir approché de si près une telle violence meurtrière.

Reprenant son souffle, elle se demanda pourquoi le sort de cet enfant insolent et méprisant lui importait tant. Parce qu'il était le fils de Gresham, comprit-elle d'un seul coup.

— Tu es trop jeune pour jouer à la guerre !

Les yeux bleus s'enflammèrent.

— Je suis un *écuyer* !

En cet instant, il ressemblait tellement à son père que Meg faillit éclater de rire mais elle s'en garda bien. Elle se pencha vers lui jusqu'à ce que son nez touche presque le sien et martela :

— Tu es un *enfant* !

Un attroupement s'était formé autour d'eux. Des hommes, plus exactement des colosses, interpellaient Kieran en riant, ce qui ne fit qu'accroître sa fureur.

— Attention à la dame, petit lord !

— Elle est venue te moucher le nez!

— Si tu ne te méfies pas, elle te mènera à la baguette!

— Personnellement, je me laisserais bien faire, moi…

Comme les rires et les plaisanteries fusaient de toutes parts, Meg se tourna vers la foule, toisant les uns et les autres tout en repoussant Allena qui essayait vaillamment de la tirer en arrière. Kieran était cramoisi, à présent. Une vraie braise incandescente.

— Occupez-vous de vos affaires, vous autres! lança-t-elle, les poings sur les hanches, le teint haut en couleur et l'œil brillant. Cette histoire ne vous concerne pas! Le jeune lord Sedgewick est le fils de mon mari et j'ai à lui parler en privé!

Kieran émit un grognement, une sorte de cri de désespoir, mais s'il connaissait la vérité au sujet de ce mariage, il n'estima pas nécessaire de la rétablir. Son attitude étonna la jeune femme, car il aurait pu sauter sur l'occasion pour le faire, justement.

Une partie des chevaliers demeurèrent bouche bée, les autres se retenaient pour ne pas sourire. Meg reporta son attention sur Kieran et c'est à ce moment-là qu'elle comprit l'ampleur de son erreur. Ayant été élevée parmi des femmes, elle ignorait tout des lois qui régissaient les rapports entre hommes. En voulant protéger cet enfant, elle venait de le couvrir de ridicule. S'il y avait eu la moindre chance de paix entre eux, elle l'avait irrémédiablement gâchée.

— Je t'ai couvert de honte, dit-elle doucement. Je suis désolée.

Kieran la toisa longuement puis cracha par terre, manquant de peu l'ourlet de sa robe. De toute évidence, de simples excuses, aussi sincères fussent-elles, ne suffiraient pas à réparer une telle bévue.

— Retournez dans votre chambre, jeta-t-il avec un calme redoutable.

Son regard dangereusement assombri s'arrêta sur la robe froissée et les cheveux emmêlés.

— C'est là que mon père vous attend pour faire un autre héritier !

Meg recula, comme sous l'effet d'une gifle, mais son caractère enflammé reprit vite le dessus et elle s'apprêtait à riposter quand une main se referma sur son bras.

Gresham !

— Cela suffit, tous les deux, ordonna-t-il.

Il lâcha Meg pour saisir son fils par le menton, comme il allait cracher de nouveau.

— J'ai dit que cela *suffisait*, répéta-t-il avant de promener sur les chevaliers qui faisaient cercle autour d'eux un regard de menace.

Baissant la voix de sorte que seuls Kieran et Meg l'entendent, il ajouta :

— Quant à toi, petit, si tu t'avises de cracher une fois encore, je me chargerai de t'apprendre ce qu'est une véritable humiliation. Et tu sais comment ? En t'infligeant une fessée mémorable devant tout Windsor rassemblé.

Kieran imagina la scène et se contenta de déglutir.

— C'est ma faute, my lord, intervint Meg, pressée de réparer les dommages que son caractère impulsif venait de causer. Si seulement j'avais attendu…

— Silence ! l'interrompit Gresham sans même la regarder. Je n'ai pas encore décidé de ton sort, mais il se réglera en privé.

Meg se mordit la langue pour ne pas répondre. Hélas, elle n'avait pas plus le choix que Kieran.

Gresham le lâcha avec une brusquerie qui le déséquilibra mais il se rétablit lestement, ce qui arracha un sourire fugitif à son père.

— Que s'est-il passé ? demanda-t-il.

— C'est elle ! s'écria le gamin en pointant un index accusateur vers Meg. Elle est arrivée sur la lice, m'a attrapé par l'oreille et m'a tiré au bord comme… comme si j'avais été un… un bébé!

Meg baissa la tête et se plongea dans la contemplation de ses pieds.

— J'ai eu peur pour ta vie, murmura-t-elle.

L'exaspération prit soudain le pas sur la gêne. Après tout, si elle avait provoqué un gâchis abominable en faisant ainsi irruption sur la lice, ses intentions étaient honorables. Elle avait simplement voulu épargner des blessures graves, et peut-être mortelles, à un enfant.

— Kieran a été élevé parmi des combattants, expliqua patiemment Gresham sans quitter son fils des yeux, lequel se reprenait tant bien que mal, même s'il paraissait toujours prêt à bondir. Il veut devenir soldat, semble-t-il.

— Je t'ai dit la nuit dernière ce que je voulais, rétorqua Kieran, laissant percer sous l'impudence une note d'espoir que seule Meg perçut.

— Tu as un caractère trop impulsif pour devenir chevalier, soupira Gresham. Dans l'armée, il n'y a pas de place pour les natures irritables. Soit tu seras fouetté à mort par ton capitaine, soit tu seras tellement distrait par les injustices dont tu te croiras victime que tu mourras sur le champ de bataille.

— Je ne suis pas impulsif!

Gresham eut un sourire qui donna même à Meg envie de le gifler, et elle devina combien il en coûtait à Kieran de se contenir.

— Retourne jouer à la guerre, jeta son père en appuyant imperceptiblement sur le mot «jouer».

Puis, avant de tourner les talons, il lui ébouriffa les cheveux.

Kieran ne put se retenir davantage. Il bondit sur le dos de son père, au grand divertissement des spectateurs. Pourtant, l'heure n'était plus à la plaisanterie.

Le garçon tentait d'étrangler son père, et bien que frêle, il faisait montre d'une force étonnante. Gresham émit une exclamation que Meg prit tout d'abord pour un cri de rage mais qui s'avéra être un rire.

Il se pencha brusquement et fit basculer Kieran par-dessus son épaule. L'enfant atterrit sur le dos, à ses pieds, avec une telle force qu'il expira bruyamment l'air de ses poumons. Suffoquant, il reprit son souffle et se prépara à un deuxième assaut.

Mais Gresham devina son intention. Secouant la tête avec un petit sourire, il cloua son fils au sol en posant le pied sur sa poitrine.

— Te voilà bien avancé ! Il faut vraiment que tu apprennes à te contrôler si tu veux avoir une chance de faire un bon soldat.

Kieran haletait.

— Quand Tangwyn sera là…

Gresham retira son pied.

— Il est arrivé, mais je ne crois pas qu'il te soit d'une grande utilité. Il a été arrêté pour vol, en autres, sur ordre du shérif.

— Ce n'est pas vrai !

— Monte au donjon et tu verras.

Sur ce, Gresham attrapa Meg par le bras et l'entraîna à sa suite.

Il ne dit pas un mot et ne la lâcha pas avant d'avoir refermé la porte de la chambre derrière eux.

— Qu'est-ce qui t'a pris ? demanda-t-il, plus distrait que furieux à présent.

Il prit un morceau de pain qui traînait sur la table et mordit dedans.

— Cet enfant va être la risée de tous par ta faute, et Dieu seul sait quand il retrouvera un semblant de dignité.

Consciente d'avoir agi sans réfléchir, Meg se sentait désolée pour Kieran, même si elle ne voulait pas l'avouer à Gresham.

Elle trouva un foulard dans lequel elle enveloppa ses cheveux, comme elle aurait dû le faire avant de s'aventurer dehors.

— Je voulais seulement interroger ton fils sur ces chansons qu'il avait entendues à ton sujet, pour essayer d'en apprendre un peu plus sur ton passé. Tu admettras que ce n'est pas moi qui l'ai plaqué au sol devant tous ces hommes qui ne manqueront pas de se souvenir de la scène à ses dépens.

— Il a eu de la chance de s'en sortir à si bon compte, rétorqua Gresham. Cependant, se voir corrigé en public par son père est une chose. Être ridiculisé devant tout le monde par une femme en est une autre.

Tout en parlant, il fixait les vitres embuées, le regard lointain, comme s'il n'était pas tout à fait à ce qu'il disait et contemplait des choses visibles de lui seul.

— Tu n'aurais jamais dû intervenir. Il est à vif, prêt à sortir ses griffes à la première occasion.

Meg soupira et tenta de changer de sujet.

— C'est bien vrai que Tangwyn est à Windsor ? Dans le donjon ?

— Oui, répondit-il en la regardant enfin.

— Je n'arrive pas à croire qu'il se soit montré assez fou pour mettre ses menaces à exécution et venir jusqu'ici.

— Il comptait beaucoup sur son alliance avec mon fils. Après tout, Kieran sera le comte de Sedgewick, une fois que mon noble et respecté père ne sera plus de ce monde. Tout écuyer qu'il soit, il devra diriger un domaine et gérer une fortune, le jour venu, endossant du même coup le pouvoir qui en résulte.

— Ton père ? Est-ce à dire que... tu te souviens de lui ?

Il était pâle tout à coup et son regard était morne. Meg crut revoir celui qu'Elizabeth et elle avaient découvert, inanimé, dans le potager de Saint-Swithin, un matin pas si lointain qui pourtant lui semblait remonter à une éternité…

— Non, ma mémoire est toujours dans les ténèbres. Il n'y a pas de changement. Mais j'ai passé une bonne partie de la matinée en compagnie du roi. Il est alité et s'ennuie beaucoup, aussi a-t-il trouvé très distrayant de m'éclairer sur un certain nombre de points.

«Je suis le fils unique du comte de Sedgewick, mais nous sommes brouillés, mon père et moi. C'est même plus grave que cela: il m'a déshérité. À sa mort – et il est fort âgé, selon le roi – le titre reviendra à Kieran. Si mon fils ne le sait pas encore, Tangwyn, lui, est parfaitement au courant. Ce mime de malheur consolait ma femme délaissée, paraît-il.

Allena n'avait donc pas menti, songea Meg, à la fois impatiente de connaître la suite et inquiète.

— Assieds-toi, lui proposa Gresham.

Elle s'exécuta docilement tandis qu'il demeurait debout, les mains crispées sur le dossier de la chaise en face d'elle.

— À la place de mon père, moi aussi, j'aurais banni un fils pareil. J'ai traité Kieran de démon, Meg, mais il vaut mille fois mieux que moi!

Il garda le silence un moment et elle ne le pressa pas de continuer. Il devait prendre son temps, retrouver la quiétude nécessaire aux aveux. Et, surtout, surmonter cette insondable tristesse qui menaçait de l'engloutir.

— Monique, la mère de Kieran, était une jolie femme. Très pieuse, selon le roi. Mon père avait décidé de nous marier, et comme dans la plupart des unions de ce genre, arrangées à l'avance, l'amour n'y avait pas sa place. Il s'agissait d'une alliance de pouvoir, d'influence entre deux familles. Je n'ai pu m'y opposer, mais j'ai refusé d'assister à la cérémonie. J'ai été remplacé par un mandataire et le mariage a eu lieu par procuration.

« Finalement, j'ai retrouvé ma "femme", contraint et forcé, et je lui ai fait un enfant. Mais je passais le plus clair de mon temps à boire et à fréquenter les filles de joie. Au bout d'un an, mon père m'a adressé un ultimatum. Soit je me comportais comme un futur comte digne de ce nom, soit je renonçais non seulement à mon héritage mais à mon nom.

« Par esprit de bravade, je l'ai défié et j'ai rejoint mon ami et frère adoptif, Morgan Chalstrey – Edgefield – et son armée en partance pour la France. J'ai abandonné ma femme, Meg, aussi cruellement que l'a raconté Kieran, alors qu'elle était enceinte de moi. Elle est morte, elle et son bébé, et… apparemment, c'est Tangwyn qui a amené mon fils chez Lancaster, même si Kieran a une autre version de son arrivée ici. C'est normal, il était encore petit et, bien que je le déplore, il existe une certaine ressemblance entre ce mime et moi.

Il restait du vin du petit-déjeuner. Meg remplit la coupe et la poussa vers Gresham. Après une hésitation, il s'en empara et but à longues gorgées.

— J'en suis à me demander si ce n'est pas une chance d'avoir perdu la mémoire.

— Non, Gresham. Non.

Un pesant silence tomba entre eux. Il passa la main dans ses cheveux en désordre puis s'approcha de la fenêtre.

— Il va encore neiger cette nuit, annonça-t-il sans se retourner. Le ciel est bas, uniformément gris.

— Tu n'es pas celui que le roi a décrit, Gresham, affirma Meg d'une voix douce. Cet homme-là n'aurait pas risqué sa vie pour empêcher que la peste ne se répande et ne fasse d'autres victimes. Il n'aurait pas entrepris ce voyage avec le shérif en se constituant prisonnier dans le seul but de prouver son innocence.

Il n'aimerait pas son jeune fils qui n'a qu'une idée en tête : le tuer. Et cet homme-là, Gresham, ne m'aurait pas aimée aussi tendrement que tu l'as fait.

Il se tourna vers elle, les yeux brillants.

— Tu es trop charitable, Meg, dit-il amèrement. Tu as toi-même reconnu que Kieran était mon portrait craché. Cet enfant a hérité de ce qu'il y a de plus mauvais en moi.

Meg se leva et s'approcha de lui. Elle posa la main sur son bras, sentit ses muscles d'acier à travers les vêtements.

— Serais-tu Dieu, d'imaginer que tu as le pouvoir de faire des hommes bons ou mauvais ? Du reste, Kieran n'est pas méchant. Il a simplement été trop longtemps privé d'un père, mais il l'a retrouvé, à présent. Il agit ainsi parce qu'il a peur de te montrer que pendant toutes ces années il n'a cessé de rêver, d'espérer ton retour. Tout en craignant que tu ne lui tournes le dos. C'est dur à vivre pour un petit garçon.

Gresham sourit tristement en effleurant la joue de la jeune femme.

— Tu as trop d'imagination et j'ai peur que ta bonté naturelle ne t'égare. Tu es incapable de voir le mal. N'as-tu pas remarqué cette haine farouche dans son regard ? Et ses viles paroles, qu'en fais-tu ? Tu étais pourtant dans ce lit, avec moi, quand ce petit ange a planté ce poignard à quelques centimètres de nos têtes.

— Il ne voulait pas nous atteindre, et tu le sais très bien. C'était de l'esbroufe, rien d'autre.

— Peut-être a-t-il les dons requis pour devenir mime, comme son bon ami Tangwyn qu'il tient en si grande estime ? Peut-être sa vocation le porte-t-il au vol et au crime ?

Un sourire bienveillant joua sur les lèvres de Meg, car elle savait qu'il ne pensait pas un mot de ce qu'il disait, pas plus que son fils... Kieran et lui étaient des êtres meurtris par la vie, par ces revers imprévisibles qu'elle infligeait parfois.

— Ce genre de divagations ne te mèneront à rien. Tu te lamentes sur ton passé parce que tu es privé de mémoire, mais nous sommes tous floués par le temps, qu'il s'agisse du passé ou de l'avenir. Ce qui compte, Gresham, c'est le présent. Que veux-tu en faire ? Laisser les regrets, la haine et l'amertume le gâcher lui aussi ? Ou bien repartir sur des bases saines, fondées sur le pardon, l'espoir, la patience ? Ce sont sûrement…

Gresham l'interrompit d'un baiser. Lorsqu'il s'écarta légèrement, un sourire dansait dans ses yeux.

— S'il n'y avait cette entente parfaite qui nous unit au lit, ma lady bien-aimée, j'affirmerais que tu es un ange. Mon ange gardien, envoyé par le Seigneur pour me montrer la voie à suivre.

Il la débarrassa du foulard dont elle avait hâtivement couvert ses cheveux.

— Embrasse-moi, Meg, et attends-moi ici pendant que je vais au donjon parler à Tangwyn.

Froissée, elle se libéra de son étreinte.

— Tu vas encore me laisser ? Serais-je un fardeau pour toi, Gresham ?

Il voulut la reprendre dans ses bras mais elle recula de nouveau et il soupira.

— Allons, Meg, ne fais pas l'enfant. Un donjon n'est pas un endroit pour une femme. C'est un lieu sale, froid et humide, et le spectacle qu'il offre n'est pas très reluisant.

— Les prisons du roi ne peuvent être pires que la peste, décréta-t-elle en lui arrachant le foulard des mains afin de le replacer sur ses cheveux, bien serré et noué sur la nuque, comme le lui avaient appris les dames de Saint-Swithin. Je veux revoir ce Tangwyn et évaluer par moi-même quel genre de menace il représente exactement.

— Épargne-toi cette peine, il est inoffensif, à présent, répliqua-t-il d'une voix tendue. Pour des raisons que j'ignore, je sens cependant qu'il a certaines choses à m'apprendre.

— Ce gamin, Blodwen, a évoqué Gabriella et Chalstrey, chez Bessie. Peut-être en a-t-il aussi parlé à Tangwyn ?

Gresham posa les mains sur les épaules de la jeune femme, la caressant des pouces. Il ne s'attendait pas que le mime se montre coopératif, même s'il avait des nouvelles de la sœur de Meg, mais il s'inclina.

— D'accord. De toute façon, il n'y a pas moyen de te dissuader, n'est-ce pas ?

— Pas le moindre. Je veux me faire ma propre opinion. C'est différent de s'entendre raconter les choses.

Gresham ouvrit la bouche pour parler, puis se ravisa et se dirigea vers la porte, Meg sur ses talons. Elle le suivit sans mot dire, gardant une certaine distance, car elle savait que s'il l'avait voulu, il aurait pu l'obliger à rester dans la chambre. Il en avait les moyens et disposait de l'autorité nécessaire puisqu'on les croyait mari et femme.

Elle le suivit donc en affichant un air docile. Mais un observateur avisé aurait noté qu'elle prenait bien garde de ne pas se laisser distancer et qu'elle marchait d'un pas résolu, la tête haute, sous l'ample capuchon de sa pèlerine.

Situé à l'écart, dans la partie la plus ancienne du château, le donjon était un endroit sombre, glacial et nauséabond. Des chaînes rouillées étaient scellées dans les murs, inutilisées, heureusement.

La paille qui jonchait le sol n'avait pas été changée depuis longtemps. Chargée de détritus divers, elle était appréciée des rats dont les grattements furtifs, çà et là, indiquaient la présence en nombre.

Meg eut l'impression de plonger dans les tréfonds les plus noirs de l'humanité, une région où l'espoir et la lumière n'avaient pas leur place. L'enfer, en quelque sorte. Le pays de l'ombre et des miasmes mortels.

Tangwyn se trouvait dans une cellule, assis contre le mur, la tête baissée entre ses genoux pliés.

Il la releva vivement à leur approche, mais quand il reconnut ses visiteurs, il passa une main lasse dans ses cheveux sans doute infestés de vermine et retourna à la contemplation de ses bottes usées.

— Pourquoi l'amènes-tu dans un endroit pareil ? lança-t-il sans que Meg sache s'il se moquait d'eux ou pas.

— Ce n'était pas dans mon intention, se contenta de répondre Gresham.

Il s'avança jusqu'à la grille et saisit les barreaux à deux mains, un peu comme s'il avait lui-même été un prisonnier avide de se défaire de ses chaînes.

Meg comprit alors quels sentiments devaient l'assaillir. La captivité, Gresham connaissait. Sa prison à lui, c'était l'oubli, l'oubli du passé. L'inconnu, le trou noir qui le séparait de toutes ces années où l'homme qu'il était aujourd'hui s'était forgé. De même que Tangwyn, il était isolé du reste du monde, du ciel, du soleil et de l'air pur.

Le mime leva de nouveau la tête et rencontra le regard de Gresham. Malgré elle, Meg éprouva un élan de sympathie envers cet homme. Certes, c'était sa faute s'il en était arrivé là, mais comment voir un être humain réduit à un tel degré de déchéance sans ressentir de la pitié ?

— Vous êtes venus vous délecter du spectacle ?

— Non, fit Gresham en haussant les épaules. Je ne tire aucun plaisir de tes mésaventures, mais je n'avais, hélas, d'autre choix que te rencontrer ici.

Le mime coula un regard vers Meg, l'évaluant sans vergogne. Elle faillit protester mais se souvint à temps que Gresham avait tenté de la dissuader de l'accompagner.

— Fallait que vous ayez envie de me voir pour quitter votre lit douillet, dites-moi.

Meg serra les dents.

Gresham ne répondit pas, et elle se demanda si c'était la rage ou le mépris qui le réduisait ainsi au silence. Quoi qu'il en soit, elle le sentait tendu à l'extrême.

Tangwyn se mit à rire.

— Vous devez excuser les manières rudes d'un pauvre mime, my lord, my lady.

— Nous le devons, vraiment ? rétorqua Gresham d'un ton qui donna la chair de poule à Meg, encore plus sûrement que l'infâme endroit où elle se trouvait.

— Savez-vous quelque chose sur ma sœur ? s'enquit-elle tout à trac.

Sa question tomba dans le vide. Le mime fixait Gresham comme si elle n'existait plus.

Il se leva soudain avec la grâce fluide d'un artiste et franchit la courte distance qui le séparait de son visiteur, faisant craquer la paille fétide sous ses pas.

— Tu me hais autant qu'un homme peut en haïr un autre, mais tu en ignores les raisons, Sedgewick. C'est vraiment réconfortant de savoir à quel point ces mystères te tourmentent. Oui, c'est une consolation.

Vif comme l'éclair, Gresham saisit Tangwyn au collet et le ramena si violemment contre les barreaux qu'un flot de sang jaillit de son nez.

Meg tressaillit et ouvrit la bouche pour parler, mais elle ne sut jamais si elle allait s'élever contre une telle violence ou pas, car on la poussa de côté si brutalement qu'elle perdit l'équilibre et s'effondra sur le sol.

Kieran se jeta sur elle tel un jeune faucon fondant sur sa victime, mais elle comprit tout de suite qu'elle n'était pas la proie qu'il visait. Elle se trouvait seulement sur le chemin de sa cible, l'objet réel de sa fureur: Gresham.

Celui-ci empoigna son fils en jurant et une lutte s'engagea, rappelant à Meg celle qu'il avait menée contre les loups. Kieran se défendit avec la souplesse, l'agilité, la férocité d'un fauve. Non sans mal, Gresham parvint à maîtriser son fils qu'il plaqua contre lui, son dos contre sa poitrine. Ce dernier ne renonça pas pour autant. Il continua à se débattre comme un beau diable.

— Maudit sois-tu! cria-t-il dans un sanglot. Va au diable! C'est *toi* qui aurais dû mourir à la place de ma mère! C'est *toi* qui devrais n'être plus qu'un tas d'os rongé par les vers, pas elle… *pas elle*!

Toujours agrippé aux barreaux de la grille, Tangwyn se laissa glisser à genoux dans la paille. Meg, quant à elle, avait réussi à se relever. Elle tendit la main vers Gresham, sans savoir s'il s'agissait d'un geste de conciliation ou d'une simple réaction.

— Arrêtez, supplia soudain Tangwyn d'une voix rauque. Au nom du ciel, Kieran, reste en dehors de ça.

L'enfant ne cessait de se débattre, tremblant de la tête aux pieds, suffoquant de rage et de chagrin.

— Dis au revoir à ton ami, Kieran, lança alors Gresham. Parce que demain, nous serons loin.

14

Gresham lâcha son fils qui tituba un instant avant de s'écrouler dans la paille.

— Je ne partirai pas avec toi, déclara Kieran avec feu. C'est hors de question !

Meg admira le courage du jeune garçon, un courage qu'il tenait assurément de son père, mais il perdait son temps et elle eut pitié de lui, car Gresham ne reviendrait pas sur sa décision.

En d'autres temps et en d'autres lieux, elle aurait sûrement protesté à l'idée de quitter le confort de Windsor, et cela sans avoir rien appris de plus sur Gabriella, mais elle eut la sagesse de se taire.

Gresham releva son fils en l'empoignant par son épais pourpoint de laine verte et le poussa sans ménagement en direction de la trouée de lumière, au loin, qui menait à l'extérieur du donjon. Il se tourna ensuite vers le mime.

Toujours à genoux, tête baissée, Tangwyn avait adopté une attitude implorante, mais ni Sedgewick ni la jeune femme ne s'y trompèrent. Jouer la comédie, c'était son métier. Sous ses airs de martyr se cachait un cœur perfide et machiavélique. Il essayait de les apitoyer pour mieux les anéantir, le moment venu. Meg n'avait pas oublié sa conduite chez Bessie. Elle en gardait d'ailleurs une cicatrice sur le bras.

— Nous n'en avons pas terminé, toi et moi, rappela Gresham à son ennemi. Nous nous reverrons sans doute. Car tu sauras toujours où me trouver, j'imagine.

Tangwyn leva les yeux et malgré la pénombre, Meg vit une lueur haineuse éclairer brièvement ses prunelles.

— Oui, toujours. Où que tu sois. Et je serai au rendez-vous.

— Dans un monde meilleur, peut-être, remarqua Gresham. Parce que j'ai cru comprendre que Prigg avait persuadé le roi de te faire pendre avec le prochain convoi de criminels.

Le mime éclata de rire en secouant la tête.

— Non, my lord, non. Vois-tu, le roi n'a pas les idées très claires en ce moment. Une ou deux fois, il m'a même pris pour toi.

— Tangwyn restera en vie pour te tuer! cria Kieran du bas des marches du donjon. Il s'évadera de cette cellule pour te trancher la gorge et te regardera te vider de ton sang comme un bœuf à l'abattoir!

Gresham soupira.

— Charmant enfant, commenta-t-il, comme pour lui-même.

Puis il prit le bras de Meg et y exerça une brève pression pour lui signifier de le suivre. Avant de lui emboîter le pas, elle se tourna vers le mime.

— Vous vous souvenez de cette lettre que je vous avais confiée pour ma sœur Gabriella, à la foire d'Upper Gorse?

— Hélas, milady! s'exclama le mime, l'air faussement contrit. J'ai bien peur qu'elle ne soit malencontreusement tombée de ma poche, quelque part, sur la route. C'est fâcheux, n'est-ce pas? Mais avec un peu de chance, un autre voyageur l'aura ramassée et la lui portera.

Loin de l'anéantir, la nouvelle ne fit que renforcer sa détermination.

— Bien sûr, répondit-elle d'un ton léger. Je suis certaine que le bien l'emporte toujours sur le mal, quoi qu'il arrive.

Il l'observa en plissant les yeux à la manière de Gresham, mais en même temps très différemment. Meg tourna les talons et se hâta vers la porte. Lui jetant un dernier regard par-dessus son épaule, elle le surprit à sourire d'une manière déplaisante, ses dents brillant comme celles d'un carnassier, dans l'obscurité.

Dehors, Kieran tremblait de rage, mais elle perçut en lui, sous la hargne de façade, le secret espoir que son père ne baisserait pas les bras. Qu'il ne l'abandonnerait pas cette fois.

Comme il avait dû se sentir seul, songea-t-elle. Et comme il avait dû avoir peur. Elle aussi avait été abandonnée par ses parents, mais les circonstances étaient différentes, et elle pouvait compter sur ses sœurs pour la soutenir. Leur amour, leur joie de vivre l'avait empêchée de sombrer. Elles avaient toujours fait bloc toutes les trois. Kieran, lui, n'avait connu que la solitude, hormis les visites occasionnelles et empoisonnées de Tangwyn.

Car qu'aurait-il pu instiller d'autre à cet enfant que du venin ? Que la haine et le désir maladif de verser le sang de celui qui lui avait donné le jour pour partir ensuite ?

Quelle chance, dans de telles circonstances, avait-il eue d'aimer son père et de devenir autre chose qu'un enfant perverti par une soif violente et inextinguible de vengeance ? Son âme avait été souillée par un être machiavélique, et qu'il fût jeune ne le rendait pas moins dangereux.

Meg désespérait de jamais réussir à atteindre son cœur, car il n'était que trop évident qu'il se méfiait des femmes en général depuis la mort de sa mère.

Et d'elle en particulier, contre qui il semblait avoir dirigé toute sa colère.

Gresham empoigna son fils et l'emmena à la maison qu'ils occupaient depuis leur arrivée à Windsor. Sur le chemin où la neige formait un tapis crissant, ils croisèrent nombre de personnes affairées, mais il ne leur adressa pas un mot ni un regard. Quand la foule se faisait plus dense, il attendait simplement que les gens s'écartent, et c'est ce qu'ils firent.

Kieran garda le silence lui aussi. Par prudence, dédain ou simplement stupeur ? Meg n'aurait su le dire. Ayant été élevé à la dure, il pensait peut-être que c'était le lot d'un écuyer d'être traité de la sorte, songea-t-elle, caressant l'idée de lui apprendre un jour l'humilité chrétienne, l'obéissance et la patience. Cet enfant avait dû connaître la faim et dormir dans le froid. Il avait été battu et insulté.

À quoi s'attendait-il d'autre à présent, qu'à une bonne correction ? Certes, il l'avait bien cherchée. Pourtant, Meg avait l'intuition que contrairement aux apparences, c'était à la tendresse et à la compréhension qu'il aspirait.

Une fois sur le seuil de la chambre, Gresham poussa Kieran dans la pièce. Il glissa sur les joncs qui recouvraient le sol et tomba, libérant des senteurs de sauge, de romarin et d'autres herbes aromatiques qui exhalèrent une bouffée odorante bienvenue.

Tandis qu'il se relevait, Gresham sortit de sa poche un long ruban de chanvre. Sans autre forme de procès, il saisit son fils et le ligota sur une chaise. Ce dernier n'opposa pas de résistance ; apparemment, il avait compris qu'il n'aurait pas le dessus.

— Ce n'est qu'un enfant, my lord, protesta Meg. Il ne mérite pas d'être traité comme un prisonnier…

— Tu crains que je le frappe ? rétorqua Gresham en achevant de fixer les liens. Ne t'inquiète pas pour cela, bien que ce soit la grâce de Dieu qui retienne ma main plutôt que ma bonne nature.

Si Kieran ne se débattait pas, son expression de mépris souverain aurait ébranlé la carapace la plus robuste.

— Il sait que c'est le seul moyen de me garder ici, jeta froidement le gamin. Si j'étais libre, je lui trouerais la peau avec un poignard à la première occasion !

Gresham serra le dernier nœud et se redressa.

— J'en ai assez de tes attaques perpétuelles, petit. Tu ne voudrais pas mettre un terme à ces enfantillages ?

Kieran rougit, faillit répliquer mais se ravisa.

— Il faut que j'aille voir le roi, dit Gresham à la jeune femme. Ne détache ce petit ange que si la chambre prend feu. Et encore ! Attends que les flammes lui lèchent les pieds. Et ne te laisse pas embobiner par ses discours, il a la langue bien pendue. Je le soupçonne d'être capable de déployer un charme irrésistible quand ses intérêts sont en jeu.

Meg n'aimait pas jouer les geôliers, mais elle était assez grande pour savoir que jamais elle ne libérerait un prisonnier tel que Kieran. Elle se mordit la lèvre pour ne pas répondre et hocha la tête docilement.

— Et s'il se moque de toi, ouvre le matelas et remplis-lui la bouche de plumes jusqu'à ce qu'il s'étouffe et ne puisse plus parler.

Sur ces mots, il sortit, laissant l'enfant menaçant et la jeune femme mal à l'aise en tête à tête.

— Est-ce que vous faites toujours tout ce qu'il vous dit ? demanda Kieran dès qu'il fut seul avec Meg.

— Non, répondit-elle en ôtant son foulard. Tu as faim ?

— Non, et même si j'avais faim, jamais je n'accepterais de la nourriture des mains de la maîtresse d'un chacal! Tout Windsor vous croit peut-être mariés mais pas moi. Je vous ai entendus parler tous les deux.

Meg haussa les sourcils, étonnée que Kieran n'ait pas divulgué à tout le palais la vérité sur leur situation. Intéressant... Peut-être ne méprisait-il pas son père autant qu'il le prétendait.

— Sedgewick n'est pas un chacal, se contenta-t-elle de rectifier sans entrer dans la discussion qu'il semblait vouloir amorcer.

Il souffla avec dédain.

— Vous n'êtes sûrement pas la seule dans sa vie. Il promet à toutes monts et merveilles. Vous êtes tombée dans le panneau, comme les autres.

Meg prit une chaise et s'installa en face de lui.

— Tu perds ton temps, déclara-t-elle en le fixant droit dans les yeux. Je vois parfaitement où tu veux en venir. Tu n'auras rien à manger tant que tu adopteras ce comportement. À toi de décider.

Il la scruta, les yeux mi-clos, ses fines narines aristocratiques frémissantes. Sa mère devait être d'une grande beauté, songea Meg en le détaillant, faisant la part de ce qu'il avait hérité de chacun de ses parents.

Elle alla ouvrir la porte et appela Allena qui se matérialisa presque aussitôt. Elle parut inquiète à la vue du petit attaché, aussi Meg la rassura-t-elle d'un sourire avant de la charger d'apporter un repas pour le jeune garçon.

— Où Sedgewick a-t-il l'intention de m'emmener? s'enquit celui-ci lorsque la jeune femme revint s'asseoir en face de lui.

— Je l'ignore. Il ne m'a pas fait part de ses projets, mais je pense qu'il compte se réconcilier avec son père, le comte.

— Quel rôle ai-je à jouer dans cette histoire?

— Probablement aucun. Si tu ne te comportais pas comme un idiot, Sedgewick songerait sans doute à te présenter à ton grand-père dont tu es l'héritier.

Elle saisit un reste de pain sur la table et le contempla en le faisant tourner entre ses doigts.

— Mais dans le cas présent, tu es tout juste bon à exécuter des tâches subalternes : ramasser du bois, entretenir les chemins, t'occuper des chevaux…

Kieran se mura dans le silence jusqu'au retour d'Allena qui déposa devant lui une écuelle de ragoût au fumet alléchant.

Meg en préleva une cuillerée et, après une seconde de réflexion, la goûta.

— Hum… Délicieux.

Le ventre de Kieran émit un gargouillis de protestation.

— Tu en veux ? demanda-t-elle ingénument.

— Plutôt mourir de faim que d'accepter de la nourriture de la…

— Méfie-toi. Je ne te conseille pas de m'insulter. My lord endure vaillamment tes attaques quand elles s'adressent à lui, mais je doute qu'il les tolère si elles tentaient de m'atteindre.

Kieran déglutit, les yeux rivés sur l'écuelle. Depuis quand n'avait-il pas mangé ? se demanda la jeune femme. Elle n'imaginait pas que les protégés de Lancaster puissent souffrir de la faim.

Volontairement, elle reprit une nouvelle cuillerée et se régala.

— Tu ne m'abuses pas, tu sais, Kieran. Tu as faim. Tu as peur. Et tu ne veux pas que ton ami le mime – ni qui que ce soit d'autre – tue ton père.

Incapable de détacher le regard du plat de viande dont l'arôme lui chatouillait les narines, l'enfant se mordit la lèvre.

— Je n'ai pas peur, dit-il.

— Menteur.

Elle lui tendit la cuillère. Après un moment d'hésitation, il mit son orgueil de côté et accepta.

— Détachez-moi, la pria-t-il avec un sourire charmeur, jouant de ses longs cils recourbés que même sa chère Elizabeth, qui n'était pas coquette, aurait enviés. Maintenant. Avant qu'il revienne, sinon il me battra.

— Je ne pense pas. Non, il ne s'y résoudrait que si tu te sauvais grâce à moi et que tu le contraignais à te poursuivre. Il te punirait en conséquence, et m'infligerait un sermon interminable sur l'obéissance et le sens des responsabilités.

Kieran eut un sourire béat qui ne trompa pas un instant la jeune femme.

— Vous êtes obéissante ?

— Non. D'ordinaire, non.

— Alors coupez ces liens.

— Jamais.

— Pourquoi ?

— C'est Gresham qui t'a attaché, c'est à lui de te libérer.

— Vous avez donc peur de lui.

Meg sourit et lui prépara une nouvelle cuillerée de ragoût.

— Tu fais fausse route, Kieran. Je te croyais plus malin. Sedgewick est le plus gentil des hommes. Je n'ai pas peur de lui.

Il faillit cracher par terre mais se ravisa, sans doute parce qu'il avait faim. Ne sachant trop quelle stratégie adopter, maintenant que sa tentative pour l'amadouer avait échoué, il l'observa un moment, la jaugeant du regard.

— Vous avez peur de moi, n'est-ce pas ? Si ce n'est pas le cas, vous devriez.

Sur ce point, il avait raison. Bien que Kieran fût de sang noble, il se laissait gouverner par ses passions et agissait sans réfléchir, quitte à nourrir des remords après coup, quand le mal était fait.

— Vraiment ? Et pourquoi donc ?

— Je manie le couteau aussi bien qu'un homme, y compris mon père.

Meg décida de s'adresser à l'aristocrate plutôt qu'à l'écuyer dominé par ses penchants impulsifs et superficiels.

— Dans ce cas, si tu avais vraiment voulu nous atteindre, ton père et moi, tu l'aurais fait. Tu nous as manqués délibérément, et par la suite tu n'as pas tenté de nous blesser. J'ai le sentiment que tu parles dans le vide, conclut-elle en lui mettant une nouvelle cuillerée dans la bouche. Tu en veux encore ?

— Détachez-moi, que je puisse manger à ma faim, comme un homme, pas comme un bébé !

— Non, répondit Meg en riant. Quand tu te comporteras comme un homme, on te traitera comme un homme. En attendant, mange ou meurs de faim, parle ou tais-toi, à toi de choisir.

— Et si j'avais envie de satisfaire un besoin naturel ?

— Je te conseillerais de te retenir, à moins que tu ne préfères la honte.

Avec un soupir, il se démena en tous sens pour essayer de se libérer. En vain. Il finit par accepter une nouvelle bouchée, puis une autre. L'écuelle était presque vide quand ils entendirent la porte du rez-de-chaussée s'ouvrir. Meg s'empressa de mettre la nourriture à l'écart et d'essuyer la bouche du garçon avec une serviette. Non qu'elle craignît la réaction de Gresham, mais elle ne tenait pas à infliger un nouvel affront à cet enfant. Elle l'avait suffisamment humilié sur la lice.

Gresham entra et avec lui un souffle glacé s'engouffra dans la pièce. Il jeta sur la table un ballot en cuir.

— Tes affaires, petit lord Sedgewick, dit-il avec une brève révérence. Nous partons à l'aube.

Il se tourna vers Meg.

— J'ai demandé à ta servante de préparer un bain. Pas pour toi, car j'imagine que tu n'as aucune envie de te laver en présence d'un gamin curieux, mais personnellement cela ne me dérange pas.

Meg laissa échapper un soupir. Comment en était-elle arrivée à se retrouver mêlée à tout cela ? Elle n'avait quitté Saint-Swithin que pour retrouver Gabriella. Pour l'heure, ce but premier lui paraissait bien loin, même s'il n'était pas question qu'elle abandonne.

— Bien, fit-elle.

— J'espère que tu sentiras moins quand tu te seras lavé ! lança l'odieux gamin à son père.

Gresham ébouriffa les cheveux de son fils.

— Je manque à tous mes devoirs, déclara-t-il avec un large sourire. En tant qu'héritier d'un comte, c'est à toi que reviennent l'honneur et le privilège de te laver en premier. Laisse-nous, Meg. Mon cher fils n'a sûrement pas envie d'exhiber sa nudité devant une dame.

La grande beauté de l'enfant faisait oublier qu'il était sale comme un peigne et probablement pouilleux. Un bain ne serait pas du luxe. D'un autre côté, la perspective semblait tellement l'horrifier que Meg n'eut pas le cœur de l'abandonner.

— Non, my lord, je ne sortirai pas, mais pour ne pas offenser la décence, je me retournerai.

— Parfait ! approuva Gresham avec une jovialité qui ne lui ressemblait pas.

Il forçait cette gaieté pour Kieran, assurément, mais il ne fallait pas s'y tromper. Le message était clair. *Je suis le père, tu es l'enfant. Plus vite tu apprendras à obéir, plus facile sera ta vie.*

Une heure plus tard, les domestiques entrèrent à la queue leu leu avec leurs brocs d'eau chaude. Kieran eut beau protester et gémir pitoyablement, ils demeurèrent sourds à ses plaintes et repartirent en fermant la porte derrière eux, une fois leur mission accomplie.

Meg s'assit devant la cheminée où les flammes dansaient pendant que Gresham détachait l'insoumis.

— Jette ses habits au feu, ordonna-t-il à la jeune femme peu après, son souffle un peu haletant révélant qu'il luttait sans relâche contre un adversaire récalcitrant, mais sur le point d'être vaincu. Ils grouillent de vermine.

Meg obéit en prenant bien soin de ne pas se retourner. Suivit un nouveau duel qui se manifesta par des cris, des jurons, un grand *splash*, un bruit de bulles remontant à la surface. Puis plus rien.

Comme le silence se prolongeait, elle fit une brusque volte-face.

— Tu n'as pas…

Assis au bord de la baignoire, mouillé de la tête aux pieds, Gresham ressortit son fils de l'eau en le tirant par les cheveux.

— … noyé le petit trésor ? termina-t-il à sa place avec un sourire en coin. Non. Mais je t'avouerai que la tentation était grande.

Kieran lança un affreux juron qu'un enfant de son âge n'aurait jamais dû connaître. Ce nouveau méfait lui valut un second séjour sous l'eau. Meg se détourna. Un bouillonnement sonore précéda une inspiration bruyante puis un chapelet d'insultes qui furent accueillies par le rire de Gresham.

Un nouveau baptême se fit entendre. Quand Kieran fut remonté à la surface, il semblait enfin calmé. Il endura alors la séance de récurage que son père lui infligea dans un silence hostile. Quand Meg osa enfin se retourner, il se tenait debout à côté de la baignoire, enveloppé dans une serviette et frissonnant.

Il évoquait toujours un jeune animal sauvage, mais dompté cette fois.

— Va te réchauffer près du feu, lui ordonna Gresham sans douceur.

Meg crut pourtant déceler une pointe de tendresse dans sa voix, ainsi qu'une note de respect pour cet enfant indocile qu'il avait conçu avec une femme dont il ne gardait aucun souvenir.

Elle s'écarta pour le laisser profiter de la chaleur des flammes et contempla son beau visage encadré de boucles blondes.

— Si je meurs d'une fièvre, ce sera ta faute, grommela Kieran à l'intention de son père.

Gresham prit des vêtements à peu près propres dans les affaires de son fils et les lui mit dans les mains.

— J'en aurai peut-être quelques remords, concédat-il. Pour le moment, j'en suis encore à me demander si je n'aurais pas préféré que tu me forces à te noyer.

— Arrêtez! intervint Meg. Vous ne croyez pas que vous vous êtes suffisamment provoqués? À présent, serait-il possible d'avoir la paix, ne serait-ce que quelques instants?

Le père et le fils se fusillèrent mutuellement du regard.

— Où vais-je passer la nuit, mon cher père? s'enquit Kieran quand ses tremblements se furent à peu près calmés. Roulé à tes pieds, comme un chien?

Campé dans ses vêtements secs, il le défiait avec une arrogance souveraine.

— Dans ce fauteuil, répondit Gresham en lui indiquant celui où il était resté ligoté.

— Tu ne vas pas m'attacher de nouveau !

— Bien sûr que si. Si je ne le fais pas, tu te sauveras à la première occasion ou bien tu viendras m'égorger dans mon sommeil.

Il se posta près de la fenêtre, le pied posé sur une vieille malle en bois. Des bruits de pas dans l'escalier signalèrent l'arrivée des domestiques qui venaient apporter le repas et peut-être de l'eau chaude pour un autre bain. Meg s'approcha de Gresham et murmura :

— Tu ne peux pas lui imposer ça, il y a sûrement un autre moyen…

Kieran prit la parole sans laisser à son père le temps de s'exprimer.

— Je vous en prie, lady, n'essayez pas d'adoucir mon sort. Je n'attends aucune bonté de gens comme vous.

Gresham franchit la distance qui les séparait et empoigna de nouveau son fils. Les domestiques frappèrent à ce moment-là et Meg s'empressa d'aller ouvrir.

Allena et d'autres servantes firent leur entrée, les bras chargés de pain, de viande rôtie, de navets bouillis, de fromage et de vin.

Tandis qu'elles dressaient la table, alimentaient le feu et rinçaient la baignoire, Gresham et Kieran observèrent une trêve silencieuse. Cette fois, le garçon n'implora personne de le libérer. Il attendit patiemment.

Quand les domestiques se retirèrent après avoir ajouté un siège pour le jeune lord, le soir tombait.

Meg se mit à table. Elle mourait de faim et le dîner semblait savoureux. Kieran et son père l'imitèrent. Le gamin entreprit aussitôt de manger, le nez dans son assiette.

La nuit s'annonçait longue et difficile. Dès l'aube, ils reprendraient la route.

Meg jeta un regard de regret vers la baignoire. Quand aurait-elle de nouveau l'occasion de jouir d'un tel luxe ? En tout cas, elle ne se voyait pas en profiter une dernière fois avec Kieran pour spectateur.

Revenant au contenu de son plat, elle écrasa ses navets avec le dos de sa cuillère tout en pensant à Gabriella et à Elizabeth. Les larmes lui vinrent aux yeux. Elle sentit soudain le regard de Gresham sur elle.

— Que se passe-t-il ? s'inquiéta-t-il tendrement en reposant son verre de vin.

Se souciait-il autant d'elle qu'elle de lui ? se demanda-t-elle.

— Je me languis de mes sœurs, confessa-t-elle.

Kieran, qui dévorait littéralement le contenu de son assiette, s'interrompit, mais demeura penché en avant, tel un loup défendant sa proie des autres prédateurs.

Gresham posa sa main sur celle de Meg.

— Nous trouverons Gabriella en Cornouailles. Et puis, Prigg a promis de s'arrêter à Saint-Swithin et de s'enquérir d'Elizabeth. Il nous enverra un messager.

Ces paroles optimistes redonnèrent espoir à la jeune femme.

— Tu as donc renoncé à me confier au roi. Tu m'emmènes en Cornouailles ?

— Oui, nous allons tous en Cornouailles. Toi, moi et le gamin.

Kieran avait feint de ne pas écouter, mais il n'avait visiblement pas perdu un mot de leur échange.

— Je suis l'écuyer d'un chevalier qui répond au nom de Hugh Penshackle. Si tu m'emmènes, tu devras le payer en conséquence.

— Je connais les règles.

— Il devient méchant quand il boit trop de bière, continua Kieran qui semblait de meilleure composition maintenant qu'il avait le ventre plein. J'avais intérêt à me cacher quand il était pris de boisson.

Horrifiée, Meg allait prendre la parole quand Gresham l'en dissuada du regard.

— C'est ce qu'on m'a dit, répondit-il d'une voix neutre.

— Quand je serai grand, je lui casserai les dents! continua Kieran, ayant apparemment oublié qu'il s'adressait à des gens qu'il était censé mépriser.

Gresham avala une nouvelle gorgée de vin dans la coupe où ils s'étaient désaltérés tous les trois, comme le voulait l'usage.

— Ce sera inutile.

L'intérêt de l'enfant s'aiguisa. Sans même s'en rendre compte, il se redressa et scruta le visage de son père à la lumière du feu.

— Tu as parlé à Penshackle? s'étonna-t-il.

Gresham montra sa main, et Meg et son fils constatèrent que les jointures de ses doigts étaient tuméfiées.

— C'est lui qui devra se tenir hors de ma vue, à l'avenir. Ce n'est que justice, non?

Kieran cligna des yeux, comprenant soudain qu'il avait été vengé. Il détourna la tête pour cacher son émotion. Une seconde trop tard. Une barrière venait de céder entre le père et le fils. Il faudrait du temps pour qu'ils fassent la paix et se réconcilient, néanmoins, Meg ne put s'empêcher de voir là un encouragement.

— La violence n'est pas une solution, remarqua-t-elle cependant. Les sages résolvent les problèmes par la raison, pas avec leurs poings.

Kieran et Gresham dardèrent sur elle un regard identique.

— Penshackle n'entend pas la voix de la raison, rétorqua Kieran qui commençait à se détendre. J'ai toujours l'intention de lui flanquer une correction, quand je serai grand.

Au fond d'elle-même, Meg estimait que Penshackle n'avait eu que ce qu'il méritait mais elle ne put s'empêcher de faire appel à la morale.

— Quand tu seras grand, il sera vieux. Beaucoup plus vieux. Le combat ne sera pas équitable.

— Parce que vous croyez qu'il l'est aujourd'hui ? Ce n'est pas un combat que je veux, c'est une vengeance. Et je me vengerai, affirma-t-il en fixant son père.

Ses penchants belliqueux reprenaient déjà le dessus.

— C'est l'heure où j'aspire au repos, mon petit chevalier, et je dois dire que ton agressivité perpétuelle me fatigue. Si je ne m'étais pas donné tant de mal pour te baigner, je t'emmènerais au donjon retrouver ton ami le mime.

— Chiche ! Je préfère cent fois dormir en enfer avec Tangwyn qu'au paradis avec toi !

— Voilà précisément pourquoi tu resteras ici. Mais je crains de devoir te bâillonner si je veux avoir une chance de dormir un peu.

Kieran sembla prêt à cracher, comme il en avait l'habitude, mais est-ce le courage qui lui manqua ou le bon sens qui l'emporta ? Toujours est-il qu'il se ravisa.

— Personne n'est venu à mon secours ! Pourquoi ? se lamenta-t-il.

Il essayait de les amadouer, c'était évident. Pourtant, Meg se sentait désolée pour lui. Au fond, ce n'était qu'un enfant abandonné et maltraité.

— Penshackle est un homme de Lancaster, et le duc m'a adopté.

— Tu es mon fils, répliqua froidement Gresham. Tu resteras avec moi jusqu'à ce que j'aie décidé de ton sort.

— Cela ne te pose aucun problème de savoir que je te hais ? Que je te tuerai à la première occasion ?

— As-tu fini de manger ? s'enquit aimablement son père, feignant de n'avoir rien entendu.

— Oui, répondit Kieran d'un ton bougon.

Gresham repoussa sa chaise et se leva.

— Dans ce cas, il est temps que je te bâillonne.

15

Après une nuit guère reposante, la journée s'annonça glaciale sous un ciel chargé de neige.

Installée sur un Enoch renâclant et frissonnant, Meg songeait avec nostalgie à la chambre chaude, au lit douillet, à la baignoire de rêve qu'elle venait de quitter. Pourtant, elle se garda bien de se plaindre. Sa destinée, singulièrement liée à celle de Gresham, ne ressemblerait jamais à un long fleuve tranquille, avait-elle compris. Et pour suivre la route qu'ils avaient choisie, ils devraient surmonter bien des obstacles

Et puis, elle voulait revoir ses sœurs et elle ne reculerait devant rien pour y parvenir

L'ombre d'un sourire joua sur ses lèvres. N'aspirait-elle pas depuis toujours à une vie aventureuse ? Sur ce plan, elle était servie ! Elle se promit néanmoins de se montrer plus prudente à l'avenir et de ne désirer que des choses aussi simples que la chaleur et le confort, un foyer, des enfants, la paix et la santé, et l'homme qu'elle aimait pour mari.

Gresham s'approcha, chevauchant un grand hongre. Il la contempla avec beaucoup de tendresse et une pointe d'amusement, comme s'il devinait le cours qu'avaient pris ses pensées.

— Je te revaudrai ça, dit-il à mi-voix.

— Quand tu auras à te faire pardonner quelque chose, je t'en aviserai, répliqua-t-elle.

Il s'esclaffa et se pencha pour déposer un baiser sur ses lèvres.

— Malgré tous les péchés que j'ai commis, et ils doivent être nombreux, les anges m'ont accordé un présent inestimable en permettant à nos chemins de se croiser, Meg.

Plus près d'eux qu'ils ne le pensaient, Kieran éructa grossièrement. Enveloppé dans un épais manteau de laine, il se tenait à cheval avec une aisance déconcertante dans la mesure où il avait les mains liées au pommeau de sa selle.

— Sage commentaire venu du fruit de mes entrailles, commenta son père. La paternité procure vraiment des joies inestimables.

Kieran ne réagit pas. Pour l'heure, il ne pouvait rien faire mais il était clair qu'à la première occasion, de jour comme de nuit, il passerait à l'action, songea Meg.

— Arrête de te faire du mauvais sang, ma jolie lady, murmura Gresham à la jeune femme. Cet enfant est plein de hargne, c'est vrai, mais il a toujours ses dents de lait. Il est plus provocateur que dangereux.

Meg n'en était pas convaincue mais ce n'était ni le lieu ni le moment d'en débattre. Elle tint donc sa langue.

Le capitaine de la garde sortit de son abri et vint à leur rencontre. Tremblant de froid, il essaya de dissuader Gresham de prendre la route à cause de la neige qui promettait de tomber en abondance. Il leur faudrait pas moins de trois jours pour arriver chez le père de Gresham. Même Prigg, le shérif, pourtant intrépide, avait décidé d'attendre à Windsor que le temps s'améliore.

Gresham l'écouta poliment mais ne changea pas d'avis pour autant.

Il salua le capitaine et ses hommes, et la herse fut levée. Les cavaliers franchirent le pont de bois, les sabots de leurs montures résonnant bruyamment sur les planches.

Pour une fois, Enoch se laissait guider docilement. Il s'était pris de sympathie pour le hongre que le roi avait offert à Gresham et trottait allègrement à sa droite, tandis que Kieran chevauchait à sa gauche.

En plus de l'inconfort que promettait ce voyage, Meg entrevoyait un autre motif de contrariété : la présence de l'enfant rendrait toute intimité entre Gresham et elle impossible. La nuit dernière, ils n'avaient pu faire l'amour pour cette même raison et, déjà, son corps se languissait de ce plaisir intense qu'il était le seul à pouvoir lui procurer.

De surcroît, cette faim qui la dévorait l'emplissait de culpabilité, car elle lui semblait inconvenante chez une femme. Elle pensait jusqu'ici qu'elle était exclusivement réservée aux hommes. Elizabeth aurait certainement attribué ces penchants interdits à une intervention du diable.

Comme elle avait hâte de confier ce qu'elle ressentait pour Gresham à Gabriella ! Celle-ci l'aiderait certainement à y voir plus clair. Oui, elle donnerait très cher pour revoir sa jumelle, entendre sa voix, discuter avec elle, lui raconter ses aventures. Elle était même prête à endurer les assommants discours pieux d'Elizabeth !

Hélas, elle commençait à se demander si elle reverrait jamais ses sœurs, et à cette idée, elle sentait le désespoir l'envahir. Elle refoula les larmes qui lui brûlaient les yeux et s'efforça de penser à des choses plus gaies, de se montrer optimiste. C'est ainsi qu'elle fit le vœu de ne plus jamais se plaindre de quoi que ce soit si elle retrouvait ses sœurs chéries.

Tant bien que mal, ils progressaient, traversant des champs couverts de neige, des bois où Gresham sortait son épée et redoublait de vigilance.

Vers le milieu de la journée, un vent coupant se leva et la neige recommença à tomber. Ils s'arrêtèrent devant une grange. Non loin, le bâtiment qui abritait la ferme paraissait vide.

Meg frissonna au souvenir du village ravagé par la peste et Gresham descendit de cheval pour aller explorer l'intérieur de la grange avant de ressortir en déclarant qu'elle était habitable. Ils pénétrèrent dans cet abri inespéré qui sentait la paille et l'humidité.

Sedgewick les laissa là pour se rendre dans la chaumière voisine, redoutant d'y découvrir de nouvelles victimes de la peste.

Toujours aussi renfrogné, Kieran cracha par terre et jura pour manifester sa mauvaise humeur, au cas où elle n'aurait pas été assez flagrante...

— Arrête, Kieran. Je suis fatiguée, j'ai froid et je n'ai aucune envie de supporter tes jérémiades.

— Je ne cherche ni votre pitié ni votre soutien. Vous êtes sa complice dans ce crime, non ?

— Parce que tu trouves que c'est un crime de t'avoir arraché à ta condition d'écuyer d'un chevalier qui se conduisait comme une brute ?

Kieran se mura dans un silence hostile.

— Je t'en prie, ne te laisse pas aveugler par ton ressentiment. My lord t'a emmené de force parce que tu es son fils et que tu n'as pas eu la sagesse de le suivre de ton plein gré. Il espère faire la paix avec toi et aimerait te montrer le domaine qui sera un jour le tien. Je ne vois là rien qui justifie toute cette haine qui t'habite.

— Il me hait autant que je le hais.

Meg s'assit sur un vieux billot.

— Tu te trompes complètement. Gresham sait très bien que tu ne veux pas de son amour – seul un idiot ne s'en rendrait pas compte –, et pourtant il agit comme s'il n'en était rien.

Malgré la pénombre, Meg le vit rougir.

— Qu'est-ce que vous en savez, vous, une simple femme ? Et jeune, en plus.

— Quoi que tu dises, tu ne réussiras pas plus à provoquer ma colère que ma compassion, alors n'essaie même pas. En fait, si tu ne peux te montrer bien élevé, s'il te plaît, garde le silence.

Il fit un pas vers elle, un pas plus incertain que menaçant.

— Essayer de noyer son fils, lui attacher les mains, le laisser dormir assis sur une chaise, c'est une drôle de façon de lui prouver son amour, vous ne trouvez pas ?

— Tu ne lui as pas laissé le choix d'agir autrement, Kieran, tu le sais très bien. Je suis contre les châtiments corporels, mais si ton père te flanquait une bonne fessée, je ne lui donnerais pas tort. Tu es vraiment insupportable.

Il afficha une expression butée et Meg crut voir Gresham quand il était contrarié.

— Je n'ai pas l'intention de changer.

— Alors ne viens pas te plaindre.

— Je ne me plains pas, my lady, je veux seulement lui trancher la gorge.

— C'est ce que tu prétends, mais moi je sais qu'il y a du bon en toi, même si tu refuses de l'admettre. Jamais tu ne commettrais un acte aussi lâche, aussi indigne. C'est cet autre Kieran, le bon, qui t'a empêché de nous atteindre avec ton couteau, la première nuit. Permets à ce Kieran-là de remonter à la surface. Permets-lui de te guider.

Il se laissa lourdement tomber dans la paille, à ses pieds, et elle faillit lui caresser les cheveux, comme l'aurait fait une mère aimante ou une sœur aînée.

— J'ai besoin d'uriner, avoua-t-il misérablement.

Il ressemblait soudain à un petit enfant perdu et elle eut envie de le prendre dans ses bras. Si elle avait eu un couteau sur elle, elle l'aurait libéré de ses liens.

— Va le dire à ton père.

— Pour qu'il se moque de moi ?

— Non, il ne se moquera pas.

Il se releva tant bien que mal et toisa fièrement la jeune femme avant de sortir.

Elle entendit le père et le fils échanger quelques mots puis ils s'éloignèrent. Quand ils la rejoignirent, un peu plus tard, Kieran avait de nouveau les mains attachées, dans le dos cette fois, et Gresham les bras chargés de bois.

À son expression, elle devina qu'il n'avait rien découvert d'horrible dans la chaumière et elle en conçut un vif soulagement. Elle s'étonna toutefois qu'il ne leur propose pas d'aller y passer la nuit. Ils y seraient sûrement mieux installés.

— Il y a un ruisseau derrière la maison. Je vais voir si je trouve de quoi faire chauffer de l'eau pour que tu puisses te laver.

Meg l'aurait volontiers embrassé pour le remercier de cette délicate attention.

— Tu es gentil, merci.

— C'est un chien, rectifia Kieran.

— Mieux vaut être un chien en liberté qu'un blaireau en train de croupir dans un trou, rétorqua Meg sur le ton de la plaisanterie.

Kieran ouvrit la bouche pour répliquer, mais Gresham le réduisit au silence d'un regard capable de pétrifier un Viking. Il déposa ensuite le bois près de la fenêtre ouverte puis sortit chercher des pierres. Après avoir construit un foyer, il disposa de la paille pour faire partir le feu.

— Pourquoi est-ce qu'on dort ici, avec les chevaux, plutôt que dans la chaumière ? se décida à demander Kieran, au bout d'un moment.

— Toi, tu dormiras là-bas. My lady et moi nous installerons ici.

240

L'espace d'un instant, Kieran eut l'air affolé, et Meg comprit qu'il avait affreusement peur de passer la nuit seul, dans une maison inconnue et isolée. Mais il se ressaisit très vite et afficha un petit sourire narquois, si bien qu'elle dut se retenir pour ne pas le gifler, elle qui n'avait jamais levé la main sur quiconque.

D'un autre côté, elle s'efforçait d'ignorer la fièvre jubilatoire que la décision de Gresham venait de faire naître en elle.

— Je vois, lança insolemment le gosse. Tu as envie de la sauter !

Gresham fondit sur son fils à la vitesse de l'éclair, sans que Meg ait une chance de s'interposer. Il l'empoigna et le plaqua contre un pilier.

— Un mot de plus, Kieran, un seul, et je te flanque une correction que tu n'oublieras pas de sitôt ! siffla Gresham entre ses dents. C'est tout ce que tu mérites, espèce de butor !

Le garçon ne répondit pas, se contentant de défier son père du regard. Gresham le lâcha avec une poussée qui faillit lui faire perdre l'équilibre.

Kieran se mura alors dans un silence que ses compagnons apprécièrent, même s'il demeurait hostile.

Gresham prit Meg par la main et l'emmena jusqu'au ruisseau dont il avait parlé. Ce leur fut un soulagement de se retrouver loin de cet enfant insoumis, même pour un court moment.

Dehors, un silence ouaté régnait sur la blancheur immaculée. Seuls les cris des animaux de la forêt leur parvenaient par intermittence. L'air était glacé mais pur, dépourvu de toute odeur animale ou humaine.

Près du cours d'eau se trouvait un petit bassin complètement gelé. À l'aide de son couteau, Gresham fit un trou dans la glace et ils découvrirent des poissons qui semblaient engourdis par le froid. Avec dextérité, il en attrapa trois qu'il tua d'un coup sec avant de les nettoyer sur la rive. Il les enfila ensuite sur une badine puis se lava les mains.

— Nous devons, hélas, aller retrouver mon adorable bambin dans la grange. Nous sommes des proies trop faciles, ici, tout comme ces poissons.

Meg glissa le bras sous le sien.

— Il a peur de passer la nuit seul dans la chaumière.

— Peur ? Ce petit morveux n'a peur de rien.

— Je l'ai vu dans ses yeux, Gresham. Il est terrifié.

— Il n'a aucune raison de l'être. Nous serons tout près. Il lui suffira d'appeler pour que je l'entende, et ce sale gosse doit bien savoir que je volerai à son secours à la moindre alerte, même s'il ne pense qu'à me trancher la gorge.

— Kieran a besoin de savoir si tu l'aimes, Gresham. Aussi contradictoire que cela puisse paraître, c'est pour cette raison qu'il te provoque sans cesse. S'il se montrait docile, tu le supporterais – tout le monde supporte les enfants dociles. C'est en se rendant insupportable qu'il saura si tu éprouves quelque chose pour lui. Il te met à l'épreuve.

Gresham fronça les sourcils.

— Je crains d'avoir commis une erreur en le malmenant comme je viens de le faire.

Meg s'écarta de lui, tendit les bras et se mit à virevolter sous la neige, comme lorsqu'elle était enfant.

— Tu te trompes, my lord. Il *veut* que tu le corriges. C'est pour lui le seul moyen de s'assurer que ce qu'il dit ou fait ne te laisse pas indifférent. Et ça marche !

Gresham la dévisagea sans comprendre.

— Pourquoi cela ne lui suffit-il pas, dans ce cas ? À me pousser ainsi à bout, un de ces jours, je vais finir par le fouetter.

— Il préférerait cela plutôt que de te voir l'ignorer ou, pire, l'abandonner. Je pense que c'est ce qu'il craint par-dessus tout.

Elle s'efforça d'oublier momentanément ses propres désirs et ajouta :

— S'il te plaît, ne le laisse pas dormir seul dans cette maison. Il ne t'avouera jamais qu'il a peur.

Gresham parut chagriné.

— Comment vais-je pouvoir te faire l'amour ?

Elle lui reprit le bras et posa la tête sur son épaule.

— Ce petit voyou avait donc raison : tu ne penses qu'à ça...

— Deux nuits, c'est trop long, Meg.

Elle se planta devant lui et se haussa sur la pointe des pieds pour l'embrasser.

— C'est interminable, rectifia-t-elle. Insupportable, pour moi aussi. J'ai un aveu à te faire : je crois que j'ai un tempérament de dévergondée.

Gresham se mit à rire, jeta les poissons dans la neige et prit la jeune femme par la taille.

— Adorablement dévergondée. Tu me rends fou, murmura-t-il avant de s'emparer de ses lèvres en un baiser brûlant.

Dieu sait comment elle trouva la force de le repousser. Non qu'elle n'eût pas envie de lui. Au contraire. S'il continuait à l'embrasser de la sorte, elle allait relever ses jupes et s'offrir à lui, ici même, dans la neige.

— Viens dans la maison, dit-il d'une voix rauque. Laisse-moi t'aimer.

Meg acquiesça avec empressement, sans oublier pour autant de ramasser les poissons. L'amour ouvrait l'appétit et ils auraient faim après.

L'intérieur de la chaumière était à peine plus accueillant que la grange. Il y avait un lit en corde sans même une paillasse, un trou servant de foyer au centre de l'unique pièce et un pichet en argile abandonné par terre et recouvert de toiles d'araignée.

— Où ceux qui vivaient ici ont-ils bien pu aller ? s'étonna Meg.

Gresham lui ôta la brochette de poissons des mains, la posa près du foyer et ôta son manteau qu'il étendit sur le lit. Il revint ensuite chercher la jeune femme et la souleva dans ses bras. Avant de répondre à sa question, il prit le temps de capturer à nouveau ses lèvres en un doux baiser.

— Je ne sais pas, mais je suis bien content qu'ils ne soient pas là pour me voir te déshabiller, t'embrasser partout et m'enfouir en toi.

Tremblant de désir, et certainement pas de timidité, elle murmura :

— J'ai peur que tu ne me fasses crier de plaisir.

Il rit doucement et l'étendit sur leur couche de fortune près de laquelle il s'agenouilla pour remonter ses jupes, dénudant ses longues jambes.

— Crie autant que tu veux, my lady. Personne ne viendra à ton secours.

Il se pencha et posa ses lèvres humides et chaudes sur ses genoux, l'un après l'autre, lui arrachant un doux gémissement d'anticipation.

— Viens, maintenant... le supplia-t-elle. Je t'en prie, je ne peux plus attendre...

Au lieu de s'exécuter, il entreprit d'embrasser ses cuisses blanches et fermes, tout en les caressant du bout des doigts.

— Patience, ma petite lady. J'ai l'intention de te savourer d'abord. De te déguster en prenant mon temps.

Sa main remonta par touches légères jusqu'au creux de son ventre. Meg émit alors un son qui ne pouvait être interprété que comme une invitation à poursuivre son exploration.

Il dénuda alors le triangle sombre, le contempla avec émoi avant d'y glisser les doigts. Avec le majeur, il frotta doucement la chair tendre et moite qui s'y cachait, s'interrompant, reprenant. Meg était en feu. Soudain, il insinua deux doigts en elle tandis que son pouce continuait la petite valse sur la crête dure et sensible, entre les boucles. Meg s'arc-bouta sur le lit en poussant une sorte de feulement.

— Chut... fit-il en découvrant son ventre où il posa les lèvres.

Sa langue y dessina une série de motifs tandis que sa main poursuivait sans relâche son exquise torture entre ses cuisses. La fièvre montait en elle, irrépressible.

— Si tu commences à crier maintenant, qu'est-ce que ce sera quand tu atteindras le sommet ?

— Gresham... je t'en prie... viens... l'implora-t-elle d'une voix méconnaissable.

Mais il n'était pas disposé à satisfaire sur-le-champ à sa requête, et continua d'embrasser le ventre frémissant de désir tandis que ses doigts allaient et venaient en elle, de plus en vite.

De plus en plus profondément. Là où palpitait ce désir brûlant qui la consumait littéralement. Quelques pressions rapides en cet endroit secret et la jouissance exploserait. Se répandrait partout. D'abord dans son ventre puis dans tout son corps. Tel un raz-de-marée magique. Mais pas tout de suite. Non...

— Viens... s'il te plaît...

— Oui, oui, bientôt... promit-il en délaçant son corsage de sa main libre.

Une fois sa poitrine dénudée, il en admira un instant la beauté, hésitant à dessein sur le sort qu'il allait lui réserver. Il opta pour un baiser, mais un baiser... appuyé, où il mordilla la pointe durcie. Sa langue prit ensuite le relais de ses dents, titillant, agaçant. Puis, avec un grognement étouffé, il s'empara de son sein à pleine bouche et le suça ardemment. Goulûment.

Éperdue, jambes ouvertes, Meg ondulait sur le lit qui craquait bruyamment tel le gréement d'un bateau ballotté sur un océan en furie. Haletante, elle cher-cha son souffle, le retint, le retint... puis le plaisir jaillit, telle une gerbe de feu concentrée au plus secret de son corps avant d'exploser dans une apothéose de délices inouïes.

Hébétée, elle demeura étendue là, sans force, un sourire béat aux lèvres, tandis que Gresham se désha-billait. Il s'allongea sur elle, la prit tendrement dans ses bras, puis, tout en lui murmurant des mots d'amour, entra en elle d'une seule poussée.

Meg émergea aussitôt de cette voluptueuse léthar-gie dans laquelle elle avait provisoirement sombré. La passion fusa de nouveau en elle, plus violente encore, tandis qu'elle s'accrochait à lui, enroulait les jambes autour de ses reins, afin qu'il la pénètre plus profondément. Pendant qu'ils ondulaient au même rythme de plus en plus frénétique, elle le mordit dans le cou, à l'épaule, au torse, partout où elle pou-vait.

À l'issue de ce corps à corps sauvage, la tempête les emporta dans un tourbillon si vertigineux qu'ils perdirent pied, criant leur plaisir bouche contre bouche. En cet instant de félicité suprême, de fusion totale, ils n'étaient plus qu'un, un seul corps, une seule âme. Peu à peu, le feu ardent qui les incendiait s'apaisa et ils redescendirent sur terre, toujours étroitement enchevêtrés.

— Tu seras ma femme, Meg. Pour de bon, lui mur-mura-t-il au creux de l'oreille lorsqu'il eut repris son souffle. Quoi que nous trouvions à Sedgewick, quoi que nous apprenions là-bas, je ne me séparerai pas de toi. *Jamais.*

Cet aveu la combla d'un bonheur où se mêlait une certaine appréhension. Elle n'avait qu'un désir: l'épouser, vivre à ses côtés pour le restant de ses jours. Mais le futur de Gresham – tout comme le sien, à elle – s'avérait tout aussi mystérieux que son passé.

Avant de se marier, ils avaient tous deux une quête à mener à bien. Celle de Meg consistait à retrouver ses sœurs.

— Je dois savoir ce que sont devenues Gabriella et Elizabeth. Je ne connaîtrai pas la paix tant que je demeurerai dans l'ignorance.

Il hocha la tête, le visage grave.

— Je sais.

Elle écarta une mèche qui lui barrait le front et, tandis que la nuit tombait, se prit à rêver d'un enfant aux cheveux blonds et bouclés, aux yeux si bleus que le simple fait de les regarder vous faisait battre le cœur.

— Tu n'as aucun souvenir de ton père ? lui demanda-t-elle doucement.

— Non, hélas.

Elle ne fut pas surprise de sa réponse, car elle se doutait bien que s'il en avait eu, il les aurait partagés avec elle.

— J'ai bien peur de ne jamais retrouver la mémoire, Meg. Aussi loin que je me souvienne, ma vie a commencé le jour où j'ai ouvert les yeux, dans le potager de Saint-Swithin, et que je t'ai vue, penchée sur moi.

Il baissa la tête pour lui mordiller le cou.

— Dans un sens, cela me convient de ne pas avoir existé avant toi.

— Et pourtant, tu étais un soldat, tu combattais aux côtés de ton ami Morgan Chalstrey. Tu as un père, le comte de Sedgewick, ainsi qu'un fils. Que tu te les rappelles ou non, tu leur dois quelque chose, surtout à Kieran.

Gresham appuya son front contre le sien et elle sentit son souffle tiède contre sa joue.

— Oui, Kieran… Il y a de fortes chances pour qu'il soit loin, à l'heure qu'il est. Je vais devoir aller à sa recherche et le ramener avant qu'il ne meure de froid ou que les loups ne le dévorent.

— Et avant de partir, il aura sûrement mis le feu à la grange, histoire de compliquer les choses, ajouta-t-elle en riant.

Il s'écarta d'elle à regret et se leva pour se rhabiller. Meg n'eut qu'à rajuster sa tenue. Elle n'en éprouva aucune honte. En présence de l'homme qu'elle aimait, elle se sentait femme et maîtresse avant d'être une dame. Et elle espérait qu'il en serait toujours ainsi.

Il secoua sa cape et l'enfila après avoir enveloppé Meg dans la sienne. D'un geste tendre, elle resserra son col et son cœur tressaillit dans sa poitrine lorsqu'il plongea son regard d'azur dans le sien.

— Prends les poissons, ma douce lady. L'amour creuse l'appétit.

Elle rougit de plaisir et répliqua hardiment :

— Je me passerais volontiers de dîner pour refaire de nouveau l'amour avec toi, Gresham. Ici même, sur-le-champ.

Il éclata de rire et la poussa doucement vers la porte.

— Allons, va allumer le feu, petite diablesse. Tu veux ma mort ?

Elle tâtonna derrière elle, et sa main rencontra son sexe durci sous le pourpoint.

— Hypocrite, le taquina-t-elle. Tu es prêt à recommencer.

— C'est vrai, mais d'autres devoirs m'appellent.

Une fois dehors, Meg se dirigea vers la grange à peine visible dans la pénombre.

— Elle est toujours debout, constata-t-elle.

— Oui, mais je me demande ce que ce garnement a bien pu mijoter en notre absence.

Contre toute attente, Kieran ne semblait pas leur avoir préparé de mauvais tour. Sagement assis près du feu, il tourna la tête à leur entrée avec une expression de profond soulagement qu'il se hâta de dissimuler sous son masque insolent coutumier.

Son petit sourire moqueur en disait long sur ce qu'il pensait de leur absence mais il se garda de tout commentaire déplacé. La patience de son père avait des limites, il l'avait bien compris.

Feignant de ne pas remarquer ce petit air narquois de celui qui savait parfaitement ce qu'ils venaient de faire, Meg entreprit de ranimer le feu et de dérouler les couvertures pendant que Gresham embrochait les poissons. Quand ils furent dorés à point, il libéra les poignets de son fils et ne le rattacha pas après le dîner.

16

Une nouvelle journée de voyage s'écoula sous la neige. Bien que silencieux et renfrogné, Kieran se tint tranquille et Gresham n'eut pas à le rattacher. Meg s'appliqua à ignorer les regards sournois que le gamin lui lançait subrepticement dès qu'il en avait l'occasion. Elle était une femme adulte et ne se laisserait sûrement pas impressionner par un morveux, décida-t-elle.

Ils passèrent la deuxième nuit dans la salle commune d'une auberge bondée et dormirent tous les trois sous une longue table à tréteaux, Meg entre le père et le fils. À aucun moment Gresham ne montra l'inquiétude que leurs voisins lui inspiraient, mais sans mot dire, il rendit son couteau à Kieran.

Le lendemain, aux premières lueurs de l'aube, ils quittèrent ces lieux malsains. Après avoir récupéré leurs montures à l'écurie, ils reprirent la route dans un froid vif mais sous un ciel bleu où brillait un soleil aveuglant.

À aucun moment Gresham ne relâcha sa vigilance. Il ne récupéra pas non plus le couteau qu'il avait rendu à son fils, bien que ce dernier n'eût pas changé d'attitude à leur égard et parût prêt à le leur enfoncer entre les côtes à la première occasion.

À la tombée de la nuit, ils abordèrent les faubourgs de Londres. Gresham se renseigna dans une taverne et loua des chambres dans une maison au confort acceptable. Il n'y avait pas de baignoire mais de l'eau et du savon, des lits propres et une nourriture convenable.

De plus, Kieran dormit dans une chambre contiguë, ce qui permit à Gresham et à Meg de faire l'amour en toute quiétude, en prenant garde toutefois d'étouffer leurs cris de plaisir. Ces moments d'extase revêtaient une gravité presque solennelle, car ils célébraient autant l'union de leur corps que celle de leurs âmes.

Cette nuit-là, étendue près de lui dans l'obscurité, après avoir atteint de nouveaux sommets dans la jouissance, Meg se sentit envahie par la tristesse. Elle voulait passer le reste de sa vie auprès de cet homme mais elle se doutait confusément que le destin ne se montrerait pas aussi conciliant qu'elle le souhaitait.

— À quoi penses-tu? lui demanda-t-il, la respiration toujours irrégulière et la voix rauque.

— À tes qualités d'amant incomparable.

— Et quoi d'autre? insista-t-il, fine mouche.

— Je pense à mes sœurs, Gresham. Jour et nuit. Peu importe la distance qui nous sépare, c'est comme si un lien invisible mais indestructible nous unissait.

Il glissa un bras autour d'elle, l'attira contre lui et lui baisa le front. Il ne dit rien, mais il savait, tout comme elle, que leurs quêtes mutuelles les amèneraient inévitablement à suivre des chemins différents. Et ce dans un proche avenir.

— Meg, le roi… commença-t-il avant de s'interrompre.

— Oui? Le roi?

Il roula sur le côté et s'empara de ses lèvres. Les mots viendraient plus tard, après les baisers.

Au matin, lorsque Meg frappa à la porte de la chambre de Kieran, elle s'attendait à la trouver vide. Mais non. Il était là. Dans son lit. À peine réveillé. Il s'habilla sans se faire prier, n'oubliant pas de se munir du couteau auquel il tenait tant.

À la grande déception de Meg ils contournèrent la célèbre cité et continuèrent leur chemin sans prendre le temps de la visiter. Le danger de la peste n'était pas écarté et ils avaient intérêt à éviter les concentrations humaines.

Ils atteignirent le domaine de Sedgewick en début d'après-midi.

Le cœur de Meg se mit à battre plus vite quand elle découvrit l'immense étendue de terres vallonnées. Des murs épais les entouraient, à l'intérieur desquels on distinguait des clochers, des vergers. Près du château, un impressionnant édifice en pierre blanche, on apercevait un village visiblement prospère.

Gresham arrêta sa monture à sa hauteur et lui pressa la main en un geste rassurant. Comme elle, il ignorait l'accueil qu'on leur réserverait. De son côté, Kieran contemplait le domaine, dressé sur ses étriers. Son expression demeurait indéchiffrable, mais on le devinait curieux, peut-être même impatient.

Meg se laissa aller un instant contre Gresham. Elle éprouvait l'étrange impression d'être arrivée à bon port, là où elle avait toujours rêvé de vivre. Si les circonstances avaient été autres, elle se serait volontiers arrêtée ici afin d'y bâtir sa vie avec Gresham…

Chassant tant bien que mal la mélancolie qui s'emparait d'elle, elle prit la tête de leur petit groupe.

Il n'y avait pas de douves à franchir pour entrer dans Sedgewick mais les gardes veillaient dans les tours. Les herses se levèrent à leur approche et quelques cavaliers portant les armes noir et or du comte virent à leur rencontre.

Leur chef, un homme aux cheveux roux et aux yeux gris pétillants, considéra Gresham avec une franche surprise.

— My lord? lâcha-t-il, incrédule.

Gresham se tenait droit et fier sur son cheval, mais le cœur de Meg se serra quand elle comprit qu'il ne reconnaissait ni le capitaine ni le château. Il se contenta d'incliner la tête pour le saluer.

Le regard de l'homme se posa sur Meg et s'attarda sur Kieran.

— My lord, en regardant cet enfant, j'ai l'impression de vous voir quand vous étiez en Cornouailles avec Chalstrey!

Kieran frémit imperceptiblement sur sa selle.

— Oui, dit enfin Gresham. C'est mon fils, Kieran. Le futur comte, si toutefois il se montre digne du titre. Il vient faire la connaissance de son grand-père.

Derrière le capitaine, les soldats échangèrent des regards mais aucun d'entre eux ne se risqua à prononcer un mot. C'était un privilège qui revenait à leur chef.

— Et cette noble dame? s'enquit ce dernier.

— Meg Redclift, répondit Gresham. Ma future femme. J'espère l'épouser avant que nous repartions.

C'est en prononçant ces paroles qu'il parut redevenir lui-même et non plus un étranger parmi d'autres étrangers.

— Le comte sera heureux d'apprendre que vous avez finalement décidé de vous ranger, se permit de remarquer le capitaine. Suivez-moi, je vais vous conduire à lui.

— Faites-le d'abord prévenir, suggéra Gresham. Mon père est trop vieux pour qu'on lui inflige de telles surprises.

Il avança à ses côtés, suivi par Meg et Kieran. Les soldats fermaient la marche, ce qui laissa à la jeune femme la désagréable impression d'être aux arrêts.

Le capitaine s'esclaffa joyeusement.

— Des surprises, dites-vous ? My lord, le comte vit dans la partie la plus haute du château. Il vous aura vus approcher bien avant nous.

Il observa ensuite Gresham avec une attention accrue.

— Vous ne vous souvenez peut-être pas de nous, my lord, mais nous nous souvenons de vous, reprit-il.

Gresham serra les dents, songeant que le capitaine ne soupçonnait certainement pas l'ironie de ses propos.

Ils franchirent les grilles et s'engagèrent dans une allée bordée de pommiers aux branches nues. Ils atteignaient le village quand un homme, frissonnant dans sa livrée de domestique, accourut vers eux. Il offrait un spectacle comique avec ses longs membres maigres et sa mine lugubre.

— My lord, haleta-t-il, tout rouge d'avoir couru. My lord, monsieur le comte va vous recevoir immédiatement dans ses appartements. Seul. Il verra aussi le petit et la dame, bien sûr, mais plus tard.

L'expression de Gresham se durcit, il hocha cependant la tête en signe d'acquiescement. Apparemment, son corps se souvenait intuitivement de la manière de se comporter pour répondre au comte, quand bien même son esprit demeurait dans l'obscurité.

Tremblant, le souffle court, le domestique trottina près du cheval de Gresham. Il ne semblait ni avenant ni hostile.

— Monsieur le comte aimerait savoir qui sont la dame et le garçon.

Il s'exprimait comme si Meg et Kieran n'étaient pas là, ce que celle-ci trouva fort déplaisant.

— Je suis accompagné par lady Redclift, répondit patiemment Gresham. Et le garçon est mon fils, Kieran.

Le serviteur écarquilla les yeux, comme le capitaine, un peu plus tôt. Ce dernier précéda le petit groupe et fendit la foule des villageois qui s'étaient rassemblés, intrigués par l'arrivée de ces visiteurs inattendus.

Peu de voyageurs devaient être admis à l'intérieur de cette enceinte en ces temps où la peste menaçait, devina Meg. Peut-être le vieux comte attendait-il depuis longtemps le retour de son fils, afin de se réconcilier définitivement avec lui ?

Fatiguée, transie, elle se prit à rêver d'appartements confortables, de cheminées où crépitaient de belles flambées, de bains chauds et parfumés, de copieux repas...

Les portes de l'immense château étaient dignes de celles d'une cathédrale. Une seule fut ouverte, et encore, juste ce qu'il fallait pour permettre aux visiteurs de pénétrer à l'intérieur.

Gresham mit pied à terre puis aida Meg à descendre de sa monture. Il lui serra brièvement les mains sans mot dire.

— Veillez à ce que my lady soit confortablement installée, ordonna-t-il à la femme de chambre rondelette qui attendait dans le hall. Elle a eu très froid et je pense qu'elle a faim. Mon fils aussi, d'ailleurs.

— Oui, my lord, répondit la femme en s'inclinant. Emmenez le jeune lord aux cuisines, lança-t-elle à une servante qui se tenait à son côté.

Puis elle se tourna vers Meg, un sourire nerveux aux lèvres.

— Si vous voulez bien me suivre, my lady ? Vous pourrez vous reposer dans les appartements de my lord. Les draps ont déjà été changés et des joncs tout frais recouvrent le sol.

— Auriez-vous des fruits ? Une pomme, peut-être ? hasarda Meg qui se sentait de nouveau une invitée et non plus une prisonnière, à présent que le capitaine et ses hommes s'en étaient retournés.

Gresham sourit avant d'emboîter le pas au majordome qui le conduisait à ce père dont il ne gardait aucun souvenir.

Meg lui adressa des vœux silencieux puis reporta son attention sur la domestique.

— J'aimerais aussi un peu de vin chaud.

— Bien, my lady. J'apporterai des épices, si vous souhaitez en ajouter.

— Merci, fit Meg en s'attardant devant un immense feu de cheminée qui éclairait à lui seul presque tout le hall. Dites-moi…

— Tallie, my lady. Pour vous servir.

— Très bien, Tallie. Quel genre d'homme est le comte ?

La femme se signa et leva les yeux au ciel.

— Vous le découvrirez par vous-même bien assez tôt. Le comte et son fils se ressemblent beaucoup, et leurs rencontres provoquent souvent des… étincelles.

Meg la suivit dans un escalier de pierre polie par les ans.

— Et lady Sedgewick ? Comment est-elle ?

La femme se retourna, les yeux pleins de larmes.

— C'était un ange. Elle a rejoint sa dernière demeure alors que my lord n'était qu'un bébé. C'est d'elle que le jeune Sedgewick a hérité sa beauté, milady.

— Vous l'avez bien connue ?

— Je l'ai vue mais j'étais une toute petite fille à l'époque. Ma mère, Dieu ait son âme, était sa femme de chambre. Oui, madame la comtesse était un ange. Toujours souriante, elle chantait en toutes circonstances. Et comme elle aimait son petit ! Ah, mon Dieu ! Le maître a failli devenir fou quand elle est morte. C'est à ce moment-là que les choses ont commencé à se gâter entre le père et le fils, si vous voulez mon avis.

Elles se trouvaient à l'étage et la servante précéda Meg dans un couloir éclaboussé de soleil.

— Tout le monde aimait my lady. Si vous saviez comme on l'a pleurée, quand elle nous a quittés ! Peu après, le jeune lord, Gresham, a été placé à Edge-field, chez les Chalstrey, en Cornouailles. Il nous a bien manqué lui aussi, mais le comte avait pris la décision de l'éloigner parce qu'il ne supportait plus sa vue. Il disait qu'il lui rappelait trop sa mère, à cause de leur ressemblance. Personne n'a réussi à le faire changer d'avis, et ce n'est pas faute d'avoir essayé !

Cette histoire attrista la jeune femme. Gresham serait peiné lui aussi d'évoquer des souvenirs aussi douloureux, quand la mémoire lui reviendrait. Elle se demanda s'il avait souffert de quitter le château ou s'il avait été soulagé de fuir un père accablé par le chagrin et probablement tyrannique. Et comment ces gens, les Chalstrey, l'avaient-ils élevé ? Quelles valeurs lui avaient-ils inculquées ?

Tallie papotait toujours quand elles parvinrent au bout du couloir. Elle poussa une porte qui ouvrait sur une pièce où de nombreuses domestiques s'activaient en bavardant fébrilement. Les spéculations allaient bon train : « Le jeune lord est de retour alors que le comte l'avait mis dehors définitivement. Cela promet ! » « Et cette femme avec lui... elle est si jeune, presque encore une enfant. » « Une femme légère, sans aucun doute... »

Tallie pénétra dans la chambre bruyamment et le silence se fit d'un coup. Quand les servantes découvrirent Meg, elles demeurèrent interdites. La jeune femme leur accorda un sourire d'indulgence hautaine.

— Retournez à vos tâches, ordonna Tallie. Excepté toi, Mary Jane Wheeler. Cours à la chapelle pour demander pardon au Seigneur d'avoir la langue si bien pendue !

Penaude, la fille obéit sans regimber tandis que les autres, trois femmes et une fillette de l'âge de Kieran, s'activaient de nouveau.

Dans un coin de la vaste pièce se dressait une vieille baignoire en cuivre. Meg s'en approcha, l'inspecta et saisit les bords pour tenter de la rapprocher du feu.

— Non, my lady ! s'exclama Tallie. Benj ici présent va s'en charger. Jessamyn, tu n'as pas encore fini de faire ce lit ? Cours donc aux cuisines commander de l'eau chaude en quantité pour la chambre du jeune maître.

Tallie fit claquer sa langue avant d'ajouter :

— À votre place, my lady, je ne me baignerais pas avant le printemps, il fait bien trop froid ! Vous pourriez attraper la mort.

Meg réprima un sourire amusé.

— Ne vous inquiétez pas pour moi, Tallie. Je suis de constitution solide.

La femme de chambre secoua la tête d'un air impuissant.

— Jessamyn ! Je ne viens pas de t'envoyer aux cuisines ? File !

La fillette, âgée de dix ans tout au plus, s'en fut aussitôt, les autres sur ses talons. Seules Tallie et Meg restèrent dans la chambre.

C'était une pièce ensoleillée et luxueuse, pourvue de fenêtres aux vitres épaisses et d'un lit imposant dont les draps étaient d'une blancheur telle qu'ils auraient souffert la comparaison avec la neige vierge. Meg ne put s'empêcher de rougir en songeant à ce que Gresham et elle feraient entre ces draps, pas plus tard que cette nuit. Son trouble n'échappa à Tallie.

— Il serait temps que de la jeunesse égaie un peu ce château, my lady. Vous êtes du genre à porter une flopée d'enfants, je crois bien. Oui… vous survivrez peut-être au bain, tout compte fait.

— Si ce n'est pas le cas, au moins je serai propre! plaisanta Meg.

Elle songea au plaisir que ses sœurs auraient eu à partager ce luxe avec elle.

— Pensez-vous que le jeune lord Sedgewick sera le bienvenu ici?

Tallie, qui s'apprêtait à ouvrir la porte, pivota sur ses talons.

— Monsieur le comte a prié sans relâche pour que ce jour arrive, my lady, et le Seigneur a fini par l'entendre. Il ne nous reste plus qu'à attendre de voir quel tour vont prendre ces retrouvailles.

Sur ces paroles sibyllines, Tallie quitta la pièce.

Avant d'entrer dans la chambre du vieux comte, Gresham connut un bref instant de panique. Quel accueil allait lui réserver cet homme – son père – dont il ne se souvenait aucunement? Cet homme qui, selon le roi, avait rompu tout lien avec lui?

Si tel était le cas, pourquoi imaginer qu'il l'accueillerait à bras ouverts aujourd'hui?

Le majordome, qui lui avait dit s'appeler Haggin en s'étonnant de s'entendre poser la question, frappa doucement au battant ouvragé d'une immense double porte.

— Entrez! répondit une voix impérieuse.

Quand Haggin ouvrit, Gresham surmonta son appréhension et franchit le seuil sans l'ombre d'une hésitation.

Son père était allongé dans un lit gigantesque recouvert d'édredons de satin blanc et vert, et de plaids de velours. Il portait un bonnet de nuit en soie bleue, garni de glands dorés. Son visage marqué par le temps n'en demeurait pas moins d'une noblesse tout aristocratique. Tout comme ceux de Gresham, ses yeux bleus semblaient capables de sonder les secrets les plus profondément enfouis dans les replis de l'âme.

Comment oublier un homme pareil ? se demanda Gresham. Pourtant, il avait l'impression de le rencontrer pour la première fois. Il s'approcha du somptueux lit.

— Tu es revenu.

— Oui.

— Pourquoi ?

Estimant que ces retrouvailles devaient rester privées, Gresham jeta un coup d'œil appuyé à Haggin.

— Laisse-nous, Haggin, dit le vieux comte à son majordome. Je souhaite parler avec mon... avec notre visiteur en tête à tête.

Haggin s'inclina brièvement avant de se retirer.

— Qu'est-ce que tu veux ? enchaîna le comte.

Gresham sentit ses poils se hérisser. Il attribua cette réaction à l'attitude du vieil homme, mais son instinct lui soufflait qu'il y avait autre chose. Si l'impolitesse suffisait à le blesser, Kieran aurait réussi depuis longtemps.

— J'ai été frappé au crâne par une... par un brigand.

Pour rien au monde il n'aurait avoué que son assaillant était une religieuse...

— Ce choc a provoqué une perte de mémoire. J'ai oublié tout ce qui s'est passé avant ce moment. Je suis venu vous demander qui je suis.

— Rien de plus facile à résumer. Tu es un bon à rien et un ivrogne, un coureur de jupons, sans doute aussi un voleur et un meurtrier. Quand je t'ai chassé de cette maison, ce n'était pas pour te revoir un jour.

Il fallut un moment à Gresham pour digérer ces paroles. Bien qu'il n'ait aucun souvenir de son père, ses accusations le blessaient profondément.

— Ce que vous avancez est peut-être vrai, admit-il. Je ne peux le nier puisque je ne me souviens de rien. Dites-moi ce que vous savez de moi ou, simplement ce que vous pensez de moi, et je repartirai définitivement.

Le comte appuya la tête contre les oreillers.

— Tu n'as emmené le petit que pour obtenir ces informations ? Je ne permettrai pas que tu repartes avec lui, tu aurais dû t'en douter. Il est l'héritier que j'ai désigné, non ?

— Pardonnez-moi, my lord, mais vous n'êtes pas de taille à vous mesurer à un gamin comme Kieran. Cet enfant est un vrai démon.

Un muscle tressauta sur la joue du vieil homme.

— Il peut être encore sauvé. Et cette femme ? Qui est-ce ? Elle est vraiment très belle, et très jeune aussi. Tu l'as épousée ?

— Pas encore.

Le comte sourit mais sa jubilation n'avait rien de paternelle.

— Elle est enceinte ?

— C'est possible, admit Gresham, soudain honteux d'avoir succombé à son désir sans attendre d'avoir reçu la bénédiction du clergé.

— Je vois. Tu l'aimes ?

Gresham détourna le regard avant de soupirer.

— Je ne sais pas, confessa-t-il, sachant que ce n'était pas ce que son père avait envie d'entendre.

Quoique... sachant ce qu'il pensait de lui, il devait se soucier de ses sentiments comme d'une guigne.

— C'est une femme courageuse, profondément généreuse et bonne, continua-t-il. Elle ne mérite que respect et tendresse, alors si vous voulez vider votre sac, n'oubliez pas que la cible, c'est moi, pas elle. En aucun cas.

Sedgewick père haussa un sourcil.

— Je te reconnais bien là. Tu as toujours eu l'art de répondre indirectement à des questions directes. Je pense que tu l'aimes, mais que tu répugnes à l'admettre. Ne t'inquiète pas pour elle, elle n'encourra pas ma colère. J'étais à la fenêtre quand vous êtes arrivés. C'est une créature magnifique et elle monte ce mulet comme si elle n'avait fait que cela toute sa vie. Cependant, elle doit être un peu folle pour avoir choisi un homme tel que toi.

Le vieil homme fronça soudain les sourcils en plissant les yeux.

— Approche, que je te voie de près.

Gresham fit un pas vers son père, puis un autre. En cet instant, il avait l'impression d'être aussi jeune que Kieran, et aussi vulnérable.

— J'ai changé, mon seigneur ?

— Probablement pas. Quoique… tu sembles avoir perdu cette impudence qui me donnait toujours envie de te frotter les oreilles.

— Vous l'avez fait ?

— Oh, que oui ! Je t'ai même fouetté une fois ou deux.

Gresham ne put résister à la tentation de lui envoyer une pique.

— Eh bien ! J'ai eu de la chance d'être élevé par les Chalstrey plutôt que par vous, on dirait !

— Tu te rappelles donc les Chalstrey ? Et ton bon ami, le jeune duc ?

— Pas du tout. C'est le roi qui m'a parlé d'eux, et de vous.

— Notre Edward n'est plus ce qu'il était. Il passe son temps à pleurnicher après cette intrigante dont il s'est entiché. Mais il a été un grand homme, en son temps. Un soldat comme notre royaume n'en a pas connu depuis Arthur, et n'en connaîtra plus, j'en ai peur.

— Certains admirent le Prince Noir et son frère, le duc de Lancaster.

Le comte souffla avec mépris.

— Des traîtres ! Des canailles de bas étage !

Gresham n'aimait pas le Prince Noir lui non plus. Mais il avait servi sous le commandement de Lancaster et il ne détestait pas ce dernier.

Il ne se rendit pas compte tout de suite qu'il avait puisé ces souvenirs dans sa mémoire jusque-là si opaque. Cette évidence le frappa brutalement après coup. Effectivement, il se rappelait le duc, cet homme aux cheveux aussi blonds que les siens, dévoué, maniant l'humour avec subtilité, intelligent et capable de compassion à l'occasion.

Il saisit une chaise et s'assit sans demander la permission au comte. Étrangement, les seuls souvenirs qui lui revenaient ne concernaient pas les êtres qui lui étaient le plus proches, son père, son fils ou Morgan Chalstrey, par exemple.

— Quelque chose t'est revenu, n'est-ce pas ? s'enquit le comte, intrigué.

— Oui, cela arrive.

— Amène-moi le petit. Je veux le voir.

Un sourire naquit sur les lèvres de Gresham.

— Il ne va pas vous plaire, je vous préviens.

— Tu ne me plaisais pas non plus. Je crois, hélas, que Chalstrey s'est montré trop doux avec toi.

— Je n'en sais rien.

— Tu as été une grande déception pour moi.

— Je ne peux que l'imaginer… Comment s'appelait… ma mère ? Elle est morte, n'est-ce pas ?

— Oui. Paix à son âme. Elle repose dans notre petit cimetière. Elle s'appelait Arabella, mais je l'appelais Bell. C'est donc vrai, tu as tout oublié… Mais il y a bien des souvenirs qui te reviennent, non ? Dismoi lesquels.

— Des batailles. Du sang. Des hurlements. Le duc de Lancaster et une femme… la mère de Kieran, j'imagine.

Il savait qu'elle était à l'origine de leur discorde, mais il n'avait pas l'intention d'éviter le sujet.

— Quoi d'autre ? le pressa le vieil homme.

Gresham secoua la tête.

— Parle-moi de cette femme, la mère de ton fils.

— Elle était… très belle, je suppose. Je n'en ai gardé qu'une image très vague.

Le comte eut un rire moqueur, teinté d'amertume, et Gresham remua sur son siège, mal à l'aise. Avait-il été cruel avec sa femme ? Dur ? Si c'était le cas, il ne pouvait envisager d'épouser Meg. Car que se passerait-il si un jour la mémoire lui revenait et qu'il se découvrait sans cœur, impitoyable ? À l'image de son père ? De son fils ?

— D'après ce qu'on raconte, tu l'avais surprise avec un autre homme, lui apprit son père. Mais il ne faut pas s'en étonner. Tu n'étais jamais auprès d'elle, sinon pour lui faire un enfant et repartir.

Seigneur ! Quel genre d'homme était-il ?

Les yeux du vieil homme semblaient de glace, mais derrière la froideur, on devinait une blessure profonde. Une vraie souffrance dans laquelle Gresham devinait avoir sa part de responsabilité.

— Je n'ai pas non plus été un mari exemplaire, je l'admets, continua le comte. Pourtant, Dieu sait que j'aimais ta mère plus que tout au monde… Ce sont ces années perdues avec le petit qui m'attristent le plus aujourd'hui.

— Il est là, à présent, dit Gresham en se levant. Votre petit-fils. Vous n'aurez qu'à l'élever comme il convient, puisque vous y tenez.

— Ah, c'est donc ça! Tu l'as ramené uniquement pour l'abandonner. Comme tu en as abandonné tant d'autres dans ta vie.

Gresham accusa le coup.

— Je ne me rappelle pas avoir vécu au domaine mais je suis sûr d'une chose: quand j'étais petit, je voulais rester ici. C'est *vous* qui m'avez chassé. D'accord, j'ai délaissé ma femme et mon fils par la suite, mais vous, quand vous ai-je abandonné? Le roi a affirmé que vous étiez le seul responsable de mon départ.

Un pesant et inconfortable silence tomba entre eux. Partagé entre la satisfaction et la peine, Gresham songea que son père et lui se ressemblaient beaucoup.

— Va chercher le petit, insista le comte. Je veux le voir.

Gresham hocha la tête et quitta la pièce. Dans le couloir, il trouva un domestique qu'il chargea d'aller quérir son fils. Comme dans un brouillard, il emprunta instinctivement un escalier de service et trouva le chemin de la chapelle.

Le lieu saint était vide, mais des cierges brûlaient sur l'autel et une odeur d'encens flottait dans l'air.

Gresham s'arrêta au milieu de l'allée centrale et se passa la main dans les cheveux. Il se faisait l'effet d'être un combattant transpercé de lances, chancelant au bord d'un abîme obscur. Pourtant, au loin brillait une petite lueur. Elle avait pour nom... Meg.

Meg qui avait une recherche à mener à bien, et à qui il n'avait pas encore avoué ce que lui avait demandé le roi, avant de quitter Windsor.

Et le roi Edward n'était pas un homme auquel on pouvait désobéir impunément.

Il s'agenouilla devant la grande croix suspendue au-dessus de l'autel. Des ombres de souvenirs l'en-

vironnèrent, frôlant sa conscience sans jamais soulever le voile qui la recouvrait.

Il baissa la tête, joignit les mains. « Vous qui m'avez
créé, Seigneur, pria-t-il en silence, je vous en supplie,
dites-moi qui je suis. »

17

Comme il ne recevait aucune réponse tangible à sa prière, Gresham se releva. Il s'apprêtait à rebrousser chemin quand il se retrouva nez à nez avec un prêtre.

— My lord, fit le vieil homme au crâne tonsuré en s'inclinant.

— Père… ?

— Francis.

— Devrais-je me souvenir de vous ?

— Sûrement pas ! répondit l'autre en riant. Je suis arrivé il y a à peine sept mois. Je viens du nord de l'Angleterre.

Il plongea son regard plein de bonté dans celui de Gresham et parut y lire comme dans un livre ouvert.

— Vous étiez en train de prier.

— Oui, admit Gresham en fronçant les sourcils.

Le prêtre désigna un banc.

— Je peux peut-être vous aider ? Ne serait-ce qu'en vous écoutant ?

Gresham n'était pas un homme loquace, pourtant il s'assit auprès du prêtre et se mit tout naturellement à lui parler de son fils Kieran, de Meg, de ce jour où elle l'avait trouvé inanimé dans le potager de Saint-Swithin, le crâne fendu. Il lui avoua ses doutes sur lui-même et les tourments qui en résultaient, le désir passionné que Meg lui inspirait, ses craintes de ne pas faire un bon mari. Il lui révéla aussi le secret qu'il avait gardé pour lui, après son entretien avec le roi, à Windsor.

— J'ai promis de l'emmener jusqu'en Cornouailles où elle espère retrouver sa sœur jumelle, mais je crains de ne pouvoir tenir cette promesse, à cause du roi, acheva-t-il.

Le père Francis soupira.

— C'est tout ? Vous n'avez pas d'autres problèmes à me confier ?

Les deux hommes se regardèrent et se mirent à rire, puis le prêtre reprit son sérieux.

— Vous devez lui dire la vérité. Sans tarder. Avez-vous l'intention de la laisser ici, à Sedgewick, avec le petit, pendant que vous allez remplir votre mission auprès du roi ? Si c'est le cas, je peux vous assurer que, contrairement à ce que vous imaginez, votre père sera ravi. Il est très seul et se languit d'une famille.

— Il n'est donc pas mourant ?

— De solitude, peut-être. Mais la présence de l'enfant lui redonnera goût à la vie, j'en mettrais ma main à couper. Dites-moi, avez-vous l'intention d'épouser la jeune lady ?

— Si elle veut toujours de moi quand elle saura que le roi m'a ordonné de reprendre ma place dans son armée, sans doute en vue de m'envoyer guerroyer en France auprès du Prince Noir… Peut-être devrais-je l'épouser d'abord et lui avouer ensuite qu'il lui faudra attendre mon retour pour que je l'emmène en Cornouailles.

Francis le fixa, les yeux mi-clos.

— D'accord, d'accord, capitula Gresham, je lui annoncerai mon départ *avant* de lui demander sa main.

— Bien, dit le père Francis avec un sourire approbateur. Je vous suggère de battre le fer quand il est chaud, et d'aller la trouver sur-le-champ. Pendant ce temps, je m'en vais préparer la cérémonie.

— Prévoyez peut-être un enterrement dans la foulée, jeta Gresham avec un petit rire sarcastique. Le mien, bien sûr.

Le prêtre quitta la chapelle en gloussant.

Gresham suivit son conseil et se rendit auprès de Meg. Elle venait de prendre un bain et avait revêtu une robe de velours vert. Il devina qu'elle avait appartenu à sa mère et que le vieux comte avait ordonné qu'on la sorte de la malle où elle avait été remisée.

Meg se leva à son entrée. Sa longue chevelure brillante était rassemblée en une épaisse tresse qui tombait au creux de ses reins. Il eut des fourmis dans les doigts, tant il brûlait de les dénouer, mais l'heure n'était pas aux ébats amoureux.

— Meg…

Elle lui sourit et renvoya la femme de chambre.

— As-tu vu ton père ?

— Oui, ainsi que le prêtre.

Il prit une profonde inspiration et se jeta à l'eau :

— Meg… J'aimerais t'épouser, si tu veux bien de moi.

Le regard de la jeune femme s'illumina de bonheur, aussi s'empressa-t-il d'enchaîner avant qu'elle puisse lui donner son accord :

— Mais il faut d'abord que tu m'écoutes.

Elle fronça les sourcils.

— D'accord, je t'écoute, répondit-elle en entrelaçant ses doigts aux siens.

— Il y a quelque chose que je ne t'ai pas dit.

L'inquiétude assombrit les beaux yeux verts, mais pas une réelle surprise, lui sembla-t-il.

— Je crains qu'il y ait beaucoup de choses que tu ne m'aies pas dites.

— Eh bien… non, tu en sais autant sur moi que j'en sais moi-même. Mais…

— Mais ? De quoi s'agit-il, Gresham ?

— Quand nous étions à Windsor, le roi m'a expliqué que la situation ne s'arrangeait pas en France. Il m'a donné deux mois pour retourner au château et former une armée.

Meg sentit ses jambes se dérober sous elle, et elle chancela. Gresham la prit par le coude et la guida jusqu'à un fauteuil placé près du feu où il la fit s'asseoir.

— Je sais que tu comptais sur moi pour t'emmener chercher Gabriella en Cornouailles...

— La belle affaire! répliqua-t-elle, aveuglée par des larmes de rage. Je peux y aller seule, Gresham Sedgewick. Je n'ai pas besoin de toi comme nounou!

Il se retint de la dissuader d'entreprendre ce voyage insensé avant qu'il se soit acquitté de sa mission auprès du roi, sachant que cela ne ferait que l'inciter à partir...

— Alors, pourquoi ces larmes? demanda-t-il doucement en s'accroupissant devant elle. Serait-ce que je vais te manquer un peu?

— Tu aurais dû m'en parler plus tôt, lui reprocha-t-elle en s'essuyant la joue du revers de la main.

— Je ne savais pas comment m'y prendre.

Il avait conscience qu'il ne s'agissait pas d'une excuse valable mais c'était la vérité.

— Le prêtre peut nous marier aujourd'hui, si tu es d'accord, bien sûr.

Elle se mordit la lèvre en lui décochant un regard suspicieux. Il savait qu'elle était prête à accepter – son corps lui avait depuis longtemps révélé la nature des sentiments qu'elle lui portait, quand bien même elle ne les avait pas exprimés à haute voix –, mais elle gardait des doutes.

— Peut-être m'oublieras-tu, comme tu as oublié Monique et ton fils...

Elle n'avait pas voulu se montrer cruelle mais sa remarque le transperça telle la lame d'un poignard.

— Jamais je ne t'oublierai, même si je recevais des centaines de coups sur la tête, répondit-il avec conviction.

Meg demeurait sceptique, hélas.

— Et si tu ne revenais pas ?

— Raison de plus pour que tu restes ici, Meg. Et puis, imagine que tu portes mon enfant. Cela ne t'est pas venu à l'esprit ? Si nous nous marions et que quelque chose m'arrivait, notre enfant sera légitime et il aura un toit. Si nous ne…

— Il ou elle sera un bâtard.

Il ne dit pas un mot, se contenta de la regarder longuement.

— D'accord, abdiqua-t-elle enfin. Marions-nous.

— Cela a l'air de t'enchanter ! remarqua-t-il amèrement.

— Et si je n'étais pas enceinte ? fit-elle en jetant un coup d'œil à son ventre plat.

Il sourit.

— Je m'efforcerais de remédier à la situation sans tarder.

La cérémonie eut lieu une heure plus tard, dans la chambre du comte. Kieran, son grand-père et une Tallie en larmes composaient toute l'assistance. Le prêtre et les mariés prononcèrent les paroles rituelles, et le jeune couple fut légalement uni par les liens du mariage.

Le plus heureux de tous était assurément le vieux comte. Kieran était venu à sa demande, sans protester. L'enfant et le vieillard semblaient avoir conclu une sorte d'alliance privée, et si Gresham n'avait été si préoccupé par ses propres problèmes, il s'en serait sûrement avisé.

De retour dans leur chambre, les époux trouvèrent une cheminée ronflante et un plateau contenant une assiette d'abricots secs roulés dans du sucre et un pichet de vin. Une servante achevait d'ouvrir le lit. Dès qu'elle les vit, elle s'empressa de se retirer en rougissant.

Meg contemplait son mari, partagée entre l'émerveillement présent et la crainte de ce qui les attendait. D'un coup les larmes jaillirent.

— Maudit sois-tu, Gresham Sedgewick !

— Pourquoi ? s'étonna-t-il.

— Pour les sentiments que je te porte, rétorqua-t-elle en s'essuyant rageusement les yeux. Pour être entré dans ma vie et t'apprêter maintenant à en ressortir…

Elle luttait contre les émotions tumultueuses qui l'agitaient, les bâillonnant comme elle le pouvait, car si elle se mettait à aimer Gresham plus qu'elle ne l'aimait déjà, quelque chose en elle allait se briser irrémédiablement, la laisser en miettes. Ce qu'elle éprouvait pour lui ne lui accordait pas un instant de répit, ne cessait de grandir en elle, l'oppressant dangereusement. Elle en restait sans forces, impuissante, totalement dévastée.

Il lui prit les poignets avec douceur et fermeté.

— Est-ce que tu m'aimes, Meg Redclift ?

Elle le regarda. En elle une infinie tristesse le disputait à une joie intense.

— Oui, avoua-t-elle dans un souffle, bien qu'elle craignît de souffrir davantage en se livrant. Oui.

Voilà. Elle l'avait dit. Les dés étaient jetés.

Il ne répondit pas, du moins avec des mots. Il se contenta de l'attirer dans ses bras, de la serrer à l'étouffer et de capturer ses lèvres à l'instant où un cri de désespoir en sortait.

Quand leurs bouches se séparèrent, Meg lui prit la main et l'entraîna vers le lit. Il la déshabilla lentement, les mains caressantes, posant ses lèvres sur sa peau au fur et à mesure qu'il la dénudait. Puis il se dévêtit à son tour, l'abandonna un instant pour aller en hâte pousser le verrou.

Elle le contempla tandis qu'il revenait vers elle, éblouie par la perfection de son corps, par la grâce féline avec laquelle il se déplaçait. Il évoquait un fauve, à la fois fascinant et terriblement dangereux, et elle ressentit la poussée d'un désir violent et primitif au creux de son ventre.

Il s'arrêta près du lit, la dévorant des yeux.

Tremblante d'émotion, Meg croisa fièrement son regard et lui tendit les bras. Alors il vint à elle. Plus exactement, il se jeta sur elle avec voracité.

Il commença par prendre ses seins dans sa bouche, l'un après l'autre, sans relâche, jusqu'à ce qu'elle soit pantelante, qu'elle le supplie de venir en elle. Au lieu d'exaucer ses souhaits, il s'agenouilla sur le sol et la tira à lui, au bord du lit, jambes ouvertes. Il se pencha entre ses cuisses et elle sentit d'abord la caresse de son souffle brûlant, puis ses lèvres.

Le corps cambré, Meg frémit quand la première vague de jouissance l'emporta. Sans la lâcher, Gresham la remonta sur le lit, la titilla encore un peu, à peine, juste de quoi propulser la deuxième vague, puis la troisième...

Elle flottait dans les nimbes de l'extase quand il la prit en hâte, incapable d'attendre plus longtemps. En quelques coups de reins, il fit déferler en elle de nouvelles vagues de plaisir qui lui arrachèrent des cris inarticulés auxquels il mêla bientôt les siens.

— Quand pars-tu ? lui demanda-t-elle des heures plus tard, dans le lit défait.

Il soupira et l'attira contre son flanc.

— Dans une quinzaine de jours. J'ai des choses à mettre au point avec mon père, avant. Avec Kieran aussi et...

Il s'interrompit pour lui donner un bref baiser.

— ... avec toi. Tu es une belle-mère, à présent. Incroyable, non ?

Elle se blottit contre lui. Elle ne voulait pas qu'il la quitte, mais elle n'avait pas le choix.

— Je pensais qu'avoir une famille me prendrait un peu plus de temps, mais Kieran est là et j'en suis heureuse.

— Il représente un défi.

— Il n'est pas si mauvais, Gresham. Je suis sûre qu'il va changer maintenant qu'il est à Sedgewick. T'a-t-il dit qu'il aura des chevaux et des épées, et que des précepteurs du continent vont prendre son instruction en main ? Il a ses propres appartements et de nombreux domestiques à son service.

— Il deviendra un enfant gâté, grommela Gresham.

— C'est possible, admit-elle en dessinant du bout du doigt le contour de cette bouche qui lui avait procuré tant de plaisir. Mais avec le temps, il apprendra aussi qu'il est aimé. La vie ne pourra lui faire de cadeaux plus précieux.

— La facilité tend à rendre un homme plus faible que fort.

— Ne te tracasse pas autant. Kieran deviendra un homme digne de ce nom parce qu'il y a plus de bon que de mauvais en lui, même s'il essaie de nous persuader du contraire.

Il l'embrassa tendrement.

— D'où te vient toute cette sagesse ?

Meg ressentit un pincement au cœur.

— Oh, je ne suis pas sage. Si je l'étais, je ne serais jamais...

Elle s'interrompit en détournant la tête, regrettant de n'avoir pas tenu sa langue.

Il lui prit le menton et l'obligea à le regarder.

— Jamais quoi ?

— Jamais tombée amoureuse, souffla-t-elle.

Il ne la pressa pas d'en dire davantage. Il se contenta de l'embrasser sur la tempe en l'étreignant.

— Rien ne s'est déroulé comme prévu, reprit-elle, les larmes aux yeux. Je sais que tu vas partir et pourtant… je suis heureuse, Gresham. Je ne sais pas ce qu'est devenue Gabriella. Elizabeth a peut-être attrapé la peste, elle est peut-être morte et enterrée à l'heure qu'il est. J'ai honte d'éprouver cette joie, alors même que je me fais tant de souci pour elles.

— Nous retrouverons Gabriella, lui promit-il tendrement. N'est-ce pas pour partir à sa recherche que tu t'es lancée dans cette aventure avec moi, lady Sedgewick ?

Elle nicha sa tête au creux de son épaule et leva les yeux vers lui.

— Si, admit-elle en s'efforçant de sourire. Je crois qu'en ce qui concerne les aventures, j'ai eu mon compte, my lord. Je suis heureuse d'être ta femme, mais j'ai besoin de savoir ce que sont devenues mes sœurs.

Gresham prit son visage entre ses mains et essuya ses larmes du pouce.

— À mon retour, dans un an environ…

Il s'interrompit. Meg avait blêmi.

— Un *an* ? s'écria-t-elle, horrifiée.

— Oui, avoua-t-il à contrecœur.

Il n'avait pas le choix. S'il décidait de ne pas se plier aux ordres du roi, il serait accusé de trahison et puni de mort.

— Cela passera vite.

Elle eut un petit rire amer.

— Pour toi, peut-être. Pour moi, ce sera interminable.

— Je te manquerai donc à ce point ?

Autant que l'air que je respire, s'il venait à se raréfier… aurait-elle pu répondre. Mais elle s'en garda bien. Et s'il lui était un étranger à son retour, plus épris de son métier de soldat que de quoi que ce soit d'autre ?

Il l'embrassa doucement, frotta son nez contre sa joue.

— Allons, lady Sedgewick, ne gâchons pas notre nuit de noces. Remettons les pleurs et les chagrins à plus tard, d'accord ?

Ils replongèrent peu à peu dans les délices de la passion et oublièrent le roi.

— À mon avis, elle est enceinte, remarqua affectueusement le comte de Sedgewick, le lendemain matin. Et tu pars malgré tout.

Gresham suivit le regard de son père qui observait sa belle-fille occupée à s'entretenir avec un groupe de domestiques, à l'autre bout de la grande salle. La santé du vieil homme s'était considérablement améliorée. Pour la première fois depuis des mois, selon Tallie, il avait quitté sa chambre et son visage avait retrouvé des couleurs. Une petite flamme belliqueuse brillait de nouveau dans ses yeux.

— Je n'ai pas le choix et tu le sais. Le roi me fera écarteler si je ne lui obéis pas.

— C'est vrai, admit le vieil homme en soupirant. Le petit ne sera pas content de te voir partir, même s'il continue à te défier chaque fois qu'il en a l'occasion.

Gresham détourna brièvement son attention de Meg.

— Il sera en sécurité, ici.

— En effet, dit le comte.

276

Meg quitta le groupe de domestiques et se dirigea vers eux en souriant. Le cœur de Gresham flancha.

— Elle est si belle ! souffla-t-il.

— Oui, acquiesça son père. C'est un vrai trésor que tu as là, et tu as intérêt à bien te conduire avec elle, ou tu auras affaire à moi.

Gresham accueillit cette menace avec un petit rire. Il alla au-devant de sa femme, l'enlaça et l'embrassa. La perspective de quitter Sedgewick prochainement, de traverser la mer pour se rendre en France, le déchirait secrètement. L'idée du long voyage qui l'attendait, puis des batailles à mener le rendait plus que morose. Mais c'était surtout l'idée de quitter la femme qui avait changé sa vie, la femme qui *était* sa vie, qui lui était insupportable.

Elle se dégagea de son étreinte – trop vite à son goût – et s'approcha du fauteuil du comte.

— Bonjour, dit-elle en se baissant pour déposer un baiser sur sa joue.

Le vieil homme lui tapota la main.

— Bonjour, ma fille, répondit-il avec une chaleur dont Gresham ne l'aurait pas cru capable.

— Où est Kieran ? s'enquit-elle.

— Sans doute en train de faire une bêtise quelque part, répondit Gresham.

— Mais non, intervint le comte, comme si le reproche s'était adressé à lui. Il est aux écuries où il s'occupe des chevaux. Elles lui appartiendront un jour, après tout.

Comme s'il avait deviné que l'on parlait de lui, Kieran apparut sur le seuil de la grande salle, flanqué de deux immenses chiens. Ceux-ci traversèrent la pièce en aboyant et Meg alla à leur rencontre, nullement effrayée, contrairement à la plupart des femmes. Les chiens lui firent fête, elle les caressa en retour tout en saluant Kieran.

Il lui répondit froidement et rappela ses chiens, en vain. Il tenta de les attirer avec un os, mais ils s'étaient visiblement pris d'affection pour la jeune femme et l'ignorèrent.

Le comte observait la scène en souriant.

— Elle vaut tous les sacrifices, tu sais, commenta-t-il. Ces chiens l'ont bien compris, d'ailleurs. Ils ne se trompent jamais, eux.

— Je reviendrai, affirma Gresham qui souffrait comme un damné à l'idée de la quitter.

— Tu as intérêt à tenir ta promesse, parce que si j'apprenais que tu t'es dérobé, c'est moi qui te ferais écarteler.

— Tu prendras soin d'elle ? Elle est capable de partir en Cornouailles sans attendre mon retour et de convaincre le petit de l'accompagner.

— En Cornouailles ? Pour quoi faire ?

— Pour retrouver l'une de ses sœurs, sa jumelle, expliqua Gresham, les yeux rivés sur sa femme qui avait non seulement charmé les chiens mais son fils rebelle.

— Sa jumelle ? Tu veux dire qu'il y en a deux comme elle ?

— Incroyable, n'est-ce pas ?

— Est-ce qu'elles se ressemblent, physiquement ?

— Non. Mais j'ai dans l'idée que, côté tempérament, elles ont beaucoup de points communs.

— J'enverrai des hommes en Cornouailles, décida le comte. Ils ne seront pas autorisés à revenir tant qu'ils n'auront pas de nouvelles de la sœur de my lady. Peut-être ces dispositions la satisferont-elles et l'inciteront-elles à rester ici, où est sa place désormais.

Elle les rejoignit sur ces entrefaites, suivi par Kieran et les chiens.

— Qu'est-ce qui devrait me satisfaire ? demanda-t-elle.

Gresham croisa les bras, trop poli pour répondre en public à une telle question.

Ce soir-là, tout de suite après le dîner, Gresham s'enferma avec Meg dans leur chambre et lui fit l'amour avec ferveur. Puis, tandis qu'elle reposait sans forces sur les draps froissés, il se leva. Il fit une rapide toilette, enfila ses dessous, ses hauts-de-chausses, un épais pourpoint et ses bottes en cuir.

— Où vas-tu ? demanda-t-elle faiblement.

Elle essaya de se soulever sur un coude mais retomba aussitôt.

— Parler à mon père.

Se roulant en boule sur le lit, elle respira avec délices l'odeur d'après l'amour qui imprégnait les draps.

— De quoi ?

— Maintenant qu'il m'a expliqué en long et en large combien je l'ai déçu, j'espère qu'il pourra m'apprendre autre chose sur moi. Un détail finira bien par réveiller ma mémoire.

Meg soupira en regardant le plafond.

— Tu crois que je perds mon temps, reprit-il.

— Non, pas du tout. Tu as ta quête à mener à bien et moi la mienne.

Elle sentit qu'il s'était figé mais ne tourna pas les yeux vers lui.

— Meg...

— Je dois les retrouver.

— Mon père enverra des hommes pour s'enquérir d'elles.

— Dans ce cas, j'irai avec eux.

— Non !

Elle tourna enfin la tête et le contempla tristement.

— Crois-tu vraiment pouvoir m'en empêcher ?

— Non, hélas. Mais je t'en supplie, Meg...

— Ne me demande pas de te faire des promesses que je ne pourrai pas tenir.

Il demeura un instant silencieux, puis quitta la pièce sans répondre. Meg s'autorisa alors à pleurer. Parce que son mari allait partir à la guerre et risquait de ne jamais revenir. Parce que ses sœurs lui manquaient si cruellement qu'elle avait l'impression d'étouffer.

Épuisée, elle finit par s'endormir.

Lorsque Gresham la rejoignit, il lui fit l'amour de nouveau. Elle s'agita quand il quitta la douce chaleur de leur lit, à l'aube, mais trop fatiguée pour l'imiter, elle se laissa couler de nouveau dans l'oubli bienfaisant du sommeil.

Kieran se présenta au milieu de la matinée, alors qu'elle venait de terminer un copieux petit-déjeuner et s'apprêtait à aller voir le comte. Il était blême de fureur, et plus beau que jamais.

— Il part ! explosa-t-il. Il part faire la guerre en France et refuse de m'emmener avec lui !

Meg renvoya la servante qui débarrassait la table et indiqua un fauteuil au jeune garçon.

Ignorant son offre, il se posta devant la fenêtre la plus proche, le dos tourné.

— Il s'en va, répéta-t-il, visiblement accablé.

— Je sais. Je partirais bien avec lui moi aussi, s'il me le permettait.

— Pfff... vous êtes une femme, jeta Kieran avec mépris.

Elle aurait pu rétorquer qu'il n'était qu'un gamin mais elle s'en abstint. Il était venu à elle parce qu'il souffrait, pas pour lui chercher querelle.

— Il reviendra, tu dois le croire.

Les arbres allaient fleurir, se charger de fruits ; les poissons grossiraient dans les ruisseaux ; les fleurs tapisseraient les prairies de leurs couleurs chatoyantes, mais Gresham ne serait pas là pour admirer ce spectacle. Meg inspira profondément et reprit d'un ton neutre :

— N'es-tu pas content de le voir partir ? Tu n'as cessé de répéter que tu le haïssais.

Les épaules de Kieran s'affaissèrent légèrement et il baissa la tête.

— Je suis un écuyer. Je pourrais m'occuper de son cheval, de son armure.

— Tu le hais, répéta Meg prudemment. N'est-ce pas ?

Kieran finit par se retourner. Son visage était déformé par des émotions diverses qu'il était trop jeune pour savoir dissimuler.

— Je suis un écuyer et, un jour, je deviendrai chevalier. Je pourrais l'accompagner !

Meg ne le laisserait pas s'en tirer ainsi. Les bras croisés, la tête inclinée de côté, elle se contenta d'attendre en silence.

Kieran soutint obstinément son regard et elle se mit à rire.

— Ton silence te trahit, Kieran. Tu aimes plus ton père que tu ne veux l'admettre, déclara-t-elle en s'approchant de lui.

Elle glissa le bras sous le sien.

— Viens, montre-moi cette grande chambre où tu es installé. J'aimerais voir tes chevaux aussi.

Le jeune garçon fronça les sourcils sans se dégager pour autant, comme il l'aurait fait il n'y avait pas si longtemps.

— Mes appartements se trouvent dans l'autre aile, près de ceux de mon grand-père.

— Ah.

En chemin – un long chemin, étant donné la taille du château –, Meg apprit que c'était le comte qui avait annoncé à Kieran le départ de Gresham. Depuis, le petit n'avait cessé de faire des projets quant à son voyage sur le continent, la façon dont il polirait l'armure de son père, dont il entretiendrait ses épées et ses dagues, dont il nourrirait et soignerait les chevaux. Juste avant de venir chez Meg, Kieran avait croisé Gresham dans le couloir. Ce dernier avait balayé ses rêves sans hésiter, et probablement sans y mettre les formes.

Meg l'écouta attentivement, mais ne lui offrit pas sa sympathie. Après tout, Kieran n'était qu'un enfant. Qu'il soit écuyer ou pas, il n'avait pas sa place sur un champ de bataille où il risquait de mourir transpercé par des flèches, des épées ou des lances.

Il occupait une vaste chambre pourvue d'une cheminée tellement grande qu'il aurait pu s'y tenir debout. Elle était meublée d'un lit massif, et des tapisseries aux couleurs vives, représentant des scènes de chasse, recouvraient les murs. Les fenêtres donnaient sur les jardins situés à l'arrière du château, la chapelle et le cimetière. Au loin, les collines ondulaient doucement contre le ciel.

— C'est une superbe chambre, commenta Meg.

— Plus belle que la vôtre.

Elle réprima un sourire.

— Même si tu avais l'âge de faire la guerre, tu es trop coléreux, trop impulsif, j'en ai peur. Tu te ferais tuer par ta propre armée avant que l'ennemi ait eu une chance de t'atteindre !

Kieran s'empourpra.

— Eh bien, au moins, c'est une belle mort.

Meg secoua la tête et, s'approchant d'un vieux bureau, feuilleta quelques-uns des livres recopiés d'une belle écriture soignée qui y étaient empilés. Elle l'envia de posséder ces splendides volumes parmi lesquels se trouvaient cette poésie épique relatant la vie du roi Arthur ou bien *La République*, de Platon.

— Tu sais lire, Kieran ?

— Un soldat n'a pas besoin de savoir lire, rétorqua-t-il en rougissant. C'est bon pour les prêtres et les femmes.

Meg se mordit la langue pour ne pas remettre cet impudent à sa place. Elle devait se montrer diplomate si elle voulait avoir une chance de lui faire entendre raison.

— L'ignorance n'est jamais un avantage, tu sais. Puis-je t'emprunter ceci ? lui demanda-t-elle en prenant l'histoire du roi Arthur. Puisqu'il ne t'est d'aucune utilité…

Pris à son propre piège, il fut contraint d'accepter.

— De quoi… de quoi parle ce livre ? s'enquit-il, l'air de rien.

— Oh, de batailles, et d'histoires galantes. Tu as sûrement entendu parler du roi Arthur, non ? Cet illustre souverain qui a repoussé les barbares pendant des années jusqu'à ce qu'il soit trahi par ceux en qui il avait toute confiance.

Kieran dévorait maintenant l'ouvrage du regard. S'il avait été comestible, il le lui aurait probablement arraché des mains pour l'engloutir sur-le-champ. Il se contenta de maugréer à contrecœur :

— Prenez-le.

— Je pourrai peut-être t'en lire des passages de temps en temps, quand my lord sera parti, bien sûr.

— Vous feriez ça ? Pourquoi ?

— Parce que ton père va tellement me manquer qu'il faudra bien que je trouve des distractions.

— Est-ce qu'il sait lire ?

— Gresham ? Bien sûr.

En réalité, Meg ne lui avait jamais posé la question. Elle ne l'avait jamais vu non plus avec un livre ou un document dans les mains, mais son mari s'exprimait bien et se comportait avec une noblesse, une finesse qui n'étaient pas celles d'un illettré.

— Mon grand-père possède de nombreux ouvrages. Il m'a dit qu'ils m'appartiendraient un jour.

— Alors tu ferais mieux d'apprendre à lire. Ce serait vraiment dommage de ne pas profiter de tels trésors.

Il l'observa d'un air méfiant.

— Ce roi Arthur, parlez-moi de lui.

Meg sourit. Elle s'assit sur un banc qu'éclairait un rayon de soleil hivernal et invita Kieran à s'installer près d'elle. Puis, elle ouvrit le livre tranquillement.

18

Par une nuit glaciale et étoilée, le comte de Sedgewick assistait aux vêpres dans la petite chapelle du château. Il s'agissait d'un véritable événement, car en temps normal, c'était tout juste s'il se rendait à l'église à Noël.

Assis entre Meg et son grand-père, Kieran boudait. Gresham n'avait pu les accompagner. Il s'occupait des chevaux et des soldats qu'il avait engagés pour l'accompagner à Windsor, mais il avait promis de dîner avec eux, après l'office, dans la grande salle.

À mesure que le départ de son mari approchait, Meg ressentait un besoin accru de prier. Ce rituel, les lueurs des cierges, l'odeur âcre de l'encens lui apportaient un certain réconfort, même s'il lui faisait ressentir encore plus cruellement l'absence de ses sœurs, en compagnie desquelles elle avait si souvent invoqué le Seigneur.

Elles ne connaissaient pas alors leur bonheur d'être ensemble…

Une larme solitaire roula sur sa joue et Kieran s'en aperçut. Timidement, il lui effleura la main. Ce geste, tout hésitant qu'il fût, revêtit aux yeux de Meg une importance considérable. Bouleversée, elle comprit que, quel que soit le nombre d'enfants qu'elle aurait plus tard, elle ne les aimerait pas plus que cet insupportable gamin. C'était un peu comme s'il était né de son cœur et non du corps d'une autre femme.

Elle réprima le désir spontané de l'embrasser en retour. À brûler les étapes, elle risquait de tout gâcher, aussi se contenta-t-elle de le regarder avant de reporter son attention sur le comte qui lui adressa un clin d'œil discret.

Dans l'après-midi, elle avait eu une brève conversation avec son beau-père. Elle l'avait trouvé amusant et intelligent mais terriblement têtu, si bien qu'elle se demandait parfois s'il se révélerait un allié ou bien un obstacle pour apprivoiser Kieran. De toute évidence, ses relations avec Gresham avaient souffert de ce caractère intransigeant.

Le comte représentait une énigme pour elle. Il avait chassé Gresham du château quand il n'était encore qu'un enfant et l'avait déshérité par la suite. Pourtant, depuis le retour de son fils, le vieil homme avait en quelque sorte ressuscité. Il avait quitté le lit, retrouvé le sourire, l'appétit et le désir de prendre soin de son apparence.

Gresham affirmait que Kieran seul était la cause de ce miracle mais Meg n'en était pas persuadée. Certes, le comte adorait son petit-fils – ils s'étaient découvert de nombreux points communs –, mais lorsqu'il s'adressait à son fils ou qu'il parlait de lui, une lueur particulière s'allumait dans ses yeux et démentait les propos hargneux et rancuniers qu'il lui avait tenus.

Le comte donna un léger coup de coude à Kieran qui reporta docilement son attention sur le prêtre. D'humeur conciliante, Meg l'imita.

Après les vêpres, les fidèles quittèrent la chapelle en procession et traversèrent la petite cour à la lumière orangée des torches tenues par des domestiques. Sortant de l'ombre, Gresham apparut soudain aux côtés de Meg et lui prit le bras en lui adressant un sourire furtif.

Une longue table avait été dressée devant la cheminée de la grande salle où ronronnait une belle flambée. Le comte s'installa à la place d'honneur, Kieran à sa gauche et Gresham à sa droite. Meg s'assit près de son mari. Elle se sentait joyeuse en dépit de toutes les raisons qu'elle avait d'être triste. Tout en dégustant son gibier rôti accompagné de navets et de pommes de terre, elle observait les trois Sedgewick avec un intérêt affectueux.

La conversation se révéla plutôt agréable malgré les émotions latentes très vives. Le comte évoqua les poneys de Kieran, la guerre en France, les soldats que Gresham avait entraînés. Ce dernier parlait peu mais écoutait avec attention, décochant de temps à autre un sourire à Meg.

— Tu ne changeras pas d'avis ? risqua Kieran, plein d'espoir, au milieu du repas. Je ne te gênerai pas, promis…

— Non, répondit Gresham, sans dureté ni impatience.

Il posa sa coupe de vin et regarda son fils comme s'il avait été un soldat. En égal.

— Nous en avons déjà parlé. Tu dois rester ici. Je compte sur toi pour veiller sur lady Meg et sur ton grand-père.

— Mais…

— Un jour, tu seras comte de Sedgewick. À ce moment-là, je pense que tu auras acquis la sagesse indispensable à tout bon soldat.

Des images de violence et de sang passèrent devant les yeux de Meg et elle frissonna en se demandant ce que pensait Kieran, sous ses paupières baissées.

— Ton père a raison, renchérit le comte. Tu auras largement de quoi t'occuper ici, jeune Sedgewick. Tu dois apprendre à diriger un domaine et à gérer la fortune qui l'accompagne. Ce n'est pas une mince affaire, crois-moi.

— Oui, s'inclina finalement Kieran. Mais supposez qu'un jour le roi m'envoie à la guerre, comme il envoie mon père, et que je ne connaisse rien au métier de soldat?

— Le roi ne t'enverra à la guerre que si tu y as été préparé.

La conversation se poursuivit, puis Gresham et Meg quittèrent la table après avoir respectueusement salué le comte.

Une fois dans leur chambre, Gresham versa de l'eau dans la cuvette, et se lava. Il s'essuya vigoureusement, laissant ses cheveux dans un désordre que Meg trouva attendrissant.

S'approchant de lui, elle l'ébouriffa davantage. Comment arriverait-elle à supporter son absence? se demanda-t-elle pour la énième fois sans trouver de réponse.

— La mémoire te revient.

— Pourquoi dis-tu cela? s'étonna-t-il.

Elle se haussa sur la pointe des pieds et effleura ses lèvres.

— Tu as entraîné des hommes à la guerre. Comment savais-tu ce que tu devais leur apprendre?

— Hum… marmonna-t-il en réfléchissant.

— Ton père est un homme doux et gentil, en dépit des apparences, enchaîna-t-elle, changeant de sujet pour laisser au précédent le temps de faire son chemin dans l'esprit de son mari.

— Sûrement! railla-t-il en l'attirant dans ses bras. C'est le charme même! Je crois qu'il s'est épris de Kieran et que tu as définitivement conquis son cœur, ma jolie lady.

— Je pense qu'il essaie de se faire pardonner la façon dont il t'a traité.

Il secoua la tête.

— Je doute qu'il regrette quoi que ce soit en ce qui me concerne. Il est persuadé d'avoir bien agi à l'époque et n'est pas près de changer d'avis. Et toi, Meg ? poursuivit-il en la scrutant. As-tu des regrets ? Celui de m'avoir épousé, par exemple ?

Elle posa la main sur sa poitrine et sentit son cœur battre sourdement.

— Non, Gresham. Jamais je ne le regretterai.

Il lui prit le menton et plongea son regard dans le sien.

— Même si je découvre un autre de mes enfants quelque part et que je le ramène à la maison pour que tu l'élèves ? la taquina-t-il.

— Si tu revenais avec une autre femme, je réviserais peut-être mon opinion à ton sujet, mais mon cœur est prêt à accueillir tous tes enfants, garçons et filles.

Elle suivit la courbe de son menton du bout du doigt et ajouta :

— Bien entendu, il n'est pas question qu'un autre que toi soit le père de mes futurs enfants.

L'expression de Gresham redevint grave.

— À partir de maintenant et jusqu'à la fin de ma vie, ma lady bien aimée, je te jure que je ne ferai l'amour à aucune autre femme. Je t'en fais le serment le plus solennel.

Meg lui caressa la joue.

— Ta promesse me suffit. Viens, allons nous coucher. J'aimerais tant qu'il y ait un bébé pour t'accueillir à ton retour. Une fille, peut-être, puisque nous avons déjà un fils et un héritier.

Il s'inclina et l'embrassa doucement.

— Allons-y pour une fille, lança-t-il avant de la soulever dans ses bras.

Ils connurent une nuit de passion brûlante. Le ciel se teintait de lueurs rosées quand ils s'endormirent enfin.

Le départ de Gresham approchait. Meg vécut les jours suivants intensément, sans en perdre une miette. Le matin, elle apprenait à lire à Kieran dans la bibliothèque, s'émerveillant de ses progrès quotidiens. Dès qu'elle en avait l'occasion, elle courait admirer son mari sur le terrain d'entraînement. C'était un cavalier hors pair, qui maniait l'épée avec une dextérité étourdissante. Il menait ses soldats à la baguette, mais quand ils passeraient à l'action, sur les champs de bataille de France ou d'ailleurs, ils seraient prêts à affronter l'ennemi.

Meg parvint à mettre ses soucis de côté pour se consacrer pleinement à son mari, l'aimer totalement. Corps et âme. Elle apprit à le connaître plus profondément sur tous les plans. Et cette intimité qui était la leur lui procura en retour le sentiment d'être plus que jamais elle-même.

L'amour, apprit-elle, allait bien au-delà des mots tendres et de la passion la plus débridée. Une vie entière ne suffirait pas à expliquer ce qui en composait l'essence même. À force de détermination, Meg réussit à reprendre espoir, à envisager l'avenir sous de meilleurs auspices. Gresham, le Gresham qu'elle connaissait, lui reviendrait.

Le jour tant redouté finit par arriver. Gresham se leva aux aurores et s'entretint en privé durant une heure avec son père avant de parler gravement à son fils. Il emmena Meg dans la chapelle pour lui faire ses adieux.

— Il ne se passera pas une journée, une heure, un seul instant sans que je pense à toi, lui dit-il en la contemplant tendrement.

Muette d'émotion et de chagrin, elle lui rendit son regard à travers un rideau de larmes.

Il prit son menton et son pouce effleura les lèvres qu'il avait tellement embrassées durant la nuit.

— Attends-moi, Meg. Nous irons en Cornouailles ensemble, et ensuite à Saint-Swithin.

Elle ne répondit pas, et il en devina la raison. Il soupira avec une exaspération résignée et captura ses lèvres une dernière fois.

Peu après, il enfourchait son cheval favori et quittait le château en emportant avec lui le cœur de Meg. Une trentaine d'hommes soigneusement entraînés et prêts pour la guerre le suivaient, ainsi que six hommes du comte. Ces derniers avaient pour mission de l'accompagner en France et de lui servir de messagers.

Gresham avait promis que le premier d'entre eux retournerait à Sedgewick d'ici quelques semaines avec des nouvelles. Les autres suivraient en temps voulu et le dernier annoncerait son retour.

D'ici là, Meg ne vivrait plus que dans l'attente de ce jour lointain. Elle avait cependant décidé de se montrer aussi brave dans l'épreuve que son soldat de mari.

Debout près du comte et de Kieran, elle regarda Gresham traverser le village puis le verger aux arbres dénudés, avant de franchir les herses qui s'ouvraient sur les routes gelées où il disparut avec son escadron.

Longtemps après que son beau-fils eut regagné les écuries, les yeux rouges mais toujours pleins de défi, longtemps après que le comte fut reparti en maugréant vers ses livres et son fauteuil près du feu, Meg tourna la tête et rencontra le regard du père Francis qui attendait, un peu plus loin.

À l'instant où Gresham avait disparu de sa vue, Meg avait compris combien il pouvait en coûter d'aimer. Il avait emporté une part d'elle-même avec lui.

— Venez vous mettre au chaud, my lady, lui proposa le prêtre en lui tendant la main.

Sans résister, elle se laissa conduire à l'intérieur du château où l'absence de Gresham se faisait plus que jamais sentir.

En proie à une profonde tristesse, elle était assise près d'une fenêtre, à l'étage, quand Kieran apparut, superbe dans sa nouvelle et somptueuse pèlerine de velours noir brodée d'or.

Les couleurs du comte. Les siennes, à présent.

Elle lui sourit, éprouvant une bouffée de fierté en songeant à l'homme magnifique qu'il serait plus tard.

— Un repas vous attend dans la grande salle, my lady. Vous devez avoir faim.

Meg ne se sentait pas la force d'avaler quoi que ce fût, elle prit néanmoins le bras que le jeune garçon lui offrait et tous deux rejoignirent le comte qui les attendait à table.

Il ne s'attarda pas après le repas, composé de légumes variés et de cailles grillées. Resté seul avec Meg, Kieran s'installa à califourchon sur le banc, pour lui faire face. Il lui sembla que, en l'espace de quelques heures, il était devenu un homme.

— Voulez-vous que je chante pour vous, my lady? Peut-être cela vous apaisera-t-il?

Émue, Meg faillit tendre la main pour lui caresser la joue mais elle se ravisa de crainte d'aller trop vite.

— Tu chantes? Tes talents sont nombreux, jeune Sedgewick.

Il se rengorgea imperceptiblement en entendant son titre.

— C'est Tangwyn qui m'a appris. J'aurais pu devenir mime, vous savez. Si je n'avais pas été placé chez Lancaster, j'aurais voyagé avec une troupe.

Meg retint un frisson à l'évocation de Tangwyn, mais sa curiosité l'emporta, comme toujours.

— Tu as connu ce mime quand tu vivais avec ta mère, n'est-ce pas?

Kieran acquiesça et son regard se perdit dans les flammes. Il pensait à sa mère, devina-t-elle. Il était

292

tout petit quand on l'avait séparé d'elle et ses souvenirs devaient être imprécis, même s'il les enjolivait inconsciemment.

— Oui. Il a été le compagnon de maman pendant longtemps et je prétendais qu'il était mon père.

Meg se retint de poser la main sur son bras.

— Il était gentil avec toi, j'imagine.

La vie lui avait appris qu'il y avait du bon en chaque être humain, même chez des crapules telles que ce saltimbanque.

— Oui, mais les choses seront différentes maintenant, j'en ai peur.

Il s'interrompit et se passa la main dans les cheveux comme elle avait si souvent vu son père le faire.

— Je ne le reverrai peut-être jamais.

— Peut-être...

— Ma mère...

Meg retint son souffle.

— Ma mère n'était pas une sainte. Elle avait très mauvais caractère. Une nuit, elle a mis le feu au lit où se trouvait Sedgewick.

Il s'interrompit et détourna les yeux en rougissant.

— Je crois que Tangwyn était plus qu'un ami pour elle, et c'est peut-être bien à cause de lui que mon père est parti.

Cette fois, Meg osa lui toucher l'épaule.

— Tout cela appartient au passé, dit-elle doucement. Souviens-toi des bonnes choses.

Il acquiesça et continua de contempler le feu avec un sourire rêveur, comme s'il suivait son conseil.

— Étais-tu heureux à Windsor, avec les enfants de Lancaster ? s'enquit-elle au bout d'un bon moment.

Ces derniers devaient recevoir une éducation rigoureuse dans la mesure où ils étaient de futurs candidats au trône, même s'ils avaient peu de chances d'y accéder un jour.

— Oh, je n'étais pas malheureux, admit Kieran. Mais je suis mieux ici.

Elle fit un pas de plus dans son rôle de mère en déposant un baiser sur sa joue.

— Je le pense aussi, dit-elle en se levant. Je suis fatiguée, Kieran. Tu chanteras pour moi une autre fois, d'accord ?

— D'accord, s'inclina-t-il en se levant galamment pour l'escorter jusqu'à sa chambre.

Dès qu'elle eut refermé la porte, elle s'y adossa en refermant les bras autour d'elle. Elle avait promis à Gresham, entre deux étreintes enflammées, qu'elle ne pleurerait pas après son départ mais garderait des larmes de joie pour fêter son retour.

— Que Dieu te garde, mon amour, murmura-t-elle avec ferveur.

Et son cœur ailé s'envola à travers la campagne figée par le givre pour porter ce message à son mari.

Durant les semaines qui suivirent, Kieran travailla consciencieusement avec Meg et ses précepteurs. Il apprit à tenir sa langue, et si quelques éclats de voix perçaient parfois les murs lorsqu'il se trouvait avec son grand-père, il se montra toujours respectueux envers Meg. Elle le voyait assez peu, car il passait beaucoup de temps à monter à cheval, à apprendre le maniement de l'épée, le latin et l'astronomie ainsi que le français, bien sûr.

De son côté, Meg bénissait ces moments où elle lui apprenait à lire ainsi que ceux où elle faisait la lecture au comte, écrivait les lettres qu'il lui dictait et l'aidait à tenir les comptes du domaine. Sans ces activités, elle serait devenue folle à attendre des nouvelles de Gresham. Secrètement, elle nourrissait le projet de partir en Cornouailles. Les hommes que le comte avait envoyés là-bas tardaient à revenir, et cette double attente lui était insupportable.

Elle se résigna donc peu à peu à se préparer au voyage, commençant par choisir une jolie jument pommelée. Elle la montait le plus souvent possible, étudiait soigneusement la route sur des cartes dans le bureau du comte. Une fois en Cornouailles, elle trouverait Avendall Hall et Gabriella. Elle avait aussi envoyé plusieurs messagers à Saint-Swithin pour s'enquérir d'Elizabeth, mais eux non plus n'étaient pas revenus.

Un mois après le départ de Gresham – un premier courrier leur avait annoncé qu'il était bien arrivé –, Meg se réveilla un matin en proie à de violentes nausées. Après s'être soulagée dans une bassine, elle demeura à genoux sur le sol, épuisée et persuadée qu'elle avait attrapé la peste pour être malade à ce point.

Lorsque Tallie la trouva dans cet état, elle l'aida doucement à se relever et la ramena au lit.

— Ah, my lady, je crois bien qu'un bébé pousse dans votre ventre ! Restez étendue un moment, vous vous sentirez mieux ensuite.

— Un bébé...

Au soulagement succéda la joie à l'idée d'être enceinte. En cet instant de pur bonheur, Gresham lui manquait plus que jamais.

Lui manquait à en mourir...

— Ce n'est donc pas la peste ?

La femme de chambre remplit une petite cuvette d'eau et lui lava le visage.

— Non, my lady. C'est le comte qui va être content, et votre mari aussi !

Les yeux de la jeune femme se remplirent de larmes. Porter l'enfant de Gresham était le plus beau cadeau qui se puisse imaginer. Mais sa tristesse était grande de ne pouvoir le partager avec l'homme qu'elle aimait.

Tallie écarta ses cheveux de son visage en murmurant des paroles apaisantes :

— Allons, allons… Détendez-vous et soyez patiente, tout s'arrangera, vous verrez.

Meg en avait plus qu'assez d'attendre. Si ce premier malaise n'était qu'un avant-goût de ce qui allait suivre, elle ferait bien de partir pour la Cornouailles sans perdre de temps, pendant qu'elle en avait encore la force.

Blottie sous les couvertures, elle mit mentalement au point les derniers détails de son voyage.

À Windsor, le roi Edward passait en revue l'escadron que Gresham avait formé avec un plaisir non dissimulé. Malgré sa santé défaillante, il demeurait un guerrier, le père de combattants aussi braves que le Prince Noir ou le duc de Lancaster.

— Vous tomberez peut-être sur le champ de bataille, en France, dit-il à Gresham.

Ce dernier sentit un frisson lui glacer l'échine. Meg lui manquait tellement qu'il regrettait de ne pas avoir totalement perdu la mémoire. Il demeura immobile et silencieux, les mains croisées dans le dos.

— Ce sont des fils de fermiers ? reprit le roi.

— Oui. Je les ai trouvés dans la campagne autour de Sedgewick. Je leur ai donné des chevaux, des épées et je leur ai appris à s'en servir.

— Vous pourriez m'en ramener d'autres comme ceux-ci ?

Le temps parut s'arrêter. Gresham retint son souffle.

— Oui, dit-il enfin.

296

À nouveau, Edward inspecta la rangée de soldats en se frottant le menton.

— Je pense que vous me seriez plus utile à Sedgewick qu'en France, estima-t-il enfin. Retournez là-bas et formez-moi d'autres escadrons comme celui-ci. Je vous donnerai l'or nécessaire à vos dépenses.

Gresham n'en croyait pas ses oreilles ! Il allait rentrer chez lui, à Sedgewick, retrouver Meg, son fils, son père… les trois personnes qui comptaient le plus pour lui. L'espace d'un instant, il se demanda s'il ne rêvait pas.

Devant son expression stupéfaite, Edward ne put s'empêcher de rire.

— Allez ! le pressa-t-il avec un geste de la main. Je veux un escadron identique à celui-ci, mais avec le double d'hommes, dans trois mois.

Retenant un cri de joie, Gresham s'inclina respectueusement devant son souverain.

— Vous ne serez pas déçu, Votre Majesté.

Le lendemain, dès l'aube, il galopait à bride abattue en direction de Sedgewick, ses sacoches pleines d'or, le cœur prêt à exploser de bonheur. Il n'avait toujours pas retrouvé la mémoire, du moins celle qui concernait l'époque antérieure à Saint-Swithin, mais il s'en moquait. Il était prêt à s'en créer une nouvelle, centrée sur une femme, *sa* femme, Meg, et la vie qui les attendait.

Kieran sursauta quand le poing du comte s'abattit violemment sur la table, renversant à grand fracas la vaisselle qui s'y trouvait.

— Partie ? répéta le vieil homme. C'est impossible !

Son petit-fils se mordit la lèvre.

— My lady n'est pas dans sa chambre, my lord, et sa jument préférée, la pommelée, n'est plus dans son box.

— Cette femme est folle! tempêta le comte, plus par peur que par colère. Nous sommes en hiver et les routes sont infestées de brigands!

Kieran retenait ses larmes. Pour rien au monde il ne voulait pleurer devant l'homme qui comptait le plus à ses yeux après son père.

Mais il se sentait responsable de la disparition de Meg qu'il était chargé de protéger. Il avait failli à sa mission.

Son grand-père était trop vieux et de santé trop fragile, malgré la récente amélioration, pour voyager.

C'était à lui d'aller chercher Meg et de la ramener.

Le comte se leva en tremblant. Une veine battait à la base de son cou et ses yeux semblaient de glace.

— Va chercher la garde, ordonna-t-il.

Kieran ne discuta pas, mais au lieu d'obéir à l'ordre de son grand-père, il se rendit aux écuries et enfourcha sa propre monture, un beau hongre bai. Une petite neige légère commençait à tomber quand il atteignit la herse.

Le garde en faction lui sourit.

— Vous partez à la chasse, my lord?

— Oui, répondit Kieran en lui rendant son sourire.

Ce n'était pas tout à fait un mensonge, songea-t-il comme la herse se levait. Son gibier, c'était Meg.

Une fois dehors, il se retourna.

— Lady Sedgewick est-elle passée par là un peu plus tôt? s'enquit-il avec une désinvolture feinte.

L'homme secoua la tête.

— Non, my lord. Elle ne serait sûrement pas partie seule.

Comme il le soupçonnait, Meg s'était glissée par une autre porte, vraisemblablement une poterne que personne n'utilisait plus depuis longtemps et tombée dans l'oubli. S'il n'avait eu aussi peur pour elle, Kieran aurait applaudi à son ingéniosité et à sa témérité.

— Non, en effet, admit-il avant de prendre le chemin de la Cornouailles.

Pendant que le garde remontait la herse, il retint son cheval au petit trot puis lâcha la bride dès qu'il fut hors de vue.

Elle était habillée comme un homme, plus exactement comme un prêtre. Quelques jours plus tôt, elle avait dérobé une soutane dans la commode du père Francis, alors qu'il était occupé à dire la messe. Elle ne portait que des sandales sur ses pieds nus et quand elle arriva en vue de la première ferme, au crépuscule, Meg était gelée. Sans doute le Seigneur la punissait-il pour avoir volé un homme d'Église.

La fermière l'examina avec suspicion malgré la soutane. Cachée sous l'ample capuchon, Meg déguisa sa voix.

— Je vous demande seulement un peu de nourriture et un abri pour la nuit.

— N'avez qu'à dormir dans la grange, rétorqua la femme en commençant à refermer sa porte.

— Un morceau de pain me suffira, insista Meg qui se maudissait pour avoir oublié le sac de nourriture qu'elle prévoyait d'emporter. Et un peu de paille pour mon cheval.

La femme rouvrit sa porte et examina la jolie jument, les yeux plissés.

— Votre cheval, hum ? Une bien belle bête. N'ai jamais vu un prêtre avec une si belle monture.

— Il est à moi, répliqua Meg en relevant la tête. Je n'ai pas toujours été prêtre.

— Non, je m'en doute un peu. Bon, soupira la femme. Ça va, allez vous mettre à l'abri avec votre cheval. Donnez-lui du foin, mais pas trop : j'ai une vache à nourrir. Prenez du lait et un œuf, si vous en trouvez un quelque part.

— Merci, dit Meg avec gratitude.

Instinctivement, elle posa la main sur son ventre. Peut-être commettait-elle une folie en entreprenant ce voyage seule, dans son état. Mais rester à Sedgewick eût été pire. Elle se serait éteinte à force de s'inquiéter et de se languir jour après jour. Il n'y avait qu'un moyen d'apaiser son angoisse, sur un point du moins : revoir Gabriella, parler avec elle. Ensemble, elles décideraient de la marche à suivre en ce qui concernait Elizabeth.

Tandis qu'elle se dirigeait vers la grange, une simple cabane aux murs percés de larges ouvertures, la neige se mit à tomber plus drue. Une fois à l'intérieur, elle attacha sa jument à portée d'une mangeoire et la dessella, non sans difficultés. Elle lui donna ensuite une bonne brassée de foin, de l'eau qu'elle alla chercher au puits, puis se blottit sous un tas de paille et essaya de dormir.

Mais la faim la tenaillait. Elle se releva et grimpa au grenier, là où les poules dormaient. Elle trouva un œuf et s'apprêta à le gober, s'efforçant en vain de surmonter son dégoût. Inutile. Elle le vomirait aussitôt avalé.

Après l'avoir remis en place, elle ferma les yeux en se remémorant le confort douillet de la maison de Bessie, les cuisines regorgeant de nourriture du château de Sedgewick. Au matin, se promit-elle, elle trouverait de la nourriture, pour son bien comme pour celui du bébé.

Se blottissant de nouveau dans la paille, elle s'enveloppa dans la soutane trop fine du père Francis et finit par sombrer dans le sommeil.

Elle se réveilla en sursaut. Une... main était posée sur son épaule.

Elle se redressa d'un bond, en criant.

— Du calme, my lady. Ce n'est que moi, Kieran.

Meg laissa échapper un soupir de soulagement. Son cœur battait à tout rompre tant elle avait eu peur.

— Que fais-tu ici ? demanda-t-elle quand elle se fut ressaisie.

— Je pourrais vous poser la même question, répliqua son beau-fils en l'enveloppant dans une couverture. Dieu du ciel, quel est ce vêtement ?

— Une soutane du père Francis.

Kieran éclata de rire.

— Ce n'est pas un péché véniel de voler un prêtre, observa-t-il. Vous avez faim ?

— Oh, oui !

Il fouilla dans un sac d'où il sortit du pain et du fromage. Meg se jeta sur cette pitance inespérée telle une affamée. Quand ses yeux se furent à peu près accoutumés à la pénombre, elle distingua la silhouette d'un second cheval.

— Comment m'as-tu retrouvée ?

— Je suis un écuyer, lui rappela-t-il avec gravité. Et j'ai chassé toute ma vie. J'ai appris deux ou trois petites choses bien utiles dans l'art de pister sa proie.

— Ah, très bien, dit-elle en réprimant un sourire.

— Et maintenant ?

— Bonne question.

— Vous rentrez à Sedgewick avec moi. Le vieux comte est fou d'inquiétude.

— Je vais en Cornouailles, décréta-t-elle calmement. Est-ce que tu m'accompagnes ?

Il l'étudia en silence durant un long moment.

— Vous êtes décidée à continuer, de toute façon, avec ou sans moi. Je n'ai donc pas le choix.

— Tu es très perspicace, Kieran, commenta-t-elle en souriant.

— Et vous, ma chère belle-mère, vous êtes impossible ! Dormons, à présent. Nous avons tous deux besoin de repos.

19

Tout en chevauchant en direction du domaine de son père, Gresham avait la désagréable impression d'être suivi. Il se retourna à de nombreuses reprises, en vain, et finit par se dire que c'était l'or qu'il transportait qui le rendait aussi méfiant. Décidant d'en avoir le cœur net, il se cacha dans un bois un peu avant la tombée de la nuit.

Effectivement, un cavalier le suivait. Gresham attendit qu'il arrive à sa hauteur et lâcha la basse branche qu'il retenait. Elle frappa l'inconnu de plein fouet. Ce dernier poussa un cri étouffé avant de tomber de cheval à la renverse. Vif comme l'éclair, il se releva, un poignard à la main.

Gresham se laissa glisser de son cheval, l'épée au poing. Il donna un coup d'épaule au hongre qui s'enfonça aussitôt dans les bois.

— Tangwyn.

Le mime grimaça un sourire en s'inclinant.

— Tu pensais que j'avais été pendu, n'est-ce pas, my lord ? Hélas pour toi, le roi n'est plus lui-même, ces derniers temps. J'ai l'impression qu'il nous confond toi et moi. Ce matin, quand il m'a trouvé dans le donjon, il a ordonné qu'on me relâche et me voilà.

— Que veux-tu ? s'enquit Gresham qui n'avait pas de temps à perdre.

Son unique souci était de rejoindre Meg au plus vite.

— L'or, pour commencer.

— Tu l'auras, quand les poules auront des dents ! Finissons-en, j'ai autre chose à faire.

Tangwyn passa le pouce sur le tranchant de la lame de sa dague qui brillait dans la pénombre.

— Il n'y a pas que l'or, my lord.

Gresham soupira. Meg occupait toutes ses pensées, nuit et jour. Il rêvait de retrouver la chaleur de leur lit, la douceur de son corps qui s'enflammait dès qu'il le touchait.

— Écoute, ma patience a des limites. Parle ou sers-toi de ce poignard, mais choisis. Que diable veux-tu ?

— Intéressant que tu mentionnes le diable, parce que tu dois bien t'entendre avec lui…

Il s'interrompit à dessein, prit une lente inspiration.

— Je veux ce qui me revient de droit, Sedgewick. Rien d'autre. Ton nom. Ton titre. Tes terres et ta fortune. Ta femme et ton fils.

Gresham demeura immobile, la main crispée sur la poignée de son épée. Les exigences de Tangwyn le laissaient pantois. Cet homme avait-il perdu la tête ?

Un sourire amer se dessina sur les lèvres du mime.

— Il se trouve, my lord, que je suis le premier-né. Ton père, le comte, est aussi mon père. Ma mère – la sœur de cette chère Bessie – était sa favorite avant que la vôtre arrive et lui tourne la tête. Dès lors, ma mère et moi avons été relégués au rang de fermier, d'éleveurs de cochons ! Comme si nous avions été nous-mêmes du bétail ! Nous sommes tout simplement tombés aux oubliettes. Sedgewick ne m'a plus jamais adressé la parole. Il m'a oublié, oui, carrément.

Gresham sentit sa bouche se dessécher. Il n'eut même pas la tentation de nier. Leur étonnante ressemblance s'expliquait enfin.

— Si mon père désire te reconnaître aujourd'hui, je ne m'y opposerai pas. Toutefois, ma femme et mon fils m'appartiennent. Il ne saurait en être autrement. Ni maintenant ni jamais.

Tangwyn soupira.

— Hélas pour toi, tu seras mort avant que le soleil se lève, et ton cher père te suivra, après m'avoir publiquement reconnu comme son fils aîné. Kieran m'est déjà très attaché et quand ta femme se sera consolée d'avoir malencontreusement perdu son mari, attaqué sur une route alors qu'il transportait l'or du roi, elle saura vers qui se tourner pour être consolée.

« Il est complètement fou », se dit Gresham tandis qu'un frisson lui glaçait l'échine. Concernant Meg, il ne se faisait aucun souci. Jamais elle ne succomberait à ses charmes. Mais Kieran était vulnérable à son influence, et le comte, affaibli par des années d'indolence et d'apitoiement sur son sort, risquait de prêter une oreille attentive à ses exigences. Quand il verrait que Meg ne pliait pas, ce malade l'éliminerait et aurait toute liberté de se marier et de porter le titre de comte de Sedgewick.

— La question doit être tranchée, déclara-t-il enfin. Il y a une clairière, là-bas, et la lune brille suffisamment pour que nous puissions nous affronter à l'épée. Le vainqueur sera libre de regagner Sedgewick.

— Je n'ai pas d'épée, rétorqua Tangwyn. Au couteau ?

— Au couteau.

Les deux adversaires sortirent du bois côte à côte et débouchèrent dans la clairière que Gresham avait repérée un peu plus tôt.

— Il ne te le pardonnera pas, si tu gagnes, jeta le mime, comme ils se faisaient face, à quelques pas l'un de l'autre, sur une fine couche de neige immaculée.

Une blancheur vierge qui serait bientôt rougie par le sang…

Gresham sortit sa dague. Il n'avait pas répondu à la dernière remarque de son ennemi, mais il savait qu'il faisait allusion à Kieran. Et qu'il avait probablement raison. Quand il ramènerait son corps au château, pour qu'il soit enterré avec les autres Sedgewick, le lien fragile qu'il avait réussi à nouer avec son fils serait rompu.

— Sans doute, admit-il. Mais mon fils est mon fils, et tu ne ferais pas un bon père pour lui. De même que je ne te laisserai pas tuer mon père, même s'il m'est arrivé d'en avoir envie moi-même.

Tout à coup, Gresham s'aperçut qu'une porte venait de s'ouvrir dans sa mémoire. Ce qu'il venait d'affirmer était vrai. De même, il revit Morgan Chalstrey, son frère adoptif et meilleur ami. Gabriella, la sœur de Meg, enlevée par Chalstrey. Il avait désiré Gabriella, même s'il avait tout de suite remarqué que Morgan était attiré par elle, et réciproquement, malgré les circonstances.

— La mémoire te revient, pas vrai ? devina Tangwyn.

— Je ramenais Blodwen, l'écuyer, et dame Johanna à Saint-Swithin…

Tangwyn attendait, prêt à l'affrontement, souriant de toutes ses dents.

— Elle t'a frappé à la tête avec une pierre et s'est enfuie sur ton cheval. Je suis arrivé sur les lieux peu après. Le destin, comme on dit… Ensuite, je t'ai amené au couvent. L'amour fraternel, j'imagine. J'aurais dû en finir avec toi ce jour-là !

Le mime leva la main et Gresham reconnut la bague qui portait son sceau. Elle lui permettrait de se faire passer pour le vrai lord Sedgewick, de rallier des soldats, de les envoyer au front. Il pourrait acheter des terres, le produit de récoltes ou vendre tout ce qui lui plairait.

— Cela m'aurait dispensé d'avoir à le faire aujourd'hui, ajouta-t-il.

Gresham n'avait aucune envie de tuer ce dément, son demi-frère, après tout. Malheureusement, il ne lui laissait pas le choix. La rancune, la haine et les échecs avaient irrémédiablement gâté sa raison. Il était trop tard pour revenir en arrière, pour combler le fossé qui les séparait.

— Finissons-en, lança-t-il. Cette neige est glacée et j'ai les pieds gelés.

Tangwyn se jeta sur lui. Il était agile et puissamment bâti. Les lames s'entrechoquèrent. Celle du mime entailla le bras de Gresham qui sentit à peine la douleur tant il faisait froid et tant l'enjeu lui importait.

— Premier coup sanglant, remarqua Tangwyn avec satisfaction. Maintenant, le dernier.

Le duel prit un tour sauvage. Les deux adversaires s'affrontèrent avec violence, tels des loups se mesurant en un combat mortel. L'un frappait. L'autre répliquait. Ils finirent à coups de poing et de dents, comme des bêtes, dans une neige rouge de sang.

Gresham était à califourchon sur le mime quand ce dernier sortit un deuxième couteau et le lui enfonça dans le ventre. Surpris, Gresham arracha le poignard de ses entrailles et le brandit au-dessus de la gorge de Tangwyn qui se mit à rire.

— Vas-y ! Tue-moi ! Que nous mourions tous les deux ! Ce sera une belle fin !

Gresham sentit un froid glacial l'envahir. Il souffrait atrocement. « Meg, pensa-t-il, au désespoir. *Meg !* »

L'instant d'après, le mime se cramponna à la main de Gresham et, inexorablement, amena la pointe de la lame vers sa jugulaire. Utilisant ses dernières forces, il transperça sa propre gorge et trépassa en ricanant dans d'horribles gargouillements qui résonnèrent sans fin dans la tête de Gresham jusqu'à ce que la nuit l'engloutisse à son tour.

Meg s'assit brusquement dans la paille de la grange où elle dormait et hurla en se tenant le ventre.

Réveillé en sursaut, Kieran se redressa d'un bond.

— Que se passe-t-il ? C'est le bébé ? Il vient trop tôt ?

Haletante, Meg essayait de surmonter le sentiment d'horreur dont elle était la proie.

— J'ai fait un… cauchemar.

— Quel cauchemar, my lady ? Racontez-moi, la pressa Kieran en lui prenant les mains.

— C'était tellement réel…

— Dites-moi.

Déjà, elle était debout.

— Gresham… ton père… Il gît quelque part… peut-être… mourant…

Kieran écarquilla les yeux.

— C'est de la sorcellerie ou quoi ?

Meg commença à sangloter tout en rassemblant le harnachement de la jument.

— Je ne crois pas. Nous devons rentrer à Sedgewick… tout de suite !

Kieran se garda de la contredire. Il se hâta de préparer les chevaux et, quelques minutes plus tard, ils filaient au grand galop dans la nuit glaciale.

Ils parvinrent au château au milieu de la matinée, sous une neige fine. Deux gardes à cheval se pressèrent à leur rencontre, le visage grave.

— Le jeune lord repose dans la chapelle, aux portes de la mort, annonça l'un d'eux sans préambule.

Un cri échappa à Meg qui éperonna sa jument. Kieran lui-même eut du mal à la suivre. Ils déboulèrent à toute allure sur le pont puis dans le village. Meg sauta de sa monture en marche et se rua dans l'église.

Gresham était étendu sur un banc, près de l'autel, tel un sacrifié. Il baignait dans son sang. Elle se précipita entre le prêtre et le comte, agenouillés près de lui, et lui prit la main.

Il tourna la tête vers elle et sourit.

— Meg. Est-ce que je rêve?

Les larmes coulaient à flots sur les joues de la jeune femme.

— Non, my lord. Oh, non! Je suis là. Et je porte ton enfant. Tu ne peux pas me quitter.

Il leva les yeux vers le plafond qu'il ne parvenait plus à distinguer.

— Il y a un bel endroit, là-bas, de l'autre côté de la rivière, murmura-t-il.

Meg serra sa main et posa le front sur sa poitrine. Elle sentit son cœur battre faiblement.

— Oui, mais tu ne dois pas y aller. Pas encore. Nous avons besoin de toi ici.

Il déglutit et son regard s'arrêta sur Kieran.

— Je... l'ai tué...

Son fils s'agenouilla de l'autre côté, en face de Meg.

— Qui? demanda-t-il, les joues trempées de larmes.

— Le... mime. Hélas... il m'a tué... en même temps...

— Non! hurla Kieran.

Son grand-père s'approcha de lui, posa les mains sur ses épaules. L'enfant tremblait de tout son corps.

Meg caressa le front de Gresham.

— Je t'aime. Pars, si tu veux, mais tu ne connaîtras jamais d'amour aussi fort que le mien, même au-delà de ta fameuse rivière. Tu m'entends, Gresham Sedgewick? Je suis ta vie! L'air que tu respires! *Je ne te laisserai pas mourir!*

Il rit doucement et ferma les yeux en poussant un long, un très long soupir.

Meg le saisit aux épaules, prête à le secouer pour le réveiller, mais le père Francis l'écarta doucement afin de donner les derniers sacrements au défunt. Pourtant, au moment de s'y employer, il hésita, revint sur sa décision et posa deux doigts à la base du cou de Gresham.

Un instant s'écoula.

— Par tous les saints… il vit toujours.

Meg poussa le prêtre et empoigna le pourpoint de son mari.

— Reste, Gresham. Reste avec moi, avec nos enfants… Reste avec ton père… je t'en supplie, murmura-t-elle avant de s'effondrer.

Le comte ordonna aussitôt à un garde de la transporter dans sa chambre. Peu après, Tallie lui faisait absorber une puissante potion soporifique.

Meg s'endormit et ses rêves la transportèrent à Saint-Swithin.

Elle y vit Elizabeth, elle aussi agenouillée au chevet d'un homme alité, comme elle l'était elle-même un peu plus tôt, auprès de Gresham. Elizabeth priait, ses longs cheveux bruns tombant librement sur ses épaules. Elle portait des haillons et on devinait son corps mince, presque maigre, sous les oripeaux.

Soudain, sa sœur cadette interrompit ses prières, se tourna vers elle et lui sourit en la regardant droit dans les yeux. Profondément rassurée, Meg fut arrachée à cette vision par un coup de vent brutal qui l'emporta à travers les étoiles et la nuit jusqu'à un petit jardin. Quand elle rouvrit les yeux, Gabriella lui souriait.

— Idiote, lui dit-elle. Crois-tu vraiment que nous aurions pu être séparées ?

La puissance des émotions qui déferlèrent sur elle conduisit Meg à se demander si elle n'était pas réellement auprès de Gabriella, dans quelque lieu inconnu de l'esprit et du cœur.

— Est-ce que tu es... morte ?

Gabriella éclata de rire.

— Je n'ai jamais été aussi vivante ! répondit-elle en obligeant Meg à s'asseoir. Nous serons bientôt réunies.

— Où ? Quand ?

— Bientôt, répéta Gabriella.

Puis, aussi brusquement qu'elle était apparue, elle disparut.

Meg se réveilla en criant, comme lorsqu'elle avait vu Gresham dans son cauchemar. Son cœur tambourinait dans sa poitrine. Elle posa la main sur son ventre, comme pour s'assurer que la précieuse et minuscule vie qu'il abritait était bien là. Elle pensa à ses sœurs et comprit qu'elles étaient saines et sauves, et qu'elles se reverraient, si ce n'était dans cette vie, du moins dans la prochaine. Cette certitude lui apporta un certain réconfort.

S'apercevant soudain qu'elle était dans son lit, elle se leva et s'habilla en toute hâte. Sans prendre le temps d'allumer une torche, elle dévala l'escalier.

Au bas des marches, elle heurta le comte de plein fouet et il dut l'attraper par les épaules pour l'empêcher de tomber.

— Halte-là ! dit-il.

— Je veux voir mon mari !

— Il est avec le chirurgien. Vous ne pouvez le voir maintenant.

— Le chirurgien ? Que lui fait-il ? s'écria-t-elle.

— Il le recoud de son mieux, répondit gravement le vieil homme.

Dans ses yeux, elle décela une lueur de fierté et d'amour pour ce fils trop longtemps délaissé.

— Si vous voulez vous montrer utile, allez dans la chapelle. Gresham a besoin de vos prières.

Meg hésita avant de s'incliner. Peu après, elle était agenouillée devant l'autel, les mains jointes, implorant le ciel de sauver son mari. Elle pria jusqu'à épuisement. Le père Francis la trouva à plat ventre sur les dalles froides de l'église. Il alla chercher des couvertures et lui confectionna un lit de fortune sur l'un des bancs, de sorte qu'elle puisse voir la sainte croix dès qu'elle ouvrait les yeux. C'est ainsi que Meg pria, dormit, recommença à prier... Ce fut la lumière froide d'un matin d'hiver qui la ramena au présent.

Elle plissa les yeux et, dès que la mémoire lui revint, sauta sur ses pieds en prononçant le nom de son mari.

Elle le trouva endormi dans un lit préparé à son intention, près de la cheminée de la grande salle. Avec mille précautions, elle s'allongea près de lui, entre les draps, avec le désir instinctif de lui transmettre sa force, son énergie vitale.

Il ouvrit les yeux.

— Meg.

Le cœur de la jeune femme bondit de joie ! Elle avait eu tellement peur de ne plus jamais entendre sa voix.

— My lord, murmura-t-elle en se redressant pour le regarder.

Il lui sourit.

— My lady.

— Je t'aime, Gresham.

— Moi aussi, Meg, je t'aime.

— Tu vas te remettre.

Il s'attarda à dessein à réfléchir à la question.

— Oui, je crois. Si tu restes près de moi.

— Je ne te quitterai pas, lui promit-elle solennellement.

La route vers la guérison fut longue. Gresham faillit succomber à une infection, puis à une hémorragie, mais quand le ventre de Meg commença à s'arrondir, aux premiers jours du printemps, il était de nouveau sur pied.

— Raconte-moi ce qui s'est passé, la nuit où tu as reçu ce coup de couteau, lui demanda-t-elle un soir.

Ils avaient regagné leur lit et écoutaient les grillons, la peau encore moite du plaisir qu'ils venaient de se donner.

Gresham lui décrivit sa rencontre avec Tangwyn et le duel dans la clairière. Il lui expliqua que le roi voulait qu'il reste à Sedgewick pour entraîner des soldats, et lui révéla enfin ce qu'il savait de Gabriella et de Chalstrey.

— Il l'a enlevée pour qu'elle n'épouse pas Avendall. Je crois qu'ils sont amoureux l'un de l'autre. Nous irons en Cornouailles dès que j'en aurai la force, je te le promets.

Meg hocha la tête en se lovant contre lui, encore tout émue par ces révélations.

— D'accord, murmura-t-elle, mais Gabriella va bien. Ainsi qu'Elizabeth.

— Comment le sais-tu?

— De la même façon que j'ai su que tu avais été blessé.

Il accepta cette étrange explication sans discuter, du moins pour l'heure, et tous deux glissèrent dans les limbes du sommeil, leurs deux cœurs battant à l'unisson.

Des mois plus tard...

Une corne sonna et le garde qui faisait le guet dans la tour principale du domaine de Sedgewick annonça:

— Des cavaliers en provenance de l'ouest, my lord!

Dans la cour, occupé à apprendre à Kieran à tenir une épée, Gresham s'interrompit.

— Quelles armoiries ? cria-t-il.

Il s'agissait d'identifier les nouveaux venus pour savoir s'ils étaient amis ou pas.

— Edgefield, my lord !

— Va chercher ta mère, ordonna Gresham à son fils.

Kieran leva son épée et partit en courant. Il était beaucoup plus obéissant depuis la naissance de sa sœur, Ariel Gabriella Elizabeth, tout juste âgée de deux semaines. Mais Gresham ne se faisait pas beaucoup d'illusions. Une fois habitué à l'idée d'avoir une sœur, Kieran retrouverait sa nature rebelle.

Meg ne tarda pas à le rejoindre, sans avoir pris le temps de couvrir d'un voile ses longs cheveux qui cascadaient librement sur ses épaules. Elle avait apparemment laissé le bébé avec la nourrice.

La herse fut remontée et Morgan Chalstrey apparut, la ravissante Gabriella chevauchant à ses côtés. Souriante, sa somptueuse chevelure blonde brillant au soleil, elle montait un mulet blanc qui avait un air de famille avec l'impossible Enoch. Un escadron de soldats et de domestiques les accompagnait.

Meg poussa un cri étouffé à la vue de sa sœur et se précipita à sa rencontre. Gabriella sauta du mulet en marche et les deux sœurs tombèrent dans les bras l'une de l'autre en sanglotant de bonheur. Profondément ému, Gresham les contempla un moment avant de poser les yeux sur son vieil ami.

— Alors, tu n'es pas mort, finalement, lança Chalstrey avec un petit sourire.

— Non, répondit Gresham en souriant à son tour. J'ai survécu, mais ça n'a pas été du gâteau.

Chalstrey s'esclaffa et descendit de cheval pour serrer la main de son ami.

— J'ai pas mal de choses à te raconter.

— Moi aussi, répondit Gresham.

Les deux hommes se dirigèrent côte à côte vers le château, laissant leurs épouses à leurs retrouvailles.

Les enfants dormaient. Gresham et Morgan étaient engagés dans une longue conversation. Confortablement installées devant le feu, dans la chambre des maîtres, Gabriella et Meg discutaient elles aussi. Leur coupe de vin chaud était vide depuis longtemps.

— Et Elizabeth ? demanda Meg quand elles se furent raconté en détail leurs aventures.

Gabriella soupira.

— Quelque chose me dit que notre petite sœur vit sa propre aventure de son côté, murmura-t-elle en contemplant les flammes. Je l'ai vue en rêve.

Meg attendit que sa jumelle poursuive, sans mentionner qu'elle-même avait aussi rêvé d'Elisabeth.

— Elle était agenouillée auprès d'un homme et elle interrompait ses prières pour me regarder et me sourire, poursuivit Gabriella.

Meg sentit son cœur se gonfler d'amour ainsi que d'une foule d'émotions diverses.

— Nous la retrouverons, affirma-t-elle.

— Oui, acquiesça Gabriella. Nous retrouverons notre Elizabeth.

Découvrez les prochaines nouveautés
de la collection

Aventures et Passions

Le 19 août

Trahison dans les bayous de Candice Proctor (n° 6680)

1862, La Nouvelle-Orléans. La ville est envahie par les nordistes. Pour comble, un mystérieux assassin rôde. C'est naturellement au major Zachary Cooper que revient l'enquête. Mais les indices sont minces : les victimes n'ont rien en commun. Si ce n'est, peut-être, d'être liées à Emmanuelle de Beauvais... Le major commence alors à s'intéresser à la jolie veuve sudiste...

Le 27 août

La promesse de Rebecca de May McGoldrick (n° 6681)

Angleterre, XVIIIe siècle. Quand Rebecca promet à sa compagne d'infortune de garder son bébé, elle ignore tout de son illustre naissance. James est pourtant le fils héritier de Lord Stanmore. En attendant, elle a d'autres soucis : elle a malencontreusement tué son maître en résistant à ses assiduités. En route vers le Nouveau Monde pour fuir, elle sait qu'elle n'a pas intérêt à revoir la vieille Angleterre. Mais le destin lui réserve quelques surprises...

Ce mois-ci, retrouvez également les
titres de la collection

Amour et Destin

Des histoires d'amour riches en émotions déclinées en trois genres :

Intrigue *Romance d'aujourd'hui* *Comédie*

Le 4 juillet   *Romance d'aujourd'hui*
L'île des trois sœurs – 2
Ripley de Nora Roberts (n° 6654)
L'île sur laquelle vit Ripley est désormais réputée pour son histoire :
elle a été investie au XVIIe siècle par trois sorcières, dont l'une est l'ascendante de Ripley. Mac, un scientifique du paranormal, débarque sur l'île dans l'espoir de pouvoir enregistrer des manifestations surnaturelles. Mais Ripley, d'une nature méfiante, supporte assez mal ce nouveau venu...

Le 11 juillet   *Comédie*
Tous mariés ! de Susan Mallery (n° 6655)
Taylor McGuire, maman célibataire et psychologue, croit que la comptabilité est la clé d'un mariage réussi. Jonathan Kirby, quant à lui, psychologue et auteur de nombreux best-sellers sur les relations hommes-femmes, pense que c'est l'alchimie sexuelle, et que les contraires s'attirent. Soudain, Jonathan ouvre les paris : et s'ils testaient leurs théories sur le terrain ? Ainsi, un bien drôle de concours est lancé à Mariageville, petite bourgade texane...

Le 11 juillet   *Intrigue*
Le poison du soupçon de Karen Young (n° 6656)
Valerie, New-Yorkaise de 38 ans, est rédactrice en chef d'un magazine féminin et la mère de Sara, une styliste de 22 ans. Elle voit tout à coup sa vie basculer dans l'horreur quand son passé, soigneusement caché et enterré, ressurgit. Succès professionnel, aisance matérielle, elle pourrait tout perdre si la personne qui la traque – mais qui est-elle ? – dévoilait des secrets inavouables, ses secrets. Avec l'aide de Jordan Case, un magnat de la presse, la jeune femme va devoir exhumer ce passé qui la hante et identifier cet ennemi qui s'est juré de la briser...

ainsi que les titres de la collection

Escale Romance

De nouveaux horizons pour plus d'émotion

Le 4 juillet
Double jeu sous les Tropiques de Maxine Barry (n° 6240)
Patricia part pour les Bermudes afin d'élucider la mort de son frère
Robbie, un plongeur qui travaillait pour Morgan Dax, un riche
entrepreneur de l'île. Malheureusement, son avion s'écrase en mer et
elle est la seule survivante. Au moment de l'accident, elle portait le
bracelet de Isadora Hart. Patricia profite de ce changement d'identité pour échapper à deux personnes qui cherchent à la tuer et commence alors son enquête. Hélas, Morgan Dax s'avère être un homme
séduisant dont elle tombe peu à peu amoureuse...

Les amants rebelles de Veronica Baldi (n° 6241)
En Amérique du Sud, Antonia est la fille d'un riche député. Un soir,
en pleine réception, un jeune homme fait irruption : Diego Corbès,
lui-même prospère propriétaire terrien, exige que le député rende
aux Indiens les terres qu'on leur a prises. La jeune femme est subju-
guée par la fougue du jeune homme. Son père serait-il un goujat ?
Pour en avoir le cœur net, elle se rend chez Diego et découvre la belle
propriété, avant que des Indiens ne viennent se plaindre vivement de
leur situation auprès de leur porte-parole...

6659

Composition Chesteroc International Graphics
Achevé d'imprimer en France (Manchecourt)
par Maury-Eurolivres
le 11 juin 2003.
Dépôt légal juin 2003. ISBN 2-290-333139-2

Éditions J'ai lu
84, rue de Grenelle, 75007 Paris
Diffusion France et étranger : Flammarion